옐로우 레이디

안전가옥
오리지널
34

옐로우 레이디

이아람 장편소설

차례

1936년 가을

따사롭던 가을 햇살도 이틀 동안 쏟아진 폭우를 이기지 못했다. 찬비가 살쾡이처럼 할퀴고 간 자리는 몸이 으슬으슬 떨리도록 추웠고 아흐레가 지나도 한기가 쉽게 가시지 않았다. 가을의 끝물이었다. 황해도 장연군 대청도, 주민 수가 1000명을 넘지 않는 이 작은 섬의 어부들은 겨울맞이 준비에 여념이 없었다.

어른들이 항구에 나가 일하는 동안 아이들은 볕의 온기가 남은 양지바른 공터에 모여 놀았다. 육지 아이들은 선교사나 경성에서 배우고 온 동네 어른 덕분에 더러 학교에 다니기도 한다지만, 한 줌도 되지 않는 대청도 아이들에게는 멀게만 느껴지는 이야기였다. 섬 아이들은 읽거나 쓰는 법을 배우는 대신 종일 섬 중앙 삼각산을 쏘다니거나 삼삼오오 모여 땅따먹기를 하고, 그도 아니면 집에서 그물 수선 따위를 도우며 보냈다. 아이들의 일상은 언제나 비슷했고 잔에 담긴 따뜻한 찻물처럼 잔잔했다. 어지러운 세상일은 아직 어른들 이야기였다.

그러나 얼마 전부터 아이들의 하루에 변화가 생기기 시작했다. 몇 주 전 인천에서 배를 타고 온 한 아가씨 때문이었다. 서양 사람들처럼 차려입고 꼬부랑글씨로 적힌 책 한 보따리를 둘러메고 섬에 도착한 아가씨는 황씨 할머니네 집에 하숙을 잡더니 산으로 들로 쏘다니기 시작했다.

손바닥만 한 섬에서 아이들은 비밀 공터나 숨어서 낮잠 자기 좋은 개울가, 삼삼오오 모여 술래잡기 따위를 하는 골짜기를 돌아다닐 때마다 그곳에 아가씨가 있는 것을 발견했다. 아가씨는 고운 머리칼을 말꼬랑지처럼 흉하게 위로 동여매고 남자들처럼 통이 넓은 바지와 긴 겉옷을 입어서 동네의 나이 많은 여인들을 수군거리게 만들었다. 그것도 모자라 산에 오를 때 머리에 납작한 모자를 쓰고 어깨엔 나무로 만든 큼지막한 상자를 메며 한 손엔 촘촘한 어망 같은 것을 매달아 놓은 막대를 휘적거리며 돌아다녔다.

"분명히 미친 여자일 거다."

동무들보다 머리 하나가 커서 곧잘 골목대장 노릇을 하는 석주가 그렇게 흉을 보았다. 석주는 지난봄 막 열세 살이 되었는데, 아버지가 일본 포경주식회사에서 참고래를 잡고 있어 이웃들보다 형편이 더 나았다.

"제정신이 아니라서 가족들이 섬으로 쫓아내 버린 게 분명하데."

하지만 쫓겨난 미친 여자라기엔 시계며 목걸이며 값진 물건이 너무 많았고 옷차림도 낯설다 뿐이지 자세히 뜯어보면 죄다 단정한 양장과 활동복이었다. 게다가 사진에서나 본 경성의 신여성들처럼 화장도 곱게 하고 다녔다.

섬 어른들, 특히 나이 많은 노인들은 아가씨가 바지를 입고 남자 모자를 쓴 채 그물 단 막대기를 들고 백주 길거리를 성큼성큼 걸어 다니는 것을 보고 손가락질하며 흉을 봤다. 아이들은 거부감보단 호기심이 더 컸지만 그렇다고 마을 한복판에서 아가씨를 붙잡고 뭐 하는 사람이냐 물어볼 수도 없는 노릇이었다. 아이들에겐 다행스럽게도 아가씨에겐 동행인이 있었다. 옥화라는 소녀였다.

옥화는 섬 아이들 눈에는 전형적인 육지 깍쟁이였다. 여학생처럼 검은 치마에 흰 저고리를 예쁘게 차려입고 허리에 노리개까지 달았다. 신발은 고무신과 구두를 번갈아 가며 신고 다녔는데 까만 가죽으로 만든 굽 달린 구두는 같이 다니는 아가씨의 물건과 비슷했다.

섬사람들과 거의 어울리지 않는 아가씨와 달리 옥화는 작은 새처럼 돌아다니며 조잘거렸다. 덕분에 옥화가 섬에 온 지

하루도 지나지 않아 올해 열두 살이며, 내년 봄에 경성의 기숙 여학교에 입학할 예정이고, 경성 사는 큰고모의 부탁으로 아가씨에게 맡겨졌다는 사실을 알게 되었다. 하지만 아이들이 궁금한 대상은 옥화가 아니라 괴짜 아가씨였다. 그래서 폭우가 그치고 찬바람이 불기 시작한 어느 날 섬 아이들은 옥화를 공터로 불러냈다.

"너거 같이 다니는 그 애기씨는 누구네?"

진짜 이름은 서래지만 아이들에겐 아호(兒號)인 언년이로 더 많이 불리는 기름집 막내딸이 대화의 포문을 열었다. 옥화는 재미있다는 듯 동그란 눈동자로 주위를 둘러보았다.

"그거 물어보려고 부른 거야?"

"기래. 혹시 니 언넨가?"

옥화는 까르르 웃었다.

"언니? 진짜 그렇게 보이나? 아니, 그건 아니구, 우리 선생님이야."

"선생님?"

"응, 우리 고모가 선생님 숙부님이랑 아는 사이야. 선생님은 미국에서 공부하고 오셨는데 조선에 머무는 동안 날 데리고 다니면서 견문도 넓혀 주고, 겨울에 있을 입학시험 공부도 도와주고 하시는 거다."

서래의 눈에 놀라움과 부러움이 어렸다. 섬 아이들에겐 가까운 일본 유학도 머나먼 꿈처럼 느껴졌다. 그런데 미국 유학이라니, 그런 곳에 다녀온 사람에게 수학하다니.

"대단하구만. 그럼 둘이 조선 유랑 다니는가?"

"아냐, 지금 선생님은 채집 여행 중이셔. 선생님이 섬은 육지와 생태계가 떨어져 있어서 독특한 곤충들이 많이 산다고 했다. 그래서 전부 표본으로 만들어 미국으로 도로 가져가 거기 대학교에서 발표할 계획이라 하셨어."

서래는 어리둥절했다.

"벌레 공부라니 희한하니."

"벌레가 아니라 곤충. 우리 선생님은 미국에서 벌을 연구하셨대. 어릴 때부터 유럽 여행도 다녀오고, 일본 의학전문학교도 다니셔서 모르는 게 없으셔. 지금 나한테도 일본어랑 자연과학이랑 또 영어도 가르쳐 주고 계신다? 여자고등보통학교 입학시험에 꼭 한 번에 붙으래."

옥화는 약간 뽐내듯 말했다. 아닌 척했지만 섬 아이들은 바깥 사람들을 부러워했다. 지금 아이들은 외국에서 공부했다는 그 선생님이 부럽고, 고등보통학교까지 다닐 예정이라는 옥화가 부러웠다. 지금이야 나란히 앉아 이야기하고 있지만 내년이면 저 애는 온갖 신기한 것이 가득한 경성에서 멋스러운 양장도 한 벌 마련하고 섬 아이들은 평생 마실 일 없는 커피도 실컷 마시고 활동사진도 보러 여학교 동무들과 놀러 다닐 것이다. 석주가 심통스럽게 친구 귀에 속삭인 것은 그래서였을 것이다.

"간나이 지렬허는구만. 남의 일 가지고 뽐내긴."

"너 뭐라고 했어?"

석주는 그제야 제 목소리가 너무 컸음을 알고 움찔했다. 그러나 아이들 앞에서 외지 계집애에게 밀려선 안 된다 생각했는지 되레 인상을 찌푸리며 쏘아붙였다.

"뭐, 불만 있나. 거 남의 일 가지고 픽이나 뽐낸다 했는데."

"내가 언제 뽐냈니?"

"구라파를 다녀왔느니 미국에서 공부했느니 그런 건 그럼 뽐낸 게 아니라 겸손 떤 기네? 선생님이 느그 가족도 아니고 어른들이 맡긴 거람서. 사실 학생이 아니라 하녀 아닌가?"

"아냐! 여학교 입학 전까지 많이 보고 배우라고, 어머니가 보낸 거라고 했잖아!"

석주는 걸렸다는 듯 픽 비웃음을 지었다.

"거보라. 아깐 느 아지미가 보냈다면서 이젠 오마이가 맡겼다고? 말이 앞뒤가 안 맞는고만. 게냥 집에서 돈 부족해서 종이나 식모로 팔아넘긴 거 아니갔어?"

옥화의 몸이 분노로 부들부들 떨렸지만 어째서인지 선뜻 반박하지 못했다. 석주는 자기가 이겼다 생각했는지 의기양양하게 떠들었다.

"내 봤을 땐 니 떠든 거 순 거짓부렁 같데. 경성 가서 여학생 될 거라고? 나 참, 내 볼 때 너는 술 따르는 기생이나 안 되면 다행이누만."

서래가 헉 숨을 들이켰다. 옥화가 자리에서 벌떡 일어났다. 한 소년이 둘 앞을 가로막았다. 석주만큼 키가 크진 않았지만 나이가 가장 많은 소년이었다. 경성에서 일하는 형이 있어 아이들에게 남몰래 존경을 받고 있기도 했다. 그의 이름은 인환이었다.

"둘 다 그만하라."

인환은 막 변성기가 시작된 목소리로 말했다. 인환은 석주를 사납게 노려보았다.

"진석주. 너 애한테 사과하라."

"내가 와…."

석주는 발끈했다가 서래를 비롯한 몇몇 아이들이 자신을 차가운 눈으로 보고 있음을 깨닫고 말꼬리를 흐렸다. 석주는 마지못한 표정으로 옥화에게 고개를 까닥였다.

"미안타."

옥화는 대답하지 않았다.

아이들과 떨어져 혼자 마을로 돌아가며 옥화는 화난 표정으로 길가의 돌멩이를 걷어찼다. 뒤에서 옥화의 이름을 부르는 소리가 들렸다. 돌아보니 서래와 인환이 서둘러 따라오는 것이 보였다. 인환이 말했다.

"내래 같은 마을 동무로 사과하겠다. 미안타."

서래가 달래는 말투로 거들었다.

"석주 갸가 좀 생각이 없어서 막말하고 그런데. 신경 쓰지 마라."

그러면서 웃는 얼굴로 애써 친근하게 말을 붙였다.

"지금 어디 가나?"

"선생님 데리러."

옥화가 불퉁한 표정으로 짧게 대답했다.

"느그 선생님, 미국으로 우리 곤충을 가져간다 했제? 가져 가서 뭐 한다고 하든?"

"나도 모르겠는데. 가져가서 서양 학자들한테 보여 주겠지. 조선 곤충은 세상에 알려지지 않은 신기한 게 많으니까."

인환이 얼굴을 살짝 굳혔다. 친구의 표정을 알아차린 서래 가 그만하라는 듯 뒤편에서 다급히 손사래를 쳤지만 인환은 아랑곳하지 않았다.

"그럼 안 된다."

서래가 이마를 짚었다. 인환은 옥화의 기막힌 표정에도 아 랑곳 않고 계속 말했다.

"우리 형은 목사님 추천으로 경성에서 공부했다. 지금은 신문사에서 민족에 대한 글을 쓰고 있고. 형이 뭐라고 했는지 아는가? '지식이란 조선의 민중들이 가질 수 있는 가장 강력한 무기다. 그러니 지식인들은 민족을 계몽하고, 선도하는 데 몸 을 바쳐야 한다.' 근디 서양 놈들한테 우리 곤충 보여 주러 다 니는 게 올바로 배운 사람의 태도는 아닌데."

"야, 너 그냥 가."

옥화의 짜증스러운 말에도 인환은 무뚝뚝하게 답했다.

"지금 산에 오름 위험하니까 같이 있는 거마. 비 내려서 땅 무르니까."

"서래가 데려다주잖아. 넌 가라고."

"거시기 간나이 둘만 어떻게 보내나. 언년이도 이제 고작 열둘인디."

옥화는 휙 몸을 돌려 빠른 걸음으로 걷기 시작했다. 인환은 약간 거리를 둔 채 묵묵히 뒤를 따랐다.

인환의 말대로 긴 비가 그친 산길은 오르기 어려웠다. 흙이 쓸려 내려가 걷기 어려웠고 곳곳이 무너져 있었다. 화가 난 옥화는 인환에게서 멀어지기 위해 제대로 보지 않고 씩씩대며 걷다가 그만 발을 헛디디고 말았다.

"어이구, 옥화야 조심해라!"

서래가 재빨리 붙잡아 준 덕에 비탈길로 굴러떨어지지 않았다. 인환이 재빨리 다가와 같이 옥화를 끌어올렸다.

"괜찮나?"

옥화의 얼굴이 굳어졌다. 인환 때문이 아니었다. 옥화의 눈은 비탈길 아래, 우거진 덤불 사이에 꽂혀 있었다.

"너희들 저거 보여?"

서래는 옥화가 떨리는 손가락으로 가리키는 쪽을 보고 놀란 신음을 흘렸다. 인환은 딱딱하게 굳어 버렸다. 길에서 얼마 떨어지지 않은 비탈길 아래에 나이 든 남자의 시체가 널브러

저 있었다. 피부는 푸르고 치켜뜬 희멀건 눈알에는 구더기가 기어다녔다. 그때 호루라기 소리와 함께 일본 순사 둘이 나타났다.

"어이! 거기서 손 떼라!"

나이 많은 순사가 일본 억양이 묻어나는 조선어로 외치며 아이들을 우악스럽게 끌어냈다. 제복에 욱광(旭光) 문양이 새겨진 황금색 단추를 단 순사가 비탈길 아래를 내려다보며 일본어로 말했다.

"저건가?"

나이 많은 순사가 고개를 끄덕였다.

"그렇습니다."

"이 애는….."

금단추를 단 순사의 날카로운 눈이 멱살 잡힌 인환에게 향했다.

"그놈 동생입니다."

그는 얼굴을 찌푸렸다.

"골치 아프군."

"어떻게 할까요?"

옥화는 일본어를 할 줄 알아 순사들의 대화를 알아들을 수 있었다. 하지만 서래와 인환은 뜻을 이해하지 못한 듯 굳은 채 겁먹은 눈빛을 주고받을 뿐이었다. 금단추를 단 순사가 하급자인 듯한 상대에게 고갯짓을 했다.

"살인 용의자를 도주시킬 우려가 있으니 끌고 같이 내려간다. 이 둘은—"

금단추를 단 순사의 시선이 닿자 옥화는 반사적으로 움찔했다. 그러나 순사는 둘이 크게 중요하다고 생각하지 않는 눈치였다. 그는 음식에 달려드는 귀찮은 날벌레를 쫓듯 성의 없이 손을 휘휘 저었다.

"내버려둬라. 황석진 순사가 올라오고 있으니 시신을 수습하며 쫓아내겠지."

둘이 겁에 질린 인환을 끌고 내려가는 동안 옥화와 서래는 한 발짝도 움직이지 못했다.

*

산은 고요했다. 경애는 채집망을 든 채 풀숲에서 한참을 숨죽이고 있었다. 경애는 이 순간을 가장 좋아했다. 야외 채집 관찰은 고되지만 보람 있었고, 무엇보다 복잡하고 요란스러운 인간 사회에서 한 걸음 물러나 있을 수 있었다. 이곳은 조용하다. 이곳은 안전하다. 경애는 세상에 곤충과 단둘이 남은 듯한 고즈넉함을 즐겼다.

곤충을 연구하는 사람들에게 섬은 독특한 생태계를 유지하고 있다는 점에서 숨겨진 보물이었다. 그 보물들은 땅속에, 나무껍질 틈에, 바위 사이에 숨겨져 있었다. 갉아 먹고, 쏘고,

굴을 파고, 알을 낳고, 먹이를 사냥하는 곤충들. 경애가 대청 도를 방문한 이유도, 풀숲에서 웅크리고 있는 이유도 모두 그 것들 때문이었다. 비가 내린 후 기온이 급격히 떨어졌으니 오 늘이 아마 이곳에서 채집을 할 수 있는 마지막 날이 될 것이 다. 본격적으로 겨울이 시작되면 경애는 경성으로 돌아가 여 태껏 구한 표본을 분석하는 작업으로 넘어길 것이다.

잠시 후 작디작은 벌 한 마리가 차가운 공기를 가르고 날 아왔다. 배에 줄무늬가 그려진 노란 껍질이 저물어 가는 햇빛 속에서 보석처럼 빛났다. 가는 허리와 입 턱을 보아하니 말벌, 그중에서도 호리병벌과였다. 미국에선 본 적 없는 종류의 벌이 었다. 벌은 다른 곤충의 애벌레로 추정되는 덩어리를 물고 둥 지를 향해 날갯짓했다. 그러나 벌은 귀환 비행을 끝마치지 못 했다. 경애가 재빨리 채집망을 휘둘러 낚아챘기 때문이다. 정 신을 차리지 못하는 벌을 병에 집어넣자 두꺼운 유리 너머로 당황스럽게 윙윙거리는 진동이 느껴졌다. 경애는 병을 어깨에 멘 채집 가방에 넣고 품에서 노트를 꺼내 관찰한 것을 적기 시 작했다.

"선생님! 선생님!"

경애가 깜짝 놀라 뒤를 돌아보았다. 얼굴이 새빨갛게 익은 옥화가 섬 아이로 추정되는 소녀의 손을 잡고 헉헉대고 있었 다. 꼴을 보아하니 족히 한 시간은 산을 헤맨 것 같았다. 인천 에서 사 준 가죽 구두에 온통 흙이 묻어 있었다. 옥화는 그 구두를 몹시 아껴 많이 걷거나 산이나 들 따위를 나가야 할 때는 고무신이나 짚신으로 갈아 신었다. 단순히 오늘 산에 올 생각이 없다가 충동적으로 자신을 데리러 올라왔을 수도 있지만 표정을 보니 그런 건 아닌 듯했다. 경애는 노트와 만년필을 코트 안에 도로 넣었다. 옥화는 당장이라도 울 것 같은 얼굴이었고 옆의 소녀도 마찬가지였다.

"무슨 일 있니? 옆에 그 애는 누구고."

"얘는 서래예요. 우리 맞은편에 있는 기름집 앤데, 그, 그게 중요한 게 아니구요. 지금 인환이가 왜경✦ 놈들한테 잡혀갔어요!"

옥화가 '우리'라고 말한 곳은 경애가 대청도에서 단기 하숙을 잡은 방이었다.

옥화는 잔뜩 흥분한 상태였지만 경애는 '인환'이 누구인지, 인환이 경찰에게 잡혀간 이유가 무엇인지 전혀 알 수 없었다.

"옥화야. 진정하고 하나씩 차근차근 말하렴."

옥화는 숨을 고르며 통통한 손을 꽉 움켜쥐었다.

"아까— 아까 선생님을 마중하러 인환이랑 서래랑 같이 산을 올라오는데, 길에서 시체를 발견했어요. 깜짝 놀라서 멈춰 있는데, 갑자기 아래에서 왜경들이 올라오더니 인환이를 잡아갔어요."

✦ 일본 경찰을 낮잡아 이르는 말.

"좋아, 잘했어. 그럼 시체는 누구였고, 경찰은 왜 인환이를 잡아갔니? 무엇보다 인환이는 누구지?"

"시체가 누구인진 잘 모르겠어요…. 잡아가면서 한 말을 들어 보니 인환이가 형을 도망치게 할까 봐 걱정하는 것 같았어요. 인환이는 이 동네 아이인데, 오늘 처음 만났어요."

옆에서 서래가 초소하게 손가락을 꼼질거리며 끼어들었다.

"그, 저가 더 말해도 괜찮으시까?"

옥화는 똑똑하지만 이 동네를 잘 알지 못했다. 경애는 이 지역 아이에게 좀 더 자세한 설명을 듣는 편이 좋겠다 생각했다. 경애의 허락이 떨어지자 서래는 서둘러 설명을 시작했다.

서래는 시체를 보자마자 누구인지 알아보았다. 죽은 사람 특유의 창백한 피부 위로 허연 구더기가 기어가고 있어 쳐다보기 조금 힘들긴 했지만 애초에 대청도는 사람을 착각할 만큼 주민이 많지도 않았다. 죽은 사람은 섬 북쪽 바닷가에 살던 홀아비 김 씨였다. 그는 마을에서 평판이 좋지 못했다. 마을 사람 여럿에게 큰돈을 빌리고 갚지 않은 것도 모자라 하루가 멀다 하고 혼자 술에 취해 주정을 부리고 다녔기 때문이다.

반면 인환의 형은 마을에서 착하고 건실하다 칭찬이 자자했다. 이 작은 섬에서 태어나 선교사 눈에 들어 고등교육을 받고 《조선중앙일보》 기자라는 번듯한 일자리까지 구한 것도 모자라, 타지에서 열심히 일하며 때마다 가족에게 생활비를 꼬박꼬박 부쳐 오고 1년에 한 번은 꼭 고향집에 찾아와 부모에게 문안 인사를 드리는 젊은이였다. 올 때마다 마을 아이들에게 줄 선물을 가져오고 동네 사람들이 곤란한 일에 휘말리면 발 벗고 나섰다. 다만 김 씨와는 사이가 좋지 않았는데 얼마 전 술에 거하게 취한 김 씨가 인환의 부모에게 입에 담기조차 힘든 욕을 쏟아 낸 것이 그 이유였다. 당시 김 씨의 모습을 직접 지켜본 사람들은 하나같이 인환의 형에겐 잘못이 없다 입을 모았다.

"일경✦은 그 형이라는 사람이 김 씨를 죽였다고 생각하는 모양이네."

"그럴 리 없소. 제하 오라바이가 얼마나 착한데. 엊저녁 돌아오자마자도 아픈 몸으로 바로 오마이 아바이한테 인사 올리러 갔댔데요."

서래는 울 것 같은 표정으로 말했다. 그러나 경애의 얼굴엔 동정 대신 되레 흥미롭다는 빛이 어렸다.

"그 사람이 착한지 어떤지 나야 모르는 일이다만, 어제 섬에 왔다고?"

"맞소. 제하 오라바이가 경성서 고초를 당해서 요양차 온 댔는데, 배가 온 게 으제 낮이었습니다."

✦   일본 경찰.

"인환이를 끌고 간 순사들은 네가 아는 사람들이었니?"

서래는 그걸 왜 묻냐는 듯 의아한 눈초리를 했지만 부정의 의미로 고개를 저었다. 대청도에는 주재소✦가 없었고 치안 유지를 위해 나이 든 순사 하나가 파견되어 있을 뿐이었다. 인환을 끌고 간 순사는 서래가 아는 그 나이 든 일본인 순사였지만 상급자로 보이는 금단추의 순사는 처음 보는 얼굴이었다.

"그 금단추를 한 자는 모르는 낯짝이었소."

"그렇군. 지금이 몇 시지?"

그는 습관처럼 회중시계를 찾으려 주머니를 뒤적거리다가 손목에 찬 여성용 시계를 보고 멋쩍게 웃었다. 손목시계가 유행하기 시작한 것은 최근 일이라 아직 조금 낯설었다. 그래도 알이 작아 야외 활동 할 때 회중시계보다 훨씬 편리했고 조선에서도 유행이라 여자가 이상한 것을 찬다고 눈총 받을 일도 없었다. 사치스럽단 소리를 종종 듣기야 하지만 그거야 평생 들어 온 말이었다.

"아직 시간이 있네. 얘들아, 내려가자꾸나."

내려가는 길은 좁고 구불구불했으며 폭우 때문에 곳곳이 무너져 매우 위험했다. 경애는 앞장서서 내려가며 종종 눈만 돌려 아이들이 잘 따라오고 있는지 확인했다. 옥화가 조심조심 내려오며 물었다.

✦ 일제강점기 경찰기관. 오늘날의 파출소.

"선생님, 인환이를 구해 주실 건가요?"

"누굴 말이니, 인환이를? 경찰은 그 애를 의심하고 있는 게 아니야. 이미 풀어 줬을걸."

느긋하게 말하는 모습만 보면 경애가 세상 물정 모르는 부잣집 아가씨로 비치는 것도 무리가 아니었다. 서래는 얼굴을 구겼다.

"왜경 놈들이 의심스런 사람만 족치는 게 아니라우. 선생은 그것도 모르시오."

"잘 알지. 대청도엔 주재소가 없어서 용의자를 정식으로 체포해 심문하려면 백령도로 돌아가야 하고, 대청도를 떠나는 배는 오후 4시 이후엔 한 척도 없고, 마을에서 평판이 좋은 청년을 호송하는 데 배를 빌려줄 주민도 없으리라는 사실도 잘 안단다."

"도와준다는 겝니까 만다는 겝니까?"

"경찰한테 갈 거야. 그 전에 옷부터 갈아입고."

경애는 흙투성이 바지를 가리키며 말했다.

산에서 내려왔을 땐 해가 수평선 아래로 떨어진 후였다. 조그만 바닷가 마을의 길과 집들은 짙푸른 어둠에 잠겨 있었다. 셋은 경애가 가방에서 꺼낸 조그마한 손전등에 의지해 걸었다. 경애와 옥화가 머무는 하숙집에 도착했을 때 그들은 한 여인이 근심스러운 얼굴로 집주인과 무어라 이야기하고 있는 것을 보았다.

"언년아!"

서래를 보자마자 얼굴이 하얗게 질린 여인은 서래의 어깻죽지를 획 끌어당겨 아프게 꼬집었다.

"아이고, 어디 갔던 거네. 인환이도 집에 왔는디, 왜경들 돌아다니는 판에 너는 오마니 속을 썩어 죽이려 작정했누?"

"인환이가 돌아왔나요?"

옥화가 불쑥 끼어들었다. 서래 어머니는 옥화를 위아래로 훑어보았다.

"기래. 넌 누기가?"

대답한 것은 황씨 할머니였다.

"이 간나이는 우리 집 손님이다."

그러면서 경애에게는 눈길도 주지 않았다. 그는 경애가 섬에 도착한 첫날부터 경박스럽게 바지를 입고 산을 오르락내리락하는 모습에 충격을 받은 나머지 경애라는 세입자가 없는 듯 행동했다. 그 순간 서래가 경애의 팔을 잡아끌며 다급하게 말했다.

"그라요, 오마니. 이짝 선생님이 제하 오라바이를 도와준다고—"

경애는 재빨리 서래의 말을 끊었다.

"시간이 늦었는데 이제 다들 돌아가시는 게 좋겠네요. 서래의 귀가가 늦어진 건 죄송합니다. 애들이 절 마중 나왔는데,

길이 무너진 곳이 있어 돌아오느라 조금 늦었어요.”

서래가 당황한 눈으로 경애를 올려다보았다. 경애는 마치 무언가 공모를 암시하는 양 서래의 어깨를 지그시 누르더니 웃는 낯으로 서래를 어머니에게 떠밀었다.

“옥화야. 우리도 이제 들어가자. 저녁을 걸렀지 않니.”

서래는 사립문 앞에서 주춤거렸지만 이내 어머니에게 이끌려 사라졌다. 황씨 할머니는 야참이라도 차려 달라는 경애의 요청에 크게 콧방귀를 뀌었지만 간단한 찬거리를 차려 넣어 주었다.

“먹고 먼저 자고 있으렴. 나는 늦을 수도 있으니.”

옥화는 방을 나서는 경애를 멍하니 쳐다보다가 뒤늦게 정신을 차리고 뒤따라 나갔다. 경애는 이미 마당 절반을 가로지른 참이었다.

“선생님? 어디 가세요!”

“일경들한테.”

경애가 마치 요 앞에 마실이라도 나간다는 투로 말했다. 옥화는 급히 달려가 경애의 팔에 덥석 매달렸다.

“저랑 같이 가요!”

경애가 들고 있던 손전등 불빛이 발밑 바닥을 향해 있었기에 어둠에 잠긴 경애의 얼굴 표정이 어떤지 잘 보이지 않았다. 옥화는 괜스레 치미는 긴장감에 침을 한 번 꿀꺽 삼키고 고집스럽게 말했다.

"하나보단 둘이 나을 거 아녜요. 네?"

잠깐의 침묵 끝에 경애의 목소리가 들려왔다.

"그래, 여긴 경성도 아니니 네가 나다녀도 괜찮겠지. 가자."

대청도에는 주재소가 없고 여관도 없었다. 경애도 이곳에 오기 전 이리저리 아는 사람을 통해 수소문을 해서 머물 집을 찾아야 했다. 가장 가까운 주재소인 백령도에서 파견된 순사들은 그런 준비를 할 시간조차 없었을 것이다. 경애는 둘이 이곳에 파견된 순사 집에 머물고 있으리라 짐작했다. 경애와 옥화의 발이 멈춘 곳이 바로 그 순사의 집 앞이었다. 경애가 집주인을 소리쳐 부르자 한 젊은 남자가 비틀거리며 나왔다.

"이 밤중에 무슨 일이오?"

그는 조선어로 말했다.

"산에서 사망한 김 씨 사건에 대해 할 말이 있어서요."

경애의 당당한 대답에 남자의 얼굴이 와락 구겨졌다.

"뭐? 아가씨, 경찰 일이 장난인 줄 아나? 수작 부리지 말고 당장 꺼지쇼."

경애는 순사를 전혀 두려워하지 않는다는 듯, 아니, 눈앞의 순사가 화가 났다는 걸 아예 모른다는 듯 유창한 일본어로 능청스럽게 말했다.

"당신이 책임자인가요?"

"나도 순사고 이 일 때문에 백령도 주재소에서 왔소."

남자가 서툴고 뚝뚝 끊어지는 일본어로 대답했다. 조선인인 듯했다. 경애는 얼마 전 먹고살기 위해 경찰 시험에 응하는 조선인이 한둘이 아니라는 신문 기사를 읽은 기억을 떠올렸다. 그는 조선인 순사의 손을 잡았다.

"당신 상사를 만났으면 좋겠는데요. 저는 한경애라고 해요. 많은 말도 필요 없고, 그냥 제가 다나카 다케오 상과 친분이 조금 있다고만 전해 주세요."

이번에는 조선어였다. 경애의 손에서 조선인 순사의 손으로 돌돌 말린 지폐 뭉치가 스리슬쩍 넘어갔다. 순사는 버럭 외쳤다.

"이보쇼. 대일본제국의 경찰을 이깟 푼돈으로 매수하려고…."

그러나 손아귀에 쥔 지폐의 액수를 슬쩍 확인한 순사가 약간 망설였다. 경애는 달래는 듯한 어투로 말했다.

"그쪽에 피해 안 가도록 할게요. 부탁드려요."

잠시 후 일본인 순사가 짜증스럽게 미간을 문지르며 나왔다. 그는 희미한 달빛에 의지해 경애의 얼굴과 옷차림을 확인했다. 하숙집에서 경애는 당장 일본 고위층 저택을 방문해도 좋을 정도로 단정하고 값비싼 옷으로 갈아입었다.

"다나카 다케오 경무국장님과 친분이 있소?"

일본인 순사는 경계하는 투였다. 경애는 과장되게 쾌활한 어조로 답했다.

"그럴 리가요. 경무국장님과 친분이 있는 건 제가 아니라

제 오라버니예요. 오라버니께서 몇 년 전부터 내지와 만주를 오가며 철강으로 작은 사업을 하고 계시는데 올해 회사 창립 기념회에 그분을 초대하셨거든요. 경무국장님뿐만 아니라 일본제약의 무라야마 미네 상과 화신백화점의 박흥식 씨, 그리고 이름은 말씀드릴 수 없는 몇몇 중의원 인사분들도 오셨죠. 그런 소소한 행사에 오실 분들이 아닌데 저희 선친께서 중추원 자문직을 맡으셨을 때 인연 때문인지 응해 주셔서 저도 잠깐 얼굴을 뵈었답니다. 그러니까 경무국장님과 대단한 친분이라고 하기엔 뭐하고 그냥 몇 번 뵙고, 서신 조금 주고받은 게 전부예요."

옥화는 전쟁 직전의 제국에서 철강이라는 군수품의 의미, 총독부 인물들을 초대할 정도로 큰 회사의 중역이라는 위치, 조선의 경찰을 총괄하는 경무국장, 혹은 일제의 조선 지배 고문 역할을 했던 중추원이라는 단어의 무게감을 잘 알지 못했다. 그러나 일본인 순사가 짜증을 애써 감추며 옷매무새를 정리하는 것만은 알아보았다. 일본인 순사가 말했다.

"원하는 게 뭡니까?"

"시체를 보여 주시면 좋겠어요."

"호기심 때문이라면 거절하겠소. 양갓집 규수가 보기 좋은 광경은 아니오."

"이래 봬도 미국 유학을 가기 전 내지에서 2년 동안 의학을 공부했답니다. 호기심을 채우려는 게 아니라 도와주려는 거예요."

순사는 한숨을 내쉬었다.

"잠시만 기다리시오. 황 순사, 이리로."

그는 조선인에게 손짓을 했다. 둘은 방으로 들어가더니 정복으로 갈아입고 나왔다. 일본인 순사의 옷에는 동그란 금단추가 달려 있었다.

죽은 김 씨는 가족이 없다고 했다. 한 번도 결혼하지 못했고 부모는 죽었으며 나이 차 많이 나는 형제는 10년도 더 전에 육지로 떠나 소식이 끊겼다. 이 좁은 마을에 시체를 거두겠다고 나서는 사람 하나 없어 김 씨의 시체는 백령도 주재소로 옮겨지길 기다리며 마을의 버려진 창고에 골칫거리처럼 놓여 있었다. 가을의 초입을 지난 섬 날씨는 쌀쌀했고 음지에 지어진 창고 안에는 차가운 기운까지 감돌았다.

일본인 순사는 시체 앞에 서서 살펴보라는 듯 손짓을 했다. 경애는 한 손에는 손전등을 들고 다른 손으로 얼굴을 가린 천을 벗겨 냈다. 시체의 창백한 얼굴이 드러났다.

시체는 눈을 부릅뜨고 있었는데 허여멀건 눈알 위로 큼지막한 구더기들이 기어다녔다. 경애는 시신의 얼굴을 꼼꼼히 관찰하고 천을 마저 벗기려 손을 뻗었다.

"다 걷지 않는 편이 좋겠소. 확인을 위해 시신의 옷을 완전히 벗겨 놓았으니."

경애는 순순히 손을 내렸다. 옥화는 시체의 알몸을 보지 않아도 되어서 내심 안도했다.

서래의 말에 따르면 김 씨는 쉰 살도 되지 않았다. 그러나 김 씨의 모습은 환갑도 훨씬 넘어 보였다. 삶이 그리 평탄하지 않았음이 분명했다. 하얗게 센 머리카락은 흙먼지가 묻고 흐트러졌으며 입은 멍청하게 벌어져 있었다. 몸에는 여기저기 상처와 멍이 있었는데 넘어지면서 생긴 것 같았다. 팔과 손가락이 부러져 있었고 머리 한쪽이 움푹 들어가 있었으며 얼굴엔 구더기가 기어다녔다. 다른 곳에는 구더기가 없었다. 경애는 김 씨의 부러진 손을 들어 올려 자세히 관찰했다. 지저분한 손톱 밑에는 거무스름한 섬유질 조각이 엉겨 붙어 있었는데 아마 칡이나 그 비슷한 식물의 뿌리 같았다. 경애는 손을 내려놓고 품에서 수첩과 만년필을 꺼냈다.

일본인 순사는 경애가 만년필의 뾰족한 촉으로 눈알을 기어다니는 구더기 몇 마리를 집어 수첩에 올려놓고 몸뚱이 옆에 선을 긋는 것을 오만상을 쓰며 쳐다보았다. 경애는 선의 길이를 재고 허연 몸통을 자세히 관찰한 후 조심스러운 손길로 구더기를 다시 시체에 올려놓았다. 경애는 구더기를 올렸던 수첩과 만년필을 태연히 안주머니에 도로 넣고 김 씨의 얼굴 위로 고개를 숙여 주변 사람들이 질색하든 말든 신경 쓰지 않고 입냄새를 맡았다.

"이 사람 소지품은 있나요?"

일본인 순사가 창고 구석으로 손가락을 뻗었다. 낡은 보따리가 쓰레기처럼 놓여 있었다. 싸구려 담배, 손수건으로 쓴 지저분한 천 조각, 반쯤 마신 독주 병. 순사가 불퉁하게 말했다.

"그래서 의사 양반. 알아낸 것은 있습니까?"

"난 의사가 아니에요."

"의학을 공부했다면서?"

"공부를 끝내진 않았거든요. 그래도 사인(死因) 정도는 알아보겠네요. 이것 때문이죠?"

경애는 손가락으로 시체의 움푹 파인 뒤통수를 가리켰다.

"그래, 우리는 서제하가 말다툼 끝에 돌로 피해자의 머리를 내리쳤다고 보고 있소."

"이런 상처는 넘어졌을 때도 생기는데 사고사가 아니라고 생각하는 이유는 뭔가요?"

"목격자가 있으니까."

경애는 흥미롭다는 듯 눈을 반짝였다.

"목격자? 누구인가요?"

"호소이 하지메 순사. 대청도에 주재하는 유일한 순사요."

"그와 이야기하게 해 주세요."

"밤이 늦었는데."

일본인 순사가 불퉁하게 말했다.

"제가 그렇게 믿음직스러워 보이진 않겠지만, 이것만은 약속할게요. 그분과 잠깐 대화하게 해 주시면 두 분은 내일 사건의 진상을 낱낱이 밝힌 채 이 섬을 떠나는 배를 타시게 될 거예요.”

일본인 순사가 그 말을 믿었는지는 알 수 없었으나 이 부잣집 아가씨가 절대 고집을 꺾지 않으리라는 점만은 눈치챈 듯했다. 그는 조선인 순사에게 둘을, 김 씨의 시체까지 센다면 셋을 지키고 있으라 지시하고 자리를 비웠다. 잠시 후 일본인 순사가 데려온 호소이 순사는 머리가 벗겨지기 시작한 나이 많은 일본인 남자였다. 그는 창고로 들어서며 경애에게 가볍게 목례를 했다.

“그래서. 아가씨. 뭘 물어보고 싶은 겁니까?”

호소이 순사는 예의 바르게 행동했지만 그래서 더 어색해 보였다. 보통 순사들은 상대가 조선인이라면 이런 식으로 행동하지 않았다. 일본인 순사는 아무리 계급이 낮아도 마을 읍장 정도는 마음대로 부려 먹을 수 있었다. 그러나 경애는 태연하게 팔짱을 꼈다. 공손한 순사를 처음 본 게 아니라는 듯이.

“사고 당시 정황을 목격했다고 들었어요.”

“사고가 아니라 사건이랍니다.”

호소이는 웃는 낯으로 경애의 말을 정정해 주었다. 그의 눈이 경애의 옷차림을 조심스럽게 훑었다.

“외국에 오래 나가 계셨나 보지?”

경애는 어깨를 가볍게 으쓱하는 것으로 답을 대신했다.

“호소이 상. 괜찮다면 뭘 보셨는지 저한테 말해 주실 수 있나요?"

호소이는 미소를 거두지 않으며 흔쾌히 답했다.

"말 못 할 이유도 없지. 어젯밤이었어요. 잠도 오지 않고 포경회사 사람들에게 요즘 밤거리가 뒤숭숭하다는 말도 들어서 챙겨 입고 나갔죠. 비가 막 그친 참이라 산길이 위험할지도 모른다는 생각은 했지만, 오히려 그래서 한 번쯤 순찰을 돌아야겠다 생각했습니다. 아는지 모르겠는데, 난 내지인이지만 여기 오래 살았어요. 조선 땅에서 20년, 이 섬에서만 거진 8년. 그래서 현지인이 산을 오를 때 쓰는 길을 잘 압니다. 그 길을 따라 걷고 있는데 저 아래 풀숲 밑에서 이상한 소리가 들렸어요.

처음엔 짐승인가 했지만, 이 산의 짐승들은 사람 있는 곳에 잘 내려오지 않아요. 손전등을 아래로 비췄을 때 남자의 허연 얼굴이 드러났지. 누구인지 알아봤습니다. 서제하. 그 남자였어요. 경성에 산다는 건 알고 있었지만 낮에 백령도에서 출발한 배를 타고 집에 돌아왔다는 말을 들은지라 놀라진 않았습니다. 허나 뭔가 수상하다는 생각이 들어서 정황을 기록하려고 수첩을 꺼냈습니다. 그리고 서제하에게서 눈을 떼지 않고 거기서 뭘 하고 있냐고, 움직이지 말라고 외쳤죠. 그자가 날 공격한 건 그때였습니다."

거기서 호소이는 말을 잠시 멈추고 소매를 걷어 팔에 든 멍을 보여 주었다. 팔꿈치 바깥을 따라 시퍼렇게 멍이 들어 있었다.

"서제하는 나보다 키도 크고 힘도 셉니다. 나이도 스물다섯밖에 안 되었고 무기로 쓰기 좋은 큰 삽까지 들고 있더군요. 경찰 일 오래 한 나도 도저히 제압할 도리가 없어 그대로 놓쳤습니다. 내가 비탈길로 굴러떨어진 사이 놈은 달아나 버렸고. 일어서려고 땅을 짚는 순간 손에 뭔가 물컹한 것이 잡혔습니다. 손가락 사이로 구더기가 드글거리는 허연 눈동자가 보여 나도 모르게 소리를 질렀습니다. 뒤통수가 깨진 시신 한 구가 땅에 반쯤 묻혀 있었어요. 그제야 서제하가 밤중에 산에서 뭘 하고 있었는지 깨달았지요. 놈은 시체를 파묻고 있었던 거요."

호소이는 '시체'라고 말하면서 옆에 누워 있는 김 씨를 향해 손짓했다.

"죽은 사람이 누구인지 깨닫자 무슨 일이 일어났는지도 알겠더군요. 저 남자가 서씨네 집과 사이가 좋지 않은 건 공공연한 비밀이었거든요. 이건 잘 알려지지 않은 사실이지만 저자는 서씨네 아버지에게 큰돈을 빌렸소. 그런데 도통 갚지를 않더랍니다. 서씨네 아버지가 집 사정이 좋지 않으니 빌려 간 돈의 일부라도 돌려 달라고 요구하자 되레 집에 쳐들어가 그 어머니에게 입에 담을 수 없는 욕설을 퍼붓고 장독을 죄다 부숴 놓은 게 고작 지난달 일이니 사이가 보통 안 좋은 게 아니지. 제하는 아마 채무를 독촉하러 이 남자를 만났을 겁니다. 말다툼이 곧 몸싸움으로 번진 것은 안 봐도 뻔하지요. 혼자서는 범인을 체포하기 어려울 듯해 백령도에 사람을 파견해 달라고 요청했고 고맙게도 바로 와 준 순사들과 함께 그자의 집에 찾아가 체포했습니다. 집 창고에서는 피가 묻은 삽이 발견되었지요. 제하는 그 시간에 다른 사람을 만나고 있었다고 주장했지만 곧 거짓말이라는 게 드러났습니다. 전날 도착하자마자 화가 난 표정으로 김 씨를 찾아가는 걸 본 사람도 나왔고. 그게 다요."

"세상에, 대단한 이야기네요."

경애의 감탄에 호소이는 손사래를 쳤지만, 기분이 나빠 보이진 않았다.

"그때 쓰셨다는 수첩을 보여 주실 수 있나요? 경찰 보급품인가요?"

"아니, 개인 물품이오. 여기."

호소이는 주머니에서 검은색 수첩을 꺼내 경애에게 보여 주었다. 경애는 낱장을 펼쳐 가장 최근 필기를 살펴보았다. 검은 잉크로 일본어 단어가 몇 개 적혀 있었다.

서제하(25세), 수상한 거동, 18일 20시.

그리고 줄이 바뀌었다.

공격, 불복종, 도주. 시체 – 김창근(52세), 살해?

첫 번째 줄의 글씨는 비교적 정갈했지만 두 번째 줄의 글씨는 지저분하고 물에 번져 있었다.

"글씨체가 다르군요."

"그야 처음 것은 제하에게 공격당하기 전에 상황을 관찰하며 쓴 거고, 이후 것은 한 방 얻어맞고 굴러떨어진 다음에 정신 차리고 쓴 거니까. 당황해서 그런지 손에 힘이 잘 안 들어가더군요."

호소이는 허허 웃었다. 톡톡, 경애가 손가락을 두드리며 김 씨의 시신을 빤히 바라보았다.

"감사합니다. 호소이 상. 말씀을 듣길 잘했군요."

경애는 싱긋 웃으며 말했다.

호소이의 말이 끝났을 때 시간은 한밤중을 넘어 새벽으로 달려가고 있었다. 바람이 쌀쌀했다. 경애는 금단추를 단 백령도 순사와 단둘이 이야기하고 싶다고 말했다. 그가 손짓하자 조선인 순사는 밖으로 나가며 냉큼 담배를 꺼냈고 호소이 역시 하나를 받아 들었다. 옥화는 조심스럽게 창고 문을 닫았다. 창고 안에는 김 씨의 시체와 경애, 일본인 순사만 남았다.

아, 물론 옥화도 있었다. 아무도 신경 쓰지 않았을 뿐.

"한 가지 궁금한 게 있습니다. 경찰에서는 상부나 상관에게 거짓말하는 사람을 어떻게 보나요?"

"당연한 걸 묻는군. 물론 엄벌로 다스리지."

"그럼 저도 거짓말은 못 하겠네요. 제하라는 남자는 풀어

주시는 게 좋겠습니다. 김 씨는 살해당한 게 아니라 실족사한 거니까요."

순사는 그 말을 듣고 화내거나 무시하는 대신 금단추를 만지작거렸다.

"호소이 순사를 데려오며 계속 생각해 봤소. 당신 이름을 어디서 들은 것 같더군."

"곤충학에 관심 있으신가요?"

"아니, 하지만 7년 전까지만 해도 도쿄에 살고 있었지. 당신, 붉은 딱정벌레 사건에 연루되었던 그 유학생 맞소이까?"

경애의 얼굴이 살짝 굳었다. 순사가 눈을 가늘게 떴다.

"그때 당신이 들쑤신 덕에 말단 순사부터 당시 형사부장까지 관련된 경찰이란 경찰은 죄다 곤경에 처했다고 하지만 내 생각은 다르오. 당신 이야기를 들어 주었던 경시 한 명은 무사했지 않소? 되레 성실함을 인정받아 표창을 받았다던데."

"음, 그건 사실 저랑은 상관없는 일인데…."

"이 상황에 겸손은 미덕이 아니오. 실족사라 생각한 이유를 설명해 보시오. 들어 줄 테니까."

일본에서의 사건, 어떤 기자가 순전히 신문을 팔아먹기 위해 '붉은 딱정벌레 사건'이라 이름 붙인 덕에 그렇게 알려진 사건에 대해 이 순사는 단단히 오해하고 있었다. 경애가 도쿄에서 한 짓은 실수였을 뿐이고, 애초에 그 딱정벌레는 붉은색도 아니었다. 하지만 지금 오해를 바로잡을 필요는 없었다. 말한다고 들을지도 모르겠다. 일본인, 남자 그리고 제국의 경찰들은 자기 생각을 바꾸지 않는다. 경애는 김 씨의 시체를 손가락으로 가리켰다.

"호소이 순사의 말이 맞다고 가정한다면 김 씨는 불과 이틀 전에 살해당했죠. 이상한 점을 못 느끼겠나요? 시체의 눈을 보세요."

경애의 손가락이 김 씨의 희멀건 눈동자를 향했다. 구더기가 우글거리고 허옇게 변한 시체의 눈동자. 순사는 시체로 다가가 고개를 숙였다. 창고 안에는 잠시 침묵이 흘렀다.

"혼탁하군."

마침내 순사가 입을 열었다.

"설마 그게 이상하다는 거요? 의학을 배웠다면 시체의 눈이 원래 이렇다는 걸 알지 않소?"

"알아요. 사람이 죽은 뒤 열두 시간이 흐르면 눈알이 흐려지기 시작하고, 보통 하루나 이틀이 지나면 이렇게 불투명하게 변하지요. 문제는….."

경애는 구더기를 한 마리 집어 들어 올렸다. 흰 애벌레가 꿈틀거렸다.

"이거예요."

"구더기?"

순사의 얼굴이 일그러지는 것이 경애가 맨손으로 구더기를 집은 행동에 대한 혐오감 때문인지, 시체에 구더기가 있는 게 뭐가 문제냐는 반발심 때문인지 알 수 없었다. 어느 쪽이든 경애는 신경 쓰지 않았다.

"피해자가 살해당한 날과 용의자가 섬에 돌아온 날이 같다는 사실을 들었을 때, 그런데 시체에 구더기가 있다고 들었을 때 말이 안 된다고 생각했죠. 호소이 순사가 시체를 발견했을 때부터 구더기가 있었다고 증언했지만 서제하가 대청도에 들어온 것은 18일 오후 4시경이었어요. 그날 항구에 들어온 배는 그게 유일했기 때문에 그 사실은 바뀔 수 없어요. 그런데 호소이 순사가 시체를 발견한 것은 오후 8시였죠. 하지만 구더기는 아무리 기온이 따뜻해도 알에서 부화하기까지 최소 여덟 시간은 잡아야 한답니다. 설령 서제하가 대청도에 발을 디디자마자 바로 김 씨를 살해했다고 해도 지금 같은 기온에 고작 네 시간 만에 시체에 구더기가 생기는 건 불가능해요."

순사가 반박했다.

"호소이 순사가 본 게 구더기가 아니라 다른 벌레였다면? 시체가 땅에 반쯤 묻혀 있다고 했으니, 흙에 사는 다른 벌레를 구더기로 착각할 수 있었을 텐데."

"그럴 수도 있어요. 하지만 그렇다고 해도 여전히 이상한 점이 있네요. 지금 시체에 있는 건 구더기가 맞거든요. 검정파리의 유충이고, 크기는 18밀리미터가량. 파리는 알, 1령 구더기, 2령, 3령을 거쳐 번데기가 되었다가 성충으로 우화하는데, 이 정도 크기면 2령 구더기예요. 아마 현미경으로 관찰해 봐야 알겠지만 후기문✦에 난 틈도 두 개일 것 같네요. 이는 2령 구더기라는 사실을 뒷받침하죠. 이 정도 크기로 자라려면 사흘은 필요하고, 지금처럼 쌀쌀한 날씨엔 더 걸릴 수도 있어요. 그런데 제하가 18일 오후 8시에 이 남자를 죽였다면 지금은 죽은 지 고작 스물여섯 시간이 지났을 뿐이죠. 게다가 여기엔 2령 구더기만 있는 게 아니에요. 이 껍질을 보세요. 이건 번데기가 탈피하고 나온 흔적이에요. 구더기가 파리가 되는, 순환이 이미 한 번 돈 거예요. 아무리 최소한으로 잡아도 죽은 지 엿새 이상 되었어요. 제 추측으론 이 사람이 죽은 건 아흐레 전 일이에요."

일본인 순사는 시체 위로 몸을 기울이고 시체의 눈 속에서 꿈틀거리는 구더기를 응시했다. 입을 일자로 다물고 있었지만 혼란스러운 표정이었다. 그의 눈에 의심이 어렸는데 그건 경애를 향한 것이 아니었다. 그는 창고 문 쪽을 흘끔 쳐다보았다.

"하지만 시체의 상태가 그리 오래된 것 같진 않은데…."

순사가 중얼거렸다.

"시체를 본 적이 있나요?"

"직접 보는 건 처음이지만 배우긴 했소. 죽은 지 일주일이 넘으면 살의 부패가 시작됐어야 하지 않소?"

"그게 바로 이 남자가 폭우가 끝나기 전 죽었다고 생각하

✦   구더기의 몸통에 나 있는 숨을 쉬기 위한 통로.

는 이유예요. 김 씨는 잔뜩 취한 상태로 산에 올라갔을 거예요. 그리고 험한 산길을 오르다가 실족사했죠. 그래서 손에 멍과 골절이 있는 겁니다. 바위에 부딪혀 머리의 외상이 생긴 거고요. 하반신은 확인하지 못했지만 거기에도 상처가 있을 확률이 높아 보이는군요.

아흐레 전에 이틀 동안 섬에 폭우가 내렸죠. 그래서 산 곳곳에 작은 산사태가 일어나고 길이 망가져 저는 채집하러 나가지 못했어요. 그때 무너진 흙이 남자의 몸을 두껍게 덮었습니다. 아시는지 모르겠지만 흙에 묻힌 시체는 공기 중에 노출된 상태보다 느리게 부패해요. 최대 여덟 배까지요."

순사는 생각에 잠겼다가 물었다.

"그럼 서제하가 이후 김 씨의 시체를 발견했다고 가정한다면, 그는 왜 호소이 순사를 공격하고 달아난 거지? 결백하다면 그럴 이유가 없었을 텐데."

"그야 호소이 순사가 서제하를 봤다는 건 거짓말이니까요. 아마 그는 순찰을 돌다가 시체를 발견했고, 서제하에게 살인죄를 뒤집어씌우려 했을 거예요.

독 묻은 나무의 과일은 따 먹지 말라는 말을 들어 보셨나요? 자료수집의 기본 원칙이죠. 호소이 순사의 증언은 믿을 수 없어요. 그날 밤 서제하를 발견했을 때 그에게 불을 비추며 정황을 메모했다고 말했죠. 그런데 한 손엔 수첩, 다른 손엔 손전등을 들고 있었다면 만년필은 대체 어느 손으로 들었단 말인가요?"

*

대청도 앞바다를 일본 포경주식회사의 배들이 요란하게 오갔다. 배에 가까이 가면 선체가 더운 증기를 뿜어내는 소리와 작살이 잘그락거리는 소리를 들을 수 있었다. 경애는 항구에 서서 배를 기다리고 있었다. 옥화는 집주인에게 인사하기 위해 잠깐 자리를 비웠다. 경애를 못마땅하게 여겼던 황씨 할머니는 경애가 서제하의 누명을 벗겨 주었다는 사실을 알자마자 태도가 돌변해 세상 다정하게 굴었다.

"한경애 씨 되십니까?"

한 남자가 다가와 공손하게 말을 걸었다. 그는 젊었고 섬의 다른 사람들과 달리 깔끔하고 단정한 서양식 양복을 입고 있었다. 눈동자는 부드러운 진갈색이었는데 말에서 황해도 억양이 옅게 묻어났다. 남자는 손을 내밀어 악수를 청했다.

"서제하라고 합니다. 오늘 가신다는 말을 듣고 급히 나왔는데, 아직 계셔서 다행입니다."

항구는 텅 비어 있고 배는 도착할 기미를 보이지 않았다. 달리 할 일도 없어 경애는 제하의 손을 잡았다.

"아직 배가 안 와서요. 무사히 풀려나셨나 봐요."

제하는 살짝 눈살을 찌푸렸다. 나쁜 기억이 떠오르는 것 같았다.

"덕분에요. 오늘 아침에 석방 절차를 밟았습니다. 부당하게 억류된 것에 사과나 보상은 따로 없었습니다만… 그래도 호소이 순사가 위증 처벌을 받기 위해 백령도 주재소로 불려 간다고 합니다. 그걸로 위안을 삼아야지요."

제하의 낯빛이 좋지 않았다. 얼굴은 파리하다 못해 창백할 지경이었고 날씨가 서늘한데도 이마에 식은땀이 맺혀 있었다. 경애는 부두 가장자리 쪽으로 고갯짓을 했다.

"앉아서 이야기할까요?"

경애는 제하의 눈에 안도감이 스쳐 지나가는 것과 걷는 동안 왼쪽 다리를 살짝 저는 것을 모르는 척했다. 둘은 낮은 돌담에 걸터앉았다. 제하가 먼저 말문을 열었다.

"제가 김 씨와 사이가 좋지 않았던 것은 사실입니다. 하지만 진짜 사이가 험악했던 쪽은 호소이 순사였어요. 포경회사와 작당하고 부당 계약으로 주민들의 배를 가로채려고 했을 때 그걸 막은 게 저였거든요. 섬에 도착한 날도 따질 게 있어 포경회사를 찾아갔는데… 그들도 절 싫어했던 건 마찬가지였나 봅니다. 그 시간에 만난 적 없다고 잡아뗀 걸 보니."

"다음에 이런 일 생기면 그냥 집에 있었다고 말하고 가족과 이웃들에게 위증을 부탁하세요. 가족 증언은 신빙성이 좀 떨어져도 그런 인간들에게 증언해 달라고 하는 것보단 나을 거예요."

제하는 눈을 동그랗게 뜨고 경애를 쳐다보았다. 미처 생각
지도 못한 말을 들었다는 듯한 표정이었다. 경애는 어깨를 으
쓱했다.

"왜 그러시나요?"

제하는 뒤늦게 무례를 깨닫고 급히 시선을 돌렸다.

"죄송합니다. 경애 씨가 그런 말씀을 하실 분이라곤 상상
못 해서요."

"오늘 절 처음 보셨을 텐데요."

"그렇습니다만, 신문에서 읽은 적이 있어요."

아, 신문. 또 그 붉은 딱정벌레 사건 이야기였다. 경애는 한
숨을 삼켰다. 그러나 이어지는 말은 예상과 달랐다.

"경애 씨가《동아일보》에 기고하셨던 글 말입니다."

동아일보와 기고. 두 단어의 조합에 기억 속에 묻어 뒀던
몇 년 전 일이 경애의 머릿속에 떠올랐다. 경애는 예전에《동아
일보》에 미국의 야생벌과 인간의 관계에 대한 글을 8주에 걸
쳐 연재한 적이 있었다. 그 글은 별로 인기가 없었다. 솔직히
말하자면 그 글을 비난하는 글이 더 인기 있었다. 사람들은 경
애의 저술을 "조금도 실용성이 없으며 사치스럽고 경박한 여
자의 유희에 불과하다"라고 비난했다. 경애의 연재는 5주쯤 되
는 시점에 그 비난에 반박하는 내용으로 변했고 정작 하고 싶
었던 야생벌 이야기는 흐지부지되었다.

"사실 저는 글을 보고 경애 씨가 대단한 이상주의자라고

생각했습니다. 이런 시대에 미국까지 건너가 유유자적 벌 연구나 하고 있다니, 조선의 현실을 제대로 자각하지 못하는 사람이다 싶었죠."

경애는 눈을 찌푸렸다.

"별로 칭찬처럼 들리진 않는데요."

"제가 잘못 생각했다는 말씀을 드리고 싶어 이 이야기를 꺼낸 겁니다. 어떤 이들은 이 시대의 유일한 등불은 민족의 계몽과 자립이라 말하고 저도 그 말에 동의합니다. 하지만 동시에 경애 씨가 호사가들이 떠들어 대는 것처럼 현실에서 눈 돌리고 사치스러운 지적 유희나 즐기는 여자라고도 생각하지 않습니다. 그래서 실례지만 묻고 싶습니다. 왜 이런 길을 택하신 건가요?"

파도가 부두에 부딪혀 포말을 일으키며 부서졌다. 바다는 계속해서 항구로 무용한 파도를 보내왔다. 거품이 일고 물방울이 튀었다. 사람 없는 고요한 항구에는 잠시 파도 소리밖에 들리지 않았다.

"좋아하는 데에 이유는 꼭 필요 없죠. 전 새로운 종류의 벌을 찾고 관찰할 때 기쁨을 느껴요. 야생벌이 윙윙거리는 소리에 마음이 편해지고, 제 눈에 그들의 껍질은 보석처럼 아름다워 보인답니다. 왜 그러냐고 묻는다면 저도 모르겠어요. 학문은 도구가 아니라 그 자체로 목적이에요. 제 행동에 어쭙잖게 이유를 갖다 붙이는 걸 좋아하지 않아요."

"그렇다고 해서 순수한 학문을 추구하는 길을 선택한 게, 이렇게 말해서 죄송합니다. 하지만 거기에 현실을 도피하고자 하는 욕망이 전혀 없었나요? 설령 경애 씨는 그럴 의도가 없었나고 해도, 다른 사람들은 어떻게 생각할까요?"

"다른 사람이 날 어떻게 생각하는지는 신경 안 써요."

"정말 그렇습니까? 지금 이 조선 땅에서, 아니, 전 세계 어디든 다른 사람들로부터 완벽하게 자유로운 사람이 존재한다고 믿기는 힘든데요."

제하는 추궁한다기보다 약간 자조하듯 중얼거렸다. 그는 잠시 쉬었다가 이마의 식은땀을 닦고 꿋꿋이 말을 이었다.

"이 시대에는 공부도, 학문도, 살아 숨 쉬는 것마저도 세상과 동떨어져 존재할 수 없지요. 경애 씨도 그것을 알고 계시리라 생각합니다."

"저에게 세상을 신경 쓰라 충고하러 오신 건가요?"

"아뇨, 이미 신경 쓰고 계시지 않습니까."

경애가 눈살을 찌푸렸다. 제하는 미소를 지었다.

"저를 구해 주셨잖아요."

이제 상대를 빤히 바라보는 쪽은 경애였다.

"경애 씨가 학자로서의 삶을 살기로 결심했음에도, 굳이 나설 이유가 전혀 없었음에도 저나 제가 처한 상황을 무시하지 않고 도와주셨죠. 그러니 제가 진짜 하고 싶은 말은… 저를 그냥 지나치지 않고 도와줘서 고맙다는 겁니다. 감사합니다,

경애 씨. 당신과 당신이 저를 위해 해 주신 모든 일에 대해서."

저 멀리 배가 모습을 드러냈다. 배가 빠른 속도로 항구를 향해 오고 있었다. 경애는 몇 번이나 입을 뗐다 붙였다 하다가 민망하다는 듯 눈을 돌렸다.

"빤히 보이는 걸 남들은 모르고 있는 꼴을 보자니 답답해서 그랬던 것뿐이에요."

마을 어귀에서 옥화가 종종걸음으로 달려오는 것이 보였다. 경애는 자리에서 벌떡 일어났다.

"가 봐야겠네요. 석방되신 거 축하드려요."

경애는 제하에게 앉아 있으라 손짓했다. 짧은 대화만으로도 제하는 지칠 대로 지친 것 같았다.

작은 마을에서 유일하게 근대화된 교육을 받은 청년이 아무리 경찰들에게 눈엣가시라고 해도, 불과 하룻밤 갇혀 있으며 심문을 당했다고 몸이 저리 약해졌을 리 없었다. 경애는 제하가 《조선중앙일보》에서 일하다가 최근에 급하게 고향으로 돌아왔다는 말을 들었을 때부터 짐작했던 것, 그가 베를린의 그 사건에 연루되어 있을지도 모른다는 추측이 사실임을 확신했다.

옥화는 손에 주전부리를 잔뜩 담은 보자기를 들고 돌아왔다. 옥화는 함박웃음을 지으며 경애에게 찰싹 달라붙어 섬 어른들이 가면서 먹으라며 줬다고, 선생님도 꼭 드셔야 한다고 조잘거렸다. 제하는 경애와 옥화가 짐을 들고 배에 올라타는 모습을 지켜보았다.

그들을 태운 배가 항구를 떠날 때까지 제하는 그 자리에 앉아 있었다. 시간이 지난 후 일어서려던 그는 극심한 통증에 신음하며 다시 자리에 주저앉았다. 경애의 짐작대로 그는 경성에서 《조선중앙일보》사진기자로 일했다. 제하는 베를린 올림픽의 그 사진 수정에 관여했던 일을 단 한 번도 후회하지 않았다. 하지만 경성에서 그 일로 겪었던 고초 때문에 약해진 몸이 호소이 순사에 의해 하루 동안 냉골에 갇혀 있으며 제대로 된 거동이 힘들 정도로 망가졌다. 집에서 항구까지 걸어오는 것만으로 기력을 다 쓸 정도로.

다행히 얼마 지나지 않아 동생이 모습을 드러냈다. 저 멀리서부터 뛰어오던 인환은 항구에 도착해 멀어져 가는 배를 망연자실한 눈으로 바라보았다.

"그런 표정 지을 필요 없다. 내 고맙다 말씀드렸다."

인환은 형에게 고개를 휙 돌렸다.

"같이 있던 아랑도 말했나?"

제하는 옥화의 모습을 떠올리며 고개를 저었다. 인환은 실망한 표정으로 중얼거렸다.

"가기 전에 사과했어야 했는디…."

제하는 인환이 그렇게 힘없어 보이는 것을 처음 보았다. 무슨 일이 있었느냐 물을까, 잠시 생각하다 그만두었다. 누군가에게 털어놔서 나아지는 일이 있고 그렇지 않은 일도 있다. 동생은 별로 말하고 싶은 표정이 아니었다. 무엇보다 점점 차가워지는 바닷바람을 제하는 더 이상 견디기 힘들었다.

"인환아. 야, 나 좀 집까지 부축해 주련?"

제하는 떠나기 전 마지막으로 바다 쪽을 돌아보았다. 인천을 향해 가는 배는 이미 점처럼 작게 보였다. 그는 작은 점을 바라보다가 동생의 어깨를 잡고 집으로 가는 걸음을 옮겼다.

경성

1937년 3월 16일

봄이 왔는데도 그해 3월은 이례적으로 쌀쌀했다. 간혹 사람들은 "아직도 겨울이 끝나지 않았다"라고 중얼거리곤 했다. 그 문장은 제복을 차려입은 경찰들이 거리를 나다니는 모습과 함께 점점 '불순한' 의도를 품은 채 돌아다니기 시작했다.

눈치 빠른 이들은 경찰의 숫자가 늘고 있음에 주목했다. 영리한 이들은 조만간 만주에서 중국과 일본 사이에 본격적인 군사적 충돌이 있으리라는 것을 예견했다. 그러나 눈치 없고 영리하지 못한 이들조차도 공기 중에 감도는 무거운 기운 정도는 느낄 수 있었다. 그러므로 그해 봄이 유난히도 추웠다는 말은 다분히 중의적이었다.

유난히 추웠던 1937년의 봄, 경성제국대학 교정에서 한 남자가 벤치에 앉아 신문을 읽고 있었다. 많아야 서른 초반으로 보이는, 지나가던 사람이 한 번쯤 돌아볼 만큼 외모가 수려한 남자였다. 주름 하나 없는 단정한 최신 양복 위로 긴 남색 외투를 걸쳤고 옆에는 짙은 색 중절모가 놓여 있었다. 손목에는 은색 시계가 반짝였다. 벤치 근처에는 휴식 시간 동안 신선한 공기를 즐기러 나온 또 다른 젊은이들이 있었다. 의학부 재학생들로 대개 일본인이었다. 그 3분지 1 남짓한 조선인 학생들은 저들끼리 따로 모여 있었다. 모두 남자였다. 가로등 아래 선 남학생 둘 중 나이가 더 많은 쪽이 화두를 던졌다.

"자네 그 얘기 들었나? 그 괴짜 여자가 얼마 전 경성에 올라와 고급 여관을 통째로 빌렸다는구만."

"누구 말이오?"

"그 있잖나. '노오란 아가씨.' 미국에서 살다 왔다는."

어린 남학생이 고개를 주억거리며 담배를 새로 꺼내 불을 붙였다.

"아, 그 한씨 집안 아가씨. 노란 아가씨라니, 들어도 들어도 희한한 별명이오."

"자기 말로는 꿀벌 연구를 하고, 노란 옷도 많이 입다 보니 자연스레 붙은 거라는데 솔직히 모를 일이지. 저가 미국에서 그리 불렸다— 하면 우리 무지랭이 조선인들은 그게 사실인지, 아님 자기 허영심 채우려 붙인 영어 별명인지 어찌 아나."

"그거야 그렇다만…. 조선엔 어인 일로 돌아왔더이까?"

"조선 땅의 벌레를 연구하려 돌아왔다고는 하는데 솔직히 다 핑계고 뻔하지 않나? 스물여섯이나 먹고도 독신이니 슬슬 조바심이 난 거지."

"거기도 남자는 있었을 텐데."

"어허, 아무리 싼 년이라도 서양 놈이랑 그러면 쓰나."

어린 남학생은 대답 없이 재빨리 담배를 한 모금 삼켰다. 대화가 조금 불편한 기색이었다. 나이 많은 남학생은 아랑곳하지 않고 말을 이었다.

"듣기론 약혼자가 있다고 했던 것 같은데 몇 년이나 성혼을 미룬 걸로 봐서 뻔하지 않아. 그런 여자랑 결혼하고 싶지 않거나, 뭔가 하자가 있는 거겠지."

그는 '하자'라는 단어를 외설적으로 들리게 발음하며 손가락을 까딱였고 웃기까지 했다. 말을 엿듣던 다른 학생이 저도 모르게 비웃음 비슷한 미소를 지었다. 어린 남학생 역시 억지로 따라 웃었다. 그들은 담배를 마저 태우고 의학부 건물로 돌아가려 벤치 앞을 지났다. 그때 벤치에 앉아 있던 젊은 남자가 나이 많은 남학생의 발목을 걸어찼다. 요란하게 퍽 하는 소리가 났다. 방금 전까지 실실대던 남학생은 억 하는 외마디 소리와 함께 바닥에 나뒹굴었다.

"아, 미안하오."

벤치의 남자는 전혀 미안하지 않은 목소리로 말했다. 넘어진 남학생이 발끈하여 고개를 쳐들었다.

"이게 무슨…!"

"괜찮습니다. 그럴 수도 있죠. 실례했습니다."

어린 남학생이 남자의 얼굴을 보고 급히 말을 가로채며 친구의 팔을 잡아당겼다. 벤치의 남자는 두 남학생을 노려보다 본관 건물 쪽으로 몸을 돌렸다. 넘어진 남학생이 사납게 옷의 먼지를 털어 내며 어린 남학생에게 쏘아붙였다.

"자네 뭐 한 건가? 왜─."

"그만하세요, 우리가 잘못했습니다. 저 사람이 누군지 모르십니까?"

"누구긴 젠장, 사이토 교수 외과학교실 조수 아닌가. 기껏해야 교수 따까리인데 굽신댈 필요 있어?"

"아니, 그게 중요한 게 아닙니다……."

너무 멀어져서 더 이상 그들의 목소리가 들리지 않았다. 벤치에 앉아 있던 남자는 신문을 대충 품에 욱여넣고 건물로 들어갔다. 실내 공기는 따뜻했다. 그는 좁은 계단을 올라 연구실로 향했다.

연구실엔 아무도 없었다. 휴식 시간이 아직 끝나지 않은 것이다. 남자는 모자와 코트를 벗어 걸어 두고 찬장 속 약품을 정리하기 시작했다. 그는 연구실 교원 중 유일한 조선인이었기 때문에 대부분의 잡무를 미리 처리해 두어야 했다. 그는 약통에 먼지가 쌓여 있는 것을 보고 인상을 찌푸렸다.

통을 하나하나 꼼꼼하게 닦고 있을 때 구둣발 소리가 들렸다. 연구실 문을 열고 들어온 것은 사이토 교수였다. 의외였다. 오늘은 교수가 학교에 나오는 날이 아니다. 교수는 남자를 보고 얼굴이 밝아져 손짓을 했다.

"동아 군. 마침 연구실에 있었구만."

교수가 일본어로 반갑게 말했다. 동아라 불린 남자는 약통을 내려놓고 공손하게 고개를 숙였다.

"괜찮아, 괜찮아. 편히 앉게. 점심은 먹었나?"

교수는 의자를 빼서 동아를 맞은편에 앉혔다. 식사 여부와 연구실 상황 같은 사소한 잡담이 오갔다. 동아는 교수에게 안부를 물었고 교수는 장남 자랑을 늘어놓았다. 최근 도쿄제국대학 입학시험을 통과했다고 했다. 사이토 교수는 마치 우연히 생각났다는 듯 화두를 던졌다.

"그러고 보니 동아 군도 도쿄제대 출신이었지? 구니후사 선생 제자였던가?"

"그렇습니다. 그분께서 절 여기 추천해 주셨죠."

"허참, 동아 군은 나한테 과분한 인재야. 여기 있어 줘서 참 고마워."

교수는 미소 지으며 말했다. 그게 빈말이라는 것은 명백했다. 동아는 억지로 웃으며 고개를 꾸벅 숙이기만 했다. 연구실에 들어올 때 사이토 교수는 나중에 기회가 되면 동아에게 관청에 자리를 얻을 수 있도록 추천장을 써 주겠다고 약속했다. 사이토 교수는 그 일을 기억하지 못한다. 동아는 기억했다.

"그래, 동아 군. 구니후사 선생 밑에서 배웠다면 법의학 공부도 했겠구만?"

"기초적인 것만 압니다."

"그 정도만 알면 충분해. 에, 어차피 크게 중요한 일도 아니고…"

마지막 말은 혼잣말에 불과했지만 동아는 궁금해졌다. 그는 호기심을 참지 못하고 물었다.

"맡기실 일이 있습니까?"

"그래. 오늘 새벽에 가회정에서 살인 사건이 일어났다는군. 사건에 좀 기이한 점이 있어서 경찰에서는 신문이 야단법석을 떨기 전에 빨리 해결하고 싶은 모양이야."

"특이하다고요? 죽은 사람 때문입니까?"

"아냐. 피해자는 별거 아냐. 여가수일세. 유행가나 부르던 딴따라지. 경찰 요청대로 내가 부검을 지도하면 좋겠지만 말했다시피 큰아들 놈 때문에 지금은 가족들과 시간을 더 보내고 싶어서 말일세."

"하지만 우리 학교에는 법의학교실이 있지 않습니까. 왜 그쪽이 아니라 교수님께 의뢰한 겁니까?"

사이토 교수의 얼굴이 굳어지는 걸 보고 동아는 아차 싶어 고개를 숙였다.

"이유가 뭐든 제게 일임하시면 신경 쓰실 일 없도록 하겠습니다."

교수의 표정이 풀렸다. 동아는 가슴을 쓸어내렸다.

"고맙네. 말 안 해서 그렇지, 내가 자넬 아들처럼 든직하게 여기고 있는 거 알지?"

교수는 동아의 어깨를 두드리고 나가려다가 선심 쓴다는 듯 덧붙였다.

"물론 경찰은 법의학 교수에게 부검을 요청했지만, 그쪽에선 지금 일본인과 조선인 혈액 비교 연구를 하고 있어 인원이 부족하다고 거절했네. 시체는 본관 부검실에 이미 도착했으니 이따 경찰들 오면 같이 들어가 보게."

사이토 교수는 자존심이 강한 사람이었다. 다른 교수 대타 정도로 취급된 것이 불쾌한 것이 분명했다. 교수가 떠나고 동아는 정리하던 약품을 서랍에 대충 쑤셔 넣고 일어났다. 경찰이 올 때까지 기다릴 수도 있었지만 '기이하다'는 교수의 표현이 마음에 걸렸다. 교수가 시체를 직접 보고 온 것 같진 않으니 경찰의 표현을 그대로 사용한 게 분명했다. 그들은 대체 살인 사건의 어디가 이상하길래 그런 단어를 쓴 것일까?

본관 수위는 그의 얼굴을 알아보고 부검실의 열쇠를 주었다. 그는 탈의실에서 가운을 갈아입고 손을 씻은 뒤 부검실 안으로 들어갔다. 차가운 부검대에 누워 있는 젊은 여자의 시체가 보였다. 동아는 시체에 칼을 대거나 옷을 자르지 않고 육안으로 확인해 보았다. 간단한 검안✦ 과정이었다. 30분 정도 찬찬히 살펴보았지만 시체는 평범했다. 딱히 이상한 점 없는, 목 졸린 시체에 불과했다. 동아는 이 지극히 평범한 시체를 두고 경찰이 경성제대에 부검을 의뢰해 가며 호들갑을 떠는 이유가 무엇인지 의문을 품었다. 동아는 부검실에서 나와 물건을 탁자에 올려놓고 손을 구석구석 씻었다. 손가락 사이에 비누를 묻히고 손목 조금 위까지 물을 뿌렸다. 이미 깨끗한 손톱 밑을 다시 한번 꼼꼼하게 헹궈 내고 있을 때, 누군가가 문을 두드렸다. 수위였다.

"김 선생님. 경찰이 왔는데요."

생각보다 빨리 왔군. 그 게으른 왜경들이 웬일로 적극적이었다. 동아는 곧 나가겠다 말하며 소지품을 도로 주머니에 집어넣고 옷매무새를 다듬었다. 부검실 밖에는 두 사람이 서 있었다. 제복을 차려입은 경찰과 젊은 여자였다. 여자의 모습을 본 동아의 눈이 커졌다. 상대는 동아만큼 놀라지는 않은 것 같았다. 적어도 겉으로 티를 내지는 않았다.

"당신이 김동아 선생이오?"

일본 경찰이 물었다. 동아는 급히 여자에게서 시선을 떼고 가볍게 고개를 끄덕여 긍정을 표했다. 경찰이 손을 내밀었다.

✦   시체를 손상하지 않고 오감으로 관찰하여 사인을 판별해 내는 검시 방법.

"사토 마시타케 경부라 하오. 만나서 반갑소."

동아는 반사적으로 손을 맞잡으며 "반갑습니다"라고 답했다. 사토 경부는 헛기침을 하며 여자를 소개했다.

"이쪽은 한경애 선생, 고 한상준 선생 따님이고 미국에서 곤충학을 연구하셨소이다. 이번 사건의 특이성 때문에 경찰 자문을 맡아 주셨으니, 여자가 현장에 있다고 해서 이상한 오해는⋯."

"아뇨, 그럴 리가요."

동아는 다급히 고개를 가로저었다. 그는 경애를 여자라고 무시하거나 부적절한 눈으로 본다는 오해를 받고 싶지 않았다. 그저 갑작스러운 재회에 놀랐을 뿐이었다. 동아는 순간적으로 가운에 얼룩이 지지 않았는지, 아침에 수염이 덜 깎이지 않았는지 걱정하다가 속으로 자조적인 웃음을 지었다. 오랜만에 만나서 하는 생각이라는 게 고작 이따위라니. 그의 마음을 아는지 모르는지 경애는 담담하게 인사를 건넸다.

"오랜만이에요, 동아 씨. 부검을 경성제대에 맡겼다 해서 혹시나 했는데⋯."

"제가 여기서 일하는 걸 알고 계셨나요?"

"물론이죠. 작년 6월에 편지로 말씀하셨으니까요."

경애의 말에 가슴이 쿵쿵 뛰었다. 경애의 삶에서 그는 우선이었던 적이 없었고, 자신이 지나가듯 한 말을 그가 여전히 기억하고 있으리라 생각하지 못했다. 사토 경부는 이상하다는 눈빛으로 둘을 번갈아 쳐다보았다.

"둘이 아는 사이요?"

"네, 동아 씨는 제 약혼자예요. 기막힌 우연이네요."

경애의 대답에 사토 경부는 놀란 표정을 숨기지 못했다. 그는 경찰모를 잡고 살짝 고개를 숙이며 "실례했소"라고 말하곤 따로 인사할 시간을 주겠다며 잠시 자리를 비켜 주었다.

"경성엔 언제 오셨습니까?"

"채집 여행을 마치고 올라온 지 세 달쯤 되었어요. 기별드리지 못해서 미안해요."

동아는 손사래를 쳤다.

"미안하다뇨. 당치도 않습니다. 연구 때문에 바쁜 걸 알고 있습니다."

그는 경애의 눈치를 보더니 조심스럽게 덧붙였다.

"그런데 경찰 자문을 맡은 겁니까? 혹시 이 사건의 '특이성'과 관련된 건가요?"

"맞아요. 전문가 도움이 필요하다더군요. 저도 잠깐 짬을 낼 수 있어서 수락했어요."

그러나 경애의 전문은 곤충, 그중에서도 벌이었다. 동아는 더욱 어리둥절해졌다.

"시체가 벌에 쏘여 죽은 건 아니던데요. 평범하게 교살당한 시체였습니다. 어쩌다가 끼어들게 된 겁니까?"

경애는 한숨을 쉬며 손에 든 가방을 매만졌다.

"이야기가 길어요."

동아는 어깨를 으쓱했다.

"길든 짧든 경애 씨 얘기라면 지루하지 않을 겁니다."

같은 날, 아침 9시

경애는 현미경 배율을 조절했다. 시야가 뿌옇게 흐려지다가 점차 초점이 맞으며 꼬마장수말벌의 통통한 가운데가슴배판이 모습을 드러냈다. 여러 개의 홈줄이 선명하게 그어져 있었다. 경애는 현미경에서 눈을 떼지 않고 손만 움직여 그 모습을 간단히 스케치했다. 지난겨울부터 연구실 삼아 머문 여관방은 아늑했다. 단순히 방이 깨끗하고 조용해서만은 아니었다. 미국의 초라한 하숙방이든, 대학 연구실이든, 태평양을 횡단하는 배 안이든 곤충을 관찰할 때면 경애는 언제나 이런 아늑함을 느꼈다. 왼손으로 현미경의 초점을 바꾸자 육각형 모양 낱눈이 빼곡하게 들어찬 말벌의 검은 겹눈이 접안렌즈 위로 나타났다. 벌의 집과 벌의 겹눈이 모두 육각형으로 이루어져 있다는 것은 참 재미있는 사실이다. 자연에서 가장 안정된 구조. 경애는 벌과 눈을 맞추었다.

이곳에는 우리 둘만 있구나. 너와 나. 표본과 연구자. 그 외엔 아무것도 없다. 참으로 고요하고 안전한 세계다.

경애는 미소를 지으며 다시 손을 놀렸다.

누군가가 방문을 두드렸다. 경애는 무시했다. 하지만 잠깐의 간격을 두고 상대는 다시 똑똑 노크를 했다. 세 번째 노크에 이르러서야 경애는 찡그린 얼굴로 현미경에서 눈을 떼고 들어오라 말했다.

한복을 입은 중년 여자가 문을 열었다. 여관 주인 남지은 부인이었다. 남 부인은 남편과 사별 후 동대문 근처의 이 작은 주택을 사들여 개조한 다음 고급 여관으로 운영하고 있었다. 부인은 경애의 연구실에 들어올 때마다 놀라움을 감추지 못했다. 젊은 여자, 사실, 남 부인의 눈에 여자가 스물여섯이라면 이제 젊다곤 할 수 없겠지만, 그래도 시집도 안 간 처자가 너무 너저분하게 지낸다고 생각하는 게 분명했다.

부인은 처음 몇 번은 방을 깨끗하게 써 달라 잔소리했지만 여관 전체를 빌린 숙박료가 꼬박꼬박 들어오자 뭐라 하지 않았다. 어쨌든 경성에서 경애는 부인이 간섭할 마음이 들지 않을 정도로 적절한 차림새를 하고 다녔다. 대청도에서와 달리. 경애는 책상에 앉아 뒤도 돌아보지 않고 말했다.

"남 부인, 웬일로 올라오셨나요?"

부인은 놀란 표정을 지었다가 현미경 옆에 거울이 몇 개 놓여 있는 것을 보고 손을 가슴에 올려놓았다. 문 쪽을 향해 기울어 있는 이 거울들은 경애가 등을 돌리지 않고도 방에 들어오는 사람을 확인하려는 용도였다. 경애는 남 부인의 얼굴에서

'과연 듣던 대로 괴짜 아가씨다' 하는 생각을 읽을 수 있었다.

"살면서 이렇게 많은 벌레를 보는 건 처음이라우."

부인은 너스레를 떨며 연구실을 가로질렀다. 그는 방 안 가득한 곤충표본들의 겹눈과 다리에서 애써 시선을 돌리며 그나마 예쁜 껍질과 날개만 쳐다보았다.

"그래도 생각보단 덜 징그럽네. 나비 같은 건 없나?"

"여긴 벌만 있어요. 다른 곤충은 옆방에 보관 중이에요. 전 벌을 가장 좋아해서."

경애는 부인의 손에 흰 종이가 들려 있는 것을 발견했다. 부인은 그제야 종이의 존재를 기억해 낸 양 호들갑을 떨었다.

"아, 경애 씨 앞으로 전보가 왔어요. 아침에 왔는데…."

경애는 전보를 받아 무심결에 펼쳐 보았다가 재빨리 다시 접었다.

"누구에게 온 건감?"

"오라버니가 보내셨어요."

경애는 더 말하고 싶지 않다는 눈치였다. 부인은 당황한 기색으로 망설이다가 아침을 먹으러 내려오라고 말을 돌렸다. 경애는 오늘 아침은 거르겠다고 대답하며 옥화의 식사를 챙겨 달라고 짧게 덧붙였다.

남 부인이 나간 후에 경애는 현미경을 몇 번 들여다보다가 포기하고 얼굴을 쓸어내렸다. 연구 시간이 주는 평온함은 깨진 지 오래였다. 옆에 구겨진 전보가 떨어져 있었다.

경애의 오빠 경진은 친일 인사로 유명했다. 그리고 동시에 여동생의 학업을 전면 지원해 주는 것으로 경성 사교계에서 유명했다. 사람들은 그것이 그의 몇 안 되는 인간적인 면모라고 평가했다. 남 부인의 표정을 보아하니 경애가 왜 이런 반응을 보이는지 이해 못 한 것이 분명했다. 그야 이 여관비를 내고 있는 것도 경진이니, 남 부인은 당연히 그가 좋은 오빠이리라 짐작할 터였다.

경애는 불쾌한 쓰레기를 줍는 것처럼 엄지와 검지로 전보를 들어 올려 그 내용을 몇 번이고 다시 읽었다. 그러면 경진의 전언이 바뀌기라도 할 것처럼. 최대한 순화해 말하자면 이런 내용이었다.

다 큰 처자가 언제까지 헛짓거리로 국외를 떠돌며 시간을 낭비할 셈이냐? 추잡한 소문으로 집안 위신 떨어트리지 말고 돌아온 김에 어서 결혼하고 정착해라.

미국으로 보내온 것과 한 치도 다를 바 없는 내용이었다. 그러나 지금 경애는 경진의 영향력이 직접 닿는 조선에 있었고 그래서 더 위협적으로 느껴졌다. 더 이상 안전한 기분이 들지 않았다.

하기야, 할아버지의 유언이 아니었다면 진작 학비도 끊어 버렸을 사람이지.

경진은 경애가 공부하는 걸 탐탁지 않게 여겼다. 부친도 마찬가지였다. 경애가 공부를 시작할 수 있었던 것은 순전히 할아버지의 비호 덕분이었다.

경애의 할아버지는 과거 호조참판을 지낸 인물로, 여성도 남자와 똑같이 가르쳐야 한다는 신세대 계몽주의자들의 주장을 결코 달갑게 여기지 않았다. 그래도 그는 친손녀인 경애는 사랑했다. 경애가 영특하고 잠재력 있어서가 아니라 자신의 피와 살을 물려받았기 때문이었다. 그는 경애를 학교에 보내고 일본 유학까지 보내 주었고, 더 나아가 서구에 가 보고 싶다는 탄원까지 들어주었다. 여름밤마다 자신의 등에 업혀 잠들던 손녀의 사랑스러운 무게감과 색색거리는 숨소리를 기억하고 있었기 때문일 것이다. 경애는 할아버지를 유난히 잘 따랐고 남의 집 아이들이 걸음마를 시작할 때 벌써 글을 떼고 서재의 낡은 사서삼경을 척척 읽어 내렸다. 본래 경진 혼자 떠나는 것으로 정해져 있던 유럽 여행에 경애가 동행할 수 있었던 것도 할아버지의 지시 덕분이었다.

경진은 그 명령을 달가워하지 않았다. 하지만 아버지와 할아버지 앞에서 티를 낼 만큼 멍청하지도 않았다. 경진은 둘에게서 물려받아야 할 것이 아직 많았다. 경애와 경진의 여정은 러시아에서 시작해 독일과 프랑스를 거쳐 영국에서 끝났다. 경애는 얌전히 숙소에 있으라는 오라버니의 말을 무시하고 최대한 많이 돌아다녔다. 이것이 평생 한 번뿐일 기회라는 것을 경애는 알고 있었다.

파리에 도착한 둘째 날, 당시 최신 유행이었던 깃털 달린 모자를 비뚜름하게 쓴 여자가 편지를 받고 경애를 기다리고 있었다. 여자는 유명한 유학생 중 한 명이었고 경애를 의회와 광장, 중국과 조선 유학생들 모임에 데려갔다. 똑똑하지만 경험이 부족한 소녀였던 경애는 그 어떤 것에도 감명받을 준비가 되어 있었다. 날이 저물었을 때 깃털 모자를 쓴 여자는 경애에게 파리 대학에서 강연하기 위해 대서양을 건너온 생물학자를 소개해 주었다. 생물학자는 경애에게 자신의 표본들을 보여 주었다.

생물학자는 경애가 과학에 보이는 관심에 크게 기뻐했다. 경애가 딱정벌레에 대한 자신의 연구를 대번에 이해하고 날카로운 질문까지 던지자 영리한 후학을 탐내는 기색까지 내비쳤다. 경애는 그에게 명함을 받았다. 늦은 시각 숙소로 돌아왔을 때 경진의 윽박지름을 견디면서도 그 명함을 손에 꾹 쥐고 놓지 않았다. 결국 그 종잇조각에 적힌 주소로 몇 통의 편지를 보낸 후 보고서와 서류들이 오간 결과 미국까지 건너가게 되었으니 옳은 선택이었다.

결혼. 경애는 가만히 전보 속 단어를 곱씹었다. 결혼이라. 언젠가는 해야 할 일이지만 당장은 아니었다. 혼약자인 동아가 싫어서가 아니었다. 일본 유학 중에 만났던 동아는 물론 좋은 남자였다. 그는 언제나 사려 깊고 다정했으며 직업도 좋고 외모까지 훌륭했다. 조선 팔도의 모든 여자에게 이런 선택권이 주어지는 건 아니다. 그러나 동시에 이건 상대가 누구냐의 문제가 아니기도 했다. 누구와 결혼하든 그 선택은 경애에게서 무언가를 빼앗아 갈 것이다.

끝없이 다른 이의 관용에 삶을 맡겨야 한다는 생각은 경애를 침울하게 만들었다. 맨 처음엔 할아버지였다. 그다음엔 부친이었고 지금은 오라버니다. 결국에 이 여정은 동아 씨로 끝날 것인가? 경애는 조언을 구하고 싶었지만 누굴 믿어야 할지 몰랐다. 조선을 오래 떠나 있었던 경애가 이용할 수 있는 국내 인맥은 대부분 집안이나 경진과 관련되어 있었다.

숙부님이라면 어쩌면 무슨 수가 있을지도 모른다는 생각이 번뜩 들었다. 그는 학교 진학을 반대하는 부친 때문에 곤란에 처한 옥화를 맡아 달라 부탁할 정도로 여성 교육과 자립에 관심이 있었다. 또 조선 사회도 잘 알았으며 무엇보다 친일 행위에 반대하며 집안과 연을 끊은 사람이었다. 경애의 아버지가 중추원 자문직을 수락하자 대로하여 뛰쳐나간 뒤, 그는 한씨 집안 사람 중 오직 경애와만 연락했다. 경애가 오랫동안 국외로 나가 있느라 친일 행위에 찬동한 적이 없었기 때문일 것이다. 그에게 몰래 조언을 청한다면 배울 점이 많으리라. 지식이나 인맥을 제외하고서라도 무엇보다 이 집안을 먼저 탈출한 선배가 아닌가….

누군가가 여관방 문을 가볍게 두드렸다. 경애는 남 부인이라 생각하고 무시했다가 문 너머에서 자신을 부르는 목소리에 벌떡 몸을 일으켰다. 문을 열자 단아한 노인이 복도에 서 있는 것이 보였다. 남 부인이 호기심 어린 표정으로 뒤에서 둘의 눈치를 살폈다.

"오랜만이구나, 경애야."

노인이 옛날과 전혀 다르지 않은 부드럽고 진중한 목소리로 말했다. 경애는 가슴이 조여드는 기분에 아무 말도 하지 못했다. 그는 집안을 떠난 어른이 숙부 말고도 한 사람 더 있었다는 것을 까맣게 잊고 있었다.

늙어 간다기보단 완숙해 가는 이들이 있다. 해가 지날수록 기력이 쇠하고 눈이 흐려지는 것이 아니라 세월이 가져다준 통찰을 몸 안에 꾹꾹 눌러 담으며 죽을 때까지 매해 새 가지를 뻗는 당산나무처럼 새로운 이야기를 만들어 내는 이들. 전옥엽도 그런 사람 중 하나였다. 옥엽은 곱게 한복을 차려입고 있었는데 같은 한복이어도 남 부인의 복장과는 달랐다. 남 부인은 경성의 최신 유행을 따라 저고리는 길고 치마는 짧았으며 천은 밝은색으로 물들였다. 그러나 전옥엽의 옷은 아주 오래전 경애가 고향집에서 보았던 그대로였다. 수수한 옥색의 짧은 저고리와 긴 치마, 거기에 장옷까지 갖춘 한복. 새하얀 머리칼은 색이 부재하여 오히려 존재감이 있었는데, 옥엽은 그

긴 머리칼을 아름답게 위로 틀어 올렸다.

옥엽의 모습은 경애에게 누에고치를 연상시켰다. 흠 없이 깨끗하고 부드러운 비단, 아직 사람의 손길을 타지 않은 경탄 스러운 자연 그대로의 상태였다. 일흔이 넘은 나이에도 옥엽의 허리는 꼿꼿했고 평생에 걸쳐 익히지 않았다면 결코 자연스럽 게 나오지 않는 바르고 기품 있는 자세로 잔을 들어 차를 마 셨다.

"너를 본 지 얼마나 되었는지 모르겠구나."

찻물을 한 모금 마시고 옥엽이 나직하게 말했다.

"10년 정도 지났죠."

경애는 불편한 기색을 숨기지 못했다. 옥엽은 모른 척했다.

"그렇게나 오래됐나? 여기저기서 네 소식을 듣다 보니, 정 작 널 만나지 못했다는 걸 잊어버렸구만."

그들은 경애의 방으로 이동해 있었다. 경애는 연구실에서 차를 마시지 않았다. 혹여 표본이 상할까 봐 염려했기 때문이 다. 누구도 예외는 없었다. 심지어 전옥엽이라 할지라도. 경애 는 남 부인이 가져다준 찻잔에 손도 대지 않았다.

"여긴 무슨 일로 오셨나요?"

경애가 조선 땅을 떠난 것이 벌써 7년 전이다. 도쿄에서 의 학 전문학교를 다니다가 미국으로 바로 건너갔으니, 삶의 3분 지 1을 타국에서 보낸 셈이다. 일본으로 건너갈 때 경애는 고 작 열아홉 살이었다. 출국하던 날 부산에서 배에 오른 경애는 배가 출발할 때까지 갑판에 남아 있었다. 경진과 같이 선내에 있기 싫다 자기합리화를 했지만 내심 옥엽이 자신을 보러 오지 않을까 기대했다. 그 시점에서 옥엽이 집을 떠난 지 이미 3년이 지났다는 걸 알고 있으면서도.

당연하게도 배가 항구를 떠날 때까지 옥엽은 오지 않았다. 경애는 추위로 곱은 손을 비비며 갑판에 남아 항구가 더 이상 보이지 않을 때까지 미련을 품고 쳐다보았다.

"오늘 아침에 가회정에서 시체가 발견되었다. 알고 있니?"

대답도, 변명도 아닌 뜬금없는 말이 나왔다. 경애는 퉁명스럽게 대답했다.

"몰라요."

"여자가 살해당했어. 그런데 이번 일에 네가 관심을 가질 만한 점이 있더구나."

"그게 뭔데요?"

"궁금하면 직접 가 보렴. 경찰은 네가 가서 도와주면 좋아할 게다."

경애는 눈살을 찌푸렸다. 그는 그렇게 한가하지 않았다.

경애가 미국에서 무사히 학위과정을 마칠 수 있었던 것은 집안의 후원과 유난히 편견 없던 교수 덕분이었다. 파리에서 처음 만난 랜디 필그림 교수는 미국 생활 동안 줄곧 경애의 조언자가 되어 주었다. 어릴 적 소아마비를 앓아 서른셋에 재활에 성공하기 전까지 두 발로 걷지 못했던 필그림 교수는 경애의 비상한 두뇌가 자신처럼 사회적으로 인정받지 못하는 껍데기에 들어 있는 현실을 못내 안타깝게 여겼다. 그는 매번 논문과 학회 가입을 반려당하던 경애에게 고향으로 돌아가 재래종 연구를 해 보라고 조언했다.

경애가 아피스 멜리페라(Apis mellifera, 서양양봉꿀벌)의 춤 언어를 연구하는 건 어렵겠지만, 동양에만 서식하는 진귀한 뒤영벌이나 말벌의 표본을 가져오거나 조선 땅벌의 초보적인 저사회성을 연구한 기록을 발표하면 많은 관심을 받을 수 있을 것이라고 했다. 매혹적인 동양인 여자 연구자가 채집한, 이 신비로운 아시아의 곤충을 보라! 상상만 해도 불쾌했지만 경애는 그런 형편없는 캐치프레이즈라도 필요했다.

"전 자극적인 사건을 쫓아다니는 기자나 사설탐정 따위가 아니에요. 제 일도 바빠요."

"그래도 한 번만 가 줄 수 없겠니? 내 부탁하마."

옥엽은 찻잔을 달그락 내려놓으며 간절하게 말했다. 경애가 평생 보지 못한 옥엽의 절박한 모습이었다. 경애는 지끈거리는 머리를 짚었다.

"이유라도 듣죠."

"네가 간다면 이야기해 주마."

"좋아요. 한번 가 보긴 할게요."

경애는 마지못해 말했다. 옥엽의 얼굴에 안도의 기색이 어렸다. 경애는 관자놀이를 문질렀다.

"어디라고 하셨죠?"

"가회정 2가. 평범한 주택가란다."

옥엽의 눈길이 경애의 옷에 닿았다. 경애는 미국에서 가져온 얇고 하얀 실내복 차림이었다.

"나갈 채비를 하려면 시간이 걸리겠구나. 기다리고 있으마."

그는 장옷을 걸치고 나갔다. 경애는 의자 등받이에 몸을 기댔다. 새하얀 실내용 원피스 자락이 체중에 눌려 구겨졌다. 경애는 손등을 이마에 올려 얼굴을 식혔다. 옥엽은 항상 이런 식이었다. 경애는 생각했다. 멋대로 나타나서 자기 할 말만 하고 또 멋대로 사라진다….

경애는 짜증스럽게 옷을 갈아입고 시간을 들여 얼굴에 분을 발랐다. 차림새가 허락하는 한 가장 큰 손가방을 들고 1층으로 내려가니 옥엽은 보이지 않고 옥화만 남 부인과 함께 앉아 있었다. 여관에서 나가지 못하는 옥화는 공부할 때가 아니면 건물 전체를 돌아다니며 방을 구경하거나 남 부인과 이야기를 나누며 심심함을 달래곤 했다. 옥화가 탁자에 놓인 종잇조각을 가리켰다.

"주소를 남기고 가셨어요."

경애는 눈으로 쪽지 내용만 읽었다.

"그분은 누군가요?"

"우리 할머니."

경애가 짧게 대답했다. 옥화는 잠시 혼란스러운 얼굴이었지만 옆에 앉은 남 부인을 흘끗 보고 재빨리 기색을 감추었다. 영리하고 눈치가 빠른 아이였다.

"여기 저도 같이 가도 되어요?"

옥화는 쪽지에 적힌 주소를 손가락질하며 말했다. 경애는 안 된다는 뜻으로 단호하게 고개를 저었다. 옥화가 대번에 입을 삐죽였다. 채집 여행을 마무리하고 경성에 온 지도 거의 세 달째였다. 그동안 내내 여관방에만 갇혀 있었으니 답답할 법도 했다.

"하지만 부촌 주택가잖아요. 아무리 우리 아버지라도, 이런 곳에서 소동을 벌이진 않을 거라구요…"

옥화는 얼마 전 배화여자고등보통학교 입학시험에 훌륭한 성적으로 합격했다. 딸을 교육시키려는 부모라면 누구라도 자랑스러워할 일이었다. 하지만 옥화의 아버지는 딸을 교육시켜야 한다 생각하는 인물이 아니었다.

옥화의 아버지는 고등보통학교에 가고 싶다는 옥화를 방에 가두고 동네 청년과 혼담을 잡았다. 옥화는 어머니와 작은오빠의 도움을 받아 경성에 사는 고모에게 도망쳤지만 아버지는 옥화를 잡으러 따라왔다. 고모는 사업상 알고 지내던 경애의 숙부에게 옥화를 맡겼다. 숙부는 그를 다시 경애에게 맡겼다. 많고 많은 사람 가운데 경애가 결국 옥화를 맡게 된 것은 그가 채집을 위해 팔도 곳곳을 돌아다니고 있었기 때문이다. 하지만 겨울이 되고 잡은 표본을 정리하기 위해 경성에 머물며 옥화는 꼼짝없이 집 안에 갇힐 수밖에 없었다.

그 갑갑함을 모르는 건 아니었지만 아무리 그래도 살인이
일어난 곳에 어린 소녀를 데려갈 수는 없었다. 경애 자신이 소
녀의 보호자였기에 더욱 불가했다. 경애는 옥화의 머리를 쓰
다듬었다.

"답답해도 조금만 참으렴. 입학식 날 나랑 같이 나가자."

배화여자고등보통학교는 기숙학교이니 일단 들어가면 제
아무리 부친이라 해도 딸을 쉽사리 끌어내지 못한다. 여학교
교사들은 딸을 데려가 결혼시키려는 부모들을 많이 상대해
보았다. 시무룩해진 옥화는 고개를 주억거렸다.

옥화는 총총걸음으로 경애를 현관까지 배웅했다. 옥화는
남 부인이 따라오지 않는 것을 확인하고 슬며시 목소리를 낮
춰 속삭였다. 경애의 숙부와 몇 개월, 또 경애와 몇 개월을 지
낸 옥화는 경애의 집안에 대해 몇 가지 주워들은 바가 있었다.

"그런데요 선생님, 그분은 진짜 누구예요? 선생님네 할머님
은 돌아가셨잖아요… 두 분 다."

같은 날, 아침 11시

경애는 가방을 들고 인력거에서 내렸다. 한옥 주위로 모여
있는 인파가 가장 먼저 눈에 들어왔다. 대부분 근처에 사는 사

람들이었다. 양복을 입고 수첩을 든 남자들도 몇몇 보였다. 대문 앞에는 순사들이 서 있었다.

외마디 비명 소리가 들렸다. 열서너 살쯤 되어 보이는 사내아이가 담 너머로 몸을 내밀고 있다가 미끄러진 모양이었다. 사내아이는 퉁퉁 부은 한쪽 눈을 부여잡고 눈물을 흘렸다. 순사가 어딜 어슬렁거리냐 호통을 치며 사내아이를 발로 걷어찼다. 그때 경찰 제복 입은 남자가 다가와 순사를 제지했다. 검은 외투를 입고 왼편 허리에는 칼을 찬 자였다. 순사는 그 남자 앞에서 차렷 자세를 취했다.

경애는 인력거꾼에게 지폐를 몇 장 쥐여 주며 기다리라고 지시했다. 인력거꾼은 고개를 꾸벅 숙이며 그러겠노라고 답했다. 경애는 외투를 입은 경찰관에게 다가갔다. 그는 납작하고 각 잡힌 경찰모를 벗고 땀을 닦고 있었다. 날씨가 쌀쌀했으니 더워서 나는 땀이 아닌 것은 분명했다. 말 그대로 진땀을 빼고 있는 듯했다.

"안녕하세요."

경찰이 경애 쪽을 돌아보았다. 다른 사람들처럼 그의 눈이 경애의 얼굴로, 그다음에는 옷으로 향했다. 경애는 옷차림으로 부유한 집안 출신 유학파 아가씨라는 티를 역력히 내고 있었다. 각진 저지 재킷과 롱스커트. 다른 많은 명작처럼 샤넬 하우스의 디자인은 시간과 공간을 뛰어넘는다. 경애는 옷을 곤충의 보호색처럼 이용했다. 화려한 것이 수수한 것보다 생존에 도움이 될 때도 있다. 경찰이 경애의 옷을 살피는 동안 경애 역시 경찰의 옷차림을 확인했다. 외투 소매에 줄무늬와 두 개의 욱광 문양이 수놓여 있었다. 간부급이다.

"무슨 일이오?"

경찰이 벗은 모자를 손에 든 채 물었다. 그게 궁금한 것은 경애도 마찬가지였다. 자신은 왜 여기에 있을까? 할머니는 왜 자신을 여기에 불렀지? 옥엽은 여기서 기다리고 있을 것처럼 말하더니, 정작 도착해 보니 코빼기도 보이지 않았다. 경애는 스스로 알아내기로 했다. 가만히 앉아 누군가가 궁금증을 풀어 주길 기다리는 것은 경애의 성향과 거리가 가장 멀었다.

"사건에 도움을 드리려 왔어요. 저는 한경애라고 해요. 내지와 미국에서 의학과 곤충학을 공부했죠."

경찰의 눈동자가 조금 커졌다. 반갑게 손을 내미는 것을 보아 긍정적인 의미였다.

"혹시 고 한상준 선생님 따님이시오? 이거 반갑소."

운이 좋았다. 경애는 가끔 이런 식으로 운이 좋았다. 한상준이라는 이름은 저 시골구석인 대청도에선 통하지 않았지만 경성에서는 여전히 유효했다. 결코 명예로운 이름은 아니었지만 말이다. 경애는 쓴웃음을 삼켰다.

"종로 경찰서의 사토 마시타케 경부라 하오. 아버님 생전에 몇 번 신세를 졌소이다."

사토 경부의 조선어는 아주 유창했다. 경애는 손을 가볍게 마주 흔들고 순사들이 지키고 있는 주택 쪽으로 시선을 돌렸다.

"여기서 무슨 일이 일어난 건가요?"

사토 경부는 대답을 망설였다. 경애에게 익숙한 불신이었다. 경애는 대수롭지 않다는 투로 말을 이었다.

"대답하지 않으셔도 괜찮아요. 무슨 상황인지 짐작이 가니까요."

"짐작이 간다고? 아직 상부에도 약식 보고밖에 올리지 않았소. 경찰 외 관련자는 단 한 명뿐인데 우리 감시하에 있고. 무엇을 어떻게 아셨는지 말씀해 주실 수 있겠소?"

주택의 담은 높았다. 입구는 순사들에 의해 통제되고 있었고 기자들은 저 멀리 밀려난 상태였다. 경애가 어떻게 상황을 아는지, 더 나아가 현장 정보가 어디에서 샌 것인지 사토 경부가 의심하는 것은 당연했다.

"물론이죠. 단, 제 설명과 요청이 타당하다고 생각된다면 집 내부를 들여다보게 해 주겠다 약속해 주세요."

사토 경부는 턱을 만지작거리다가 손해 볼 것 없다고 생각했는지 고개를 끄덕였다.

"이곳은 여자 혼자 사는 집이네요. 나이는 20대, 많아야 서른을 넘지 않았을 겁니다. 여자는 지난밤이나 오늘 아침에 살해당했군요. 그러나 모종의 이유로 살해 현장에 순사들이 진입하지 못하고 있을 거예요. 그렇지 않나요?"

사토 경부의 눈썹이 꿈틀거렸다.

"맞소. 누구에게 들은 겁니까?"

일부는 할머니에게서 들은 내용이었다. 일부는 자신이 추측한 내용이었다. 그러나 상대가 한상준 때문에 자신에게 호감을 품고 있는 상황에서 거기에 전옥엽의 이름을 섞는 건 현명한 선택이 아니었다. 경애는 자신이 추측한 부분만 설명했다.

"이 주택은 크기가 작은 개량 한옥, 그것도 안채와 바깥채의 구분이 없는 역 ㄷ 자형 한옥이네요. 이 동네에서 돈이 없어 작은 집에 사는 것은 아닐 테고, 아직 결혼을 하지 않은 거겠죠. 조금 과감한 추측이지만 사람들은 남자보다 여자를 더 구경거리 삼고 싶어 하는 경향이 있으니 구경꾼의 숫자로 집주인이 여자라는 점도 짐작할 수 있어요. 남자 형제나 친척이 있었다면 필시 나와서 모여든 구경꾼을 내쫓고 있었을 테지만 아무도 없군요. 그러니 혼자 살고 있었다는 뜻이죠.

피해자가 결혼하지 않은 여성이라면 서른을 넘지 않았을 거라는 건 과한 추측이 아닐 거예요. 살해당했다는 사실은 순사 숫자를 보고 짐작했답니다. 단순히 강도나 상해라면 이렇게 많은 사람이 필요하지 않았겠죠. 그리고 순사들이 현장에 진입하지 못하고 있다는 사실을 어떻게 알았는지는 설명할 필요도 없을 테고요."

경애는 집 안으로 들어가지 못하고 대문에 어정쩡하게 몰려 있는 순사들을 턱짓했다.

"그럼 우리가 왜 못 들어가고 있는지도 눈치챘소?"

"그럼요. 사건 현장에 벌이 있어서 아닌가요? 아무리 용감한 남자라도 까맣게 몰려다니는 화난 벌 떼 속으로 뛰어들긴 쉽지 않죠."

사토 경부는 재빨리 주위를 훑었다. 경애는 저택에서 70보 이상 떨어져 있었다. 만약 경애가 집 담벼락에 가까이 붙어 있었다면 사토 경부는 경애가 벽 너머로 벌들이 윙윙거리는 소리를 들었다고 생각했을 것이다. 하지만 경애가 서 있는 곳은 그 소리를 듣기엔 너무 멀었다. 사토 경부는 목소리를 낮추었다.

"그건 대체 어떻게 안 거요?"

"경부님. 그거야말로 설명할 필요도 없답니다."

경애는 길에 주저앉아 아직도 눈물을 훔치고 있는 사내아이를 턱짓했다. 담벼락에 올라 안을 염탐하려던 아이였다. 눈물로 범벅이 된 한쪽 눈이 벌침에 쏘여 밤톨처럼 퉁퉁 부어 있었다.

*

"말마따나 사건 현장에 벌 떼가 있소."

사토 경부가 말했다.

"피해자는 청희라는 예명의 여성 가수로, 스물둘 먹은 여자요. 여긴 그 여자가 혼자 살던 집이었소. 식모를 빼면 말이오. 식모는 시골 출신 계집애로, 올해 열넷이라 하더군. 오늘 새벽에 식모가 깨어나 시체를 발견하고 순찰을 돌던 순사에게 알렸소. 하지만 우리가 도착했을 땐 벌 떼가 사건 현장을 뒤덮고 있었소. 식모 말로는 발견 당시에도 벌들이 있긴 했지만 이만큼 사납진 않았다고 하더이다."

"햇볕 때문이에요. 벌들이 볕을 받아 몸이 데워지며 활동을 시작한 거죠. 아, 말을 끊어 죄송해요. 계속하세요."

사토 경부는 고개를 저었다. 얼굴에 피로한 기색이 역력했다.

"괜찮소. 아는 게 있으면 신경 쓰지 말고 말해 주길 바라오. 지금 전문가의 도움이 절실하니…. 제기랄, '살인 벌 떼에 습격당해 죽은 가련한 여성 가수'라니. 그것도 경성 한복판에서. 저 벌 떼처럼 몰려든 기자 놈들 좀 보시오. 기사를 쓴답시고 우릴 들볶아 대겠지."

사토 경부는 지긋지긋하다는 듯 손으로 눈을 덮었다.

"보나 마나 오늘 석간신문에 대서특필될 거요. 대일본제국 치하에서 이런 일이 일어나는 건 정말 좋지 않소. 우리는 조선의 치안을 유지해야 하는데. 국가를 위해서도, 우리 경찰의 위신을 위해서도, 이런 건 정말 바람직하지 못한 일이라오."

경애는 떨떠름한 표정을 감추지 못했다. 다행히 사토 경부는 손으로 얼굴을 가리고 있어 경애의 표정을 보지 못했다. 순사들은 모여든 구경꾼을 통제하려 위협적으로 곤봉을 휘두르고 있었다. 사토 경부는 한탄하듯 말했다.

"일단 벌들을 처리하는 게 급선무요. 도착한 지 한참 지났는데 시체 확보를 못 했으니."

"그거라면 제가 도와드릴 수 있을 것 같군요."

경애가 명랑하게 말했다.

사토 경부는 경애에게 협조적이었다. 사토 경부는 경애가 말한 대로 부하들을 시켜 지푸라기와 성냥, 장갑과 손수건 따위를 구해 오게 했다. 그리고 물에 적신 지푸라기에 불을 붙여 연기를 피운 다음, 쓸 만한 순사들을 골라 손과 얼굴을 가리고 성기고 부드러운 빗자루를 들려 안으로 들여보냈다. 집 안으로 들어간 사토 경부의 부하들은 연기를 맡고 진정한 벌들을 준비한 자루에 최대한 쓸어 담았다. 그들이 마당을 어느 정도 정리한 다음에 경애와 사토 경부는 집 안으로 들어갔다.

경애가 더 정확하게 현장을 관찰하려면 사토 경부의 부하들과 같이 들어갔어야 했다. 그들이 벌 떼를 쫓고 군집을 흐트러뜨려 놓기 전에 관찰하고 표본을 채취했어야 했다. 하지만 경애는 그러지 않았다. 그러고 싶지도 않았다. 이곳은 대청도가 아니라 경성이었고 너무 나섰다간 순식간에 구설수에 휘말릴 것이다. 경애는 조언하고 지시하는 위치에 머무르는 것에 만족하기로 했다.

경애는 손수건을 얼굴 위로 끌어올리며 주변을 둘러보았다. 조선을 오래 떠나 있던 탓인지 한옥이 낯설었다. 문 앞마다 정갈하게 깔린 디딤돌과 넓게 펼쳐진 대청, 하얀 창호지를 바른 장지문. 나무를 정갈하게 짜맞춘 기둥과 새까만 기와, 용마루 사이로는 중간중간 굴뚝이 솟아 있었다. 그래도 최근에 지은 개량 한옥이라 어느 정도 모던하게 꾸며져 있었다. 방 앞에는 마당 쪽으로 트인 복도가 붙어 있고 대청마루엔 흔들의자와 탁자를 두어 흡사 서양 거실처럼 꾸며 놓았다. 엷은 황색이 감도는 흙이 깔린 마당을 중심으로 깔끔한 역 ㄷ 자 모양 건물이 마당을 감싸고 있었다.

굴뚝과 뒷마당으로 통하는 길을 보니 하나의 건물이 아니라 역 ㄴ 자와 ㅡ 자 모양 건물 두 채로 분리되어 있는 것 같았다. 마당으로 들어오면 곁방, 작은 부엌, 안방이 정면에 순서대로 있었고 오른편으로는 사랑으로 보이는 방, 대청마루, 큰 부엌과 창고, 문간방이 차례로 늘어서 있었다. 작은 부엌을 통해 장독대가 있는 뒷마당이 보였다. 집 전체는 높은 담이 감싸고 있었다.

아름다운 집이었다. 벌 떼가 집 안 곳곳을 뒤덮고 있지만 않았다면 말이다. 새까맣게 무리 지은 벌 군집이 위협적으로 윙윙거리는 소리를 내며 마당을 맴돌고 기둥에 달라붙어 있었다. 경애는 주변을 주의 깊게 관찰했다. 야생벌로 보이는 벌 떼는 오른편 방에 가장 많이 붙어 있었다.

평범한 사람은 벌 떼 한가운데로 뛰어들길 원하지 않는다. 독침과 날카로운 턱, 벌 무리가 내는 위협적인 소리가 그들을 멈칫하게 만든다. 하지만 생각보다 벌 떼 사이로 들어가는 것은 어렵지 않다. 벌은 똑똑하고, 먼저 공격하지 않으면 적대하지도 않는다. 물론 그래도 몇 방 쏘일 각오는 해야겠지만. 경애는 이곳의 벌들이 필요 이상으로 화가 난 상태 같다고 생각했다. 무슨 일이 있었던 걸까?

그때 젊은 순사의 중얼거림이 경애의 주의를 끌었다.

"빌어먹을 쪽발이들. 괜히 빨리 현장 진입하겠다고 들쑤셔 이 꼴이야."

순사는 몸을 잔뜩 움츠린 채 사납게 몸부림치는 벌 몇 마리를 자루에 거칠게 쓸어 넣었다.

"니미럴, 지들이 조선에 대해 뭘 안다고. 우리 말은 들은 척도 안 하고. 그러니까 강원도서 온 친구한테 맡기라니까…."

그는 사토 경부가 가까이 다가온 줄도 모르고 투덜거렸다.

"김 순사, 지금 뭐라고 했지?"

뒤늦게 등 뒤로 다가온 경부를 발견한 김 순사의 얼굴이 파리해졌다.

"아, 아무것도 아닙니다. 경부님."

김 순사는 매질이라도 당하는 것처럼 고개를 아래로 푹 수그리고 더듬더듬 말했다. 마당의 벌은 어느 정도 정리되었지만, 사랑방에는 아직도 벌이 우글우글했다. 사토 경부는 사랑방 쪽을 가리켰다.

"아무것도 아니면 농땡이 피우지 말고 당장 현장 벌 떼나 정리해. 네가 말한 '강원도 출신 친구'랑 같이 말이다."

죽을상이 된 김 순사는 벌들에게 연기를 쐬게 하고 있던 다른 순사를 데리고 방 안으로 들어갔다. 얼굴이 까무잡잡한 그 순사는 김 순사를 잠깐 죽일 듯 노려보았지만 막상 들어가서는 벌 떼를 겁내지 않고 능숙하게 다루었다. 반면 김 순사는 가능한 한 벌을 쫓아내지 말고 채집하라는 사토 경부의 지시에도 불구하고 황급히 창문을 열고 빗자루로 벌들을 내보내기 바빴다.

경애는 마당에서 연기에 취해 비틀거리는 벌을 핀셋으로 집어 생김새를 자세히 관찰했다. 아직 분봉✦이 일어나기엔 일렀기에 경애는 집의 벽이나 천장에 숨어 살던 말벌이나 야생벌이 모종의 이유로 벌집에서 나온 것이라 추측했다. 그러나 잡은 벌을 살펴보니 조선의 시골 양봉에 주로 쓰이는 동양재래꿀벌(Apis cerana)이었다. 경애는 미간을 찌푸렸다.

이상하긴 하지만 아예 없을 법한 일은 아니다. 양봉꿀벌이라고 해도 야생에 살지 않는 건 아니니까. 경애는 그렇게 생각하며 벌 몇 마리를 더 잡았고 조선인 순사 둘이 연기로 빨개진 눈을 문지르며 나오길 기다렸다가 사건 현장으로 들어갔다.

사건이 일어난 곳은 창고 바로 맞은편의 방, 대문을 통해 마당에 들어서면 바로 오른쪽에 보이는 방으로 벌 떼가 가장 많

✦ 봄 번식기에 새로운 여왕벌이 탄생했을 때 벌들이 두 개 혹은 그 이상의 봉군으로 갈라지는 현상. 주로 옛 여왕벌이 일벌들을 이끌고 벌통을 떠난다.

이 달라붙어 있었다. 가구를 보아하니 서양 응접실을 모방한 것 같았다. 바닥에 쓰러진 의자와 탁자는 일본제였고 벽에 붙은 농(籠)은 나비경첩으로 장식되어 있었다. 산산조각 난 전축과 레코드는 본래 탁자 위에 놓여 있었을 것이다. 어디 있던 것인지 모를 램프 조각이 발에 밟혔다. 온통 난장판이었다. 벌을 쫓아낸 순사들이 현장을 이만큼 아수라장으로 만들어 놓을 만큼 머저리가 아닌 이상 누군가가 방을 뒤진 것이 분명했다.

곳곳에는 순사들이 미처 쫓아내지 못한 벌 몇 마리가 날개를 떨며 해충처럼 붙어 있었다. 탁자 옆에 쓰러져 있는 여자의 시신에도 몇 마리 앉아 있었다. 마치 시체에 꼬인 쇠파리 같았다. 경애는 무릎을 꿇고 앉아 죽은 자의 창백한 얼굴에 붙은 벌들을 조심스럽게 털어 주었다.

청희는 보통 체구의 젊은 여자였다. 스물둘이라고 했지만 생긴 것만 봐서는 그보다 어려 보였다. 머리는 기름을 발라 곱게 넘기고 집에서 편히 입는 흰 저고리를 입고 있었다. 대단한 미인이었지만, 죽음의 고통으로 일그러져 있는 얼굴은 보기 괴로웠다. 시퍼런 멍이 든 목은 온통 긁힌 상처투성이였다. 경애는 주위를 눈으로 훑다가 바닥에 떨어진 노끈을 발견했다. 주워다 죽은 이의 목에 대 보니 상처 자국과 모양이 맞았다.

경애는 시체를 향해 몸을 숙이고 있다가 농 밑으로 삐져나온 흰 천 자락을 발견했다. 들어 올려 보니 손수건이었다. 노끈처럼 평범하고 특징 없는 물건이었다. 손수건을 코에 가져다

대자 아편팅크의 독한 냄새가 훅 풍겨 왔다.

사후경직이 일어나 뻣뻣하게 굳은 청희는 이를 악물고 있었다. 입안을 확인하려 했지만 열리지 않았다. 경애는 시선을 아래로 내렸다. 살짝 부어오른 목 주변엔 피가 보일 정도로 긁힌 상처가 나 있었다. 자세히 보니 손톱자국이었다. 경애는 시체의 손을 살폈다. 값진 반지를 끼고 손톱을 예쁘게 다듬은 가녀린 손이었다. 그러나 손끝은 상처투성이였고 손톱 아래를 긁어 보니 살점이 밀려 나왔다.

경애는 단서들을 차분히 조합해 보았다. 살인자는 처음에 수건에 아편을 묻혀 제압을 시도한 모양이었다. 하지만 실패했고 그 대신 끈으로 목을 졸랐다. 피해자는 반항하고 자신의 목을 마구 긁으며 저항했다. 목 주변에 난 상처와 손톱 밑에 낀 살점이 그 증거였다. 그는 결국 끈을 풀어내지 못했다. 경애는 몸을 일으켜 방을 둘러보았다. 방에는 문이 두 개였다. 그 문들은 각각 마당과 대청으로 이어졌다. 잠금장치는 없었다.

"귀중품이 사라졌소. 식모 계집은 창고의 현금이 사라졌다고 하더이다. 이 방에 있던 귀중품들도 보이지 않는다고 하고. 뭐가 얼마나 없어졌는지는 좀 더 캐물어 봐야겠지만 도적질이 일어난 건 확실하오. 강도의 짓인 것 같소?"

사토 경부가 문가에 서서 날카로운 눈빛으로 현장을 훑었다. 경애가 담담히 말했다.

"시체를 보셨나요?"

"그래요. 젊고 예쁘군. 아깝게 되었소."

"손에 뭐가 있던가요?"

"금반지…… 아."

"강도였다면 사람을 죽여 놓고 금을 두고 가진 않았겠죠."

경애는 다시 방을 둘러보았다. 경애는 벌집을 찾고 있었다. 벌이 있다. 군집이 있다. 순사들이 쓸어 담은 벌 중에 여왕벌도 있을 것이다. 그런데 벌집은 어디에 있을까? 경애는 오래지 않아 천장의 갈라진 틈을 발견했다. 경애는 사토 경부를 돌아보았다.

"경부님, 힘이 센 순사들을 불러 주시겠어요?"

조선인 순사 둘이 다시 불려 왔다. 그들은 벌에 쏘인 목덜미에 침을 바르다가 끌려와 탐탁지 않은 표정으로 천장을 부수기 시작했다. 경애와 사토 경부는 조금 떨어져 작업을 지켜보았다. 오래지 않아 천장에 구멍이 뚫렸고 강원도 출신 순사가 창고에서 가지고 온 상자를 디디고 올라 잔뜩 긴장한 채 그 안으로 머리를 집어넣었다가, 약간 안도한 표정으로 다시 뺐다.

"아무것도 없습니다."

"그럴 리 없을 텐데요."

경애는 조급한 표정으로 순사를 밀치고 올라섰다. 분명 벌집이 있어야 했다.

하지만 순사의 말이 옳았다. 천장 위는 텅 비어 있었다. 경애는 집의 다른 곳들도 샅샅이 뒤졌으나 벌집은 끝까지 발견하지 못했다. 이상한 일이었다. 경애는 사건이 일어난 방으로 돌아와 천장에 뚫린 구멍 속으로 다시 머리를 집어넣었다. 마치 그렇게 하면 없는 벌집이 생기기라도 할 듯이.

한참을 들여다보고 있자 어둠에 익숙해진 눈에 희끄무레한 덩어리가 보였다. 경애는 핀셋으로 덩어리를 떼어 냈다. 벌 연구자라면 모를 수가 없는 물건이었다. 밀랍. 벌들이 씹어 붙인 밀랍 덩어리였다. 아주 조그마했다. 경애는 눈을 뜬 채 죽은 여자 앞에 서서 생각에 잠겼다. 시체의 눈동자는 검고 텅 비어 있었다.

"나가서 바람을 좀 쐬겠소?"

사토 경부가 조심스럽게 물었다. 죽은 여자를 흘끗거리는 걸 보아하니 경애가 시체 때문에 기분이 나빠졌다 생각한 것 같았다. 경애는 필요 없다고 대답하려 했다.

그 순간 유령처럼 죽은 이의 집을 떠도는 경찰들 틈바구니로, 송장벌레처럼 집 주위에 몰린 구경꾼과 기자 사이로 옥색 한복을 입은 노인이 서 있는 모습이 눈에 들어왔다. 옥엽이었다. 요란스러운 군중 속에서도 그는 냇물 한가운데 박힌 돌처럼 고요했다. 경애와 눈이 마주치자 옥엽은 보일 듯 말 듯 고개를 까닥이고 돌아섰다.

"그래야겠어요. 잠깐 실례하겠습니다."

경애는 서둘러 대문을 나섰다. 옥엽은 경애가 따라올 수 있도록 느리게 움직였다. 모퉁이를 돌자 골목이 나왔다. 이상하리만큼 고요한 곳이었다. 인적이 드문 곳에 이르러서야 옥엽은 입을 열었다.

"진짜 이름은 선아였어. 이선아."

"알던 사람이었나요?"

"그 애 할머니를 알았지. 내가 약방기생으로 있던 시절… 그러니까 개화파들이 갑오년에 개혁을 하겠다 신분을 없애겠다 뭐다 하고 설치기 전의 일이다. 우린 친구였어."

옥엽이 조용히 읊조리듯 말했다.

옥엽이 관기였던 시기는 경애가 태어나기도 전이다. 경애는 그 시기에 대해 어렴풋이만 알았다. 어른들이 아이들 앞에서 하지 않던, 하지만 아이들이 끝내 훔쳐 듣고 마는 대화와 속삭임의 부스러기를 통해 알게 된 일이었다.

"그 애 할머니와 난 함께 상해로 도망치려고 했어. 내 친구는 검남무(劍男舞)✦를 참 잘 추고, 나는 침을 놓고 탕약을 만들 줄 알아서 충분히 먹고살 수 있을 거라고 생각했거든. 배에도 못 오르고 인천에서 붙잡혔지만."

경애는 그 뒷이야기를 알았다. 관기가 도망치려고 하는 것은 큰 죄였다. 전옥엽은 붙잡혔고 큰 고초를 치를 뻔했다. 하지만 젊은 날의 옥엽은 경애의 친할아버지가 오랫동안 눈여겨보

✦ 기생이 남성으로 분장하고 남색 창의(氅衣)를 입고 검기(劍器)를 든 채 추는 남자 춤.

고 있던 기생 중 하나였다. 옥엽은 처벌받는 대신 할아버지의
첩으로 들어갔다. 그런 이야기였다.

할아버지의 본처, 그러니까 경애의 친할머니는 투기하지
않고 옥엽과 사이좋게 지냈고 친할머니가 병환으로 일찍 죽은
후에 옥엽은 첩치곤 이례적으로 집안 대소사에도 관여했다.
경애의 부모를 비롯한 집안 식솔 일부는 그것을 곱지 않게 보
았다. 옥엽은 할아버지의 죽음으로 가장의 비호가 사라진 후
집안을 떠나 홀로 경성으로 올라왔다. 경애는 거기까지만 알
았다.

"난 선아를 내 딸처럼 아꼈다. 자식을 가져 본 적 없지만,
설령 내게 친자식이 있었다고 해도 그렇게 사랑할 순 없었을
거야. 누가 그 애를 죽인 건지 알아내 주렴."

경애는 곤충 연구자이지, 싸구려 신문 연재소설에 등장하
는 탐정 따위가 아니었다. 그는 거절의 말을 내뱉기 위해 입을
벌렸다.

하지만 뭔가가 경애의 목구멍을 틀어막았다. 아주 사소한
것들이었다. 무겁게 내리누르는 경성의 공기, 아직 생생히 떠
오르는 죽은 이의 창백한 얼굴, 담벼락 너머로 희미하게 들려
오는 일본인 경찰들의 고함 소리. 그리고 그 모든 소용돌이 사
이로, 나이 들어 빛이 흐려진 회색 눈동자가 주름 잡힌 얼굴에
곱게 박힌 채 경애를 바라보고 있었다. 눈빛만은 경애가 어릴
때와 똑같았다. 아름답고 기품 있으며 애정이 어려 있는.

경애의 입이 제멋대로 움직였다.

"그럴게요."

옥엽은 가만히 눈을 감았다. 치미는 어떤 감정을 가라앉히는 듯 얕은 숨을 길게 내뱉은 다음 눈을 떴다.

"고맙구나."

옥엽이 말했다. 그 어느 때보다 진심처럼 들렸다.

"네가 이번에도 살인자를 찾아내면, 경성 사람들은 네가 동포를 위해 기꺼이 발 벗고 나서는 이라고 생각할 거야."

"친일파 집안의 딸을 퍽이나 그렇게 봐 주겠군요."

옥엽은 눈썹을 보일 듯 말 듯 치켜올렸다. 그가 예상치 못한 반응인 듯했다. 정말 옥엽은 경애가 평판이나 시선 따위에 신경 쓰지 않고 살 수 있다 생각했던 걸까? 경애가 속으로 자조하는 동안 옥엽은 잠시 망설이다 물었다.

"내가 도울 수 있는 게 있을까?"

경애는 그 물음이 살인 사건에 대한 물음인지, 자신의 상황에 대한 물음인지 가늠이 가지 않았다.

"할머니가요?"

"나도 여태 놀기만 한 건 아니야. 대단치는 않지만 신문사며 회사며 여기저기 아는 이가 있어. 내 인맥이 사건 해결에 아주 쓸모없진 않을 거다."

사건에 대한 이야기였구나 싶어서 경애는 쓰게 웃었다.

"알았어요. 필요한 게 생기면 그때 말씀드리죠."

경애가 현장으로 돌아왔을 때 사토 경부는 부하들에게 지시를 내리던 중이었다. 그가 경애를 발견하고 다가왔다.

"부검을 위해 시체를 경성제대로 보낼 생각이오. 우리가 현장에서 채집한 벌은 증기 보관실로 옮겼고. 서로 가서 벌에 대한 전문가 의견을 문서로 작성해 주시길 바라오."

"저도 부검을 보아도 될까요?"

"부검 참관 말이오? 한 선생이?"

"네, 벌뿐만 아니라 이 사건 전반에 있어 자문 역을 맡고 싶어요."

경애는 사토 경부를 설득하기 위해 재빨리 머리를 굴렸다. 대청도와 도쿄에서 경찰을 도왔던 일, 필요하다면 의학 공부를 했던 과거까지 들먹여 자신의 쓸모를 증명할 생각이었다. 그러나 경애는 아무것도 할 필요가 없었다. 사토 경부가 흔쾌히 고개를 끄덕인 것이다.

"그러도록 하시오."

"정말인가요?"

경애는 당황해 되물었다.

"안 될 이유가 무에 있겠소? 조선말로 모내기엔 고양이 손이라도 빌린다는데. 더구나 선생은 벌 전문가 아니오. 이런 괴상한 사건에 선생 같은 엘리트의 머리를 빌릴 수 있다면 우리로선 과분하지."

일이 생각보다 쉽게 풀리는 것이 기이하게 느껴졌다. 어딘가에 합류하는 게 이렇게 쉬웠던 적이 있었던가? 죽을 만큼 애쓰고 남들의 두 배, 세 배, 열 배 노력해야 가능한 일 아니었던가? 사토 경부는 허리춤에 손을 얹고 엄중히 말했다.

"단, 조건이 있소. 경찰 자문 역을 맡는다면 우리에게 숨기는 것이 없어야 하오. 어떤 사실이든, 추측이든, 아주 사소한 것 하나 빠짐없이 우리와 공유하시오. 그것만 지키면 나도 선생께 필요한 걸 전부 지원해 드리리다."

말하는 투에 비해 내용은 그리 대단하지도, 유별나지도 않은 요구였다. 작은 조건이나마 걸어 불안감을 덜어 줘서 외려 반가울 지경이었다.

"당연하죠. 그럼 먼저 증인과 말을 좀 해 보고 싶은데요."

"증인?"

"아까 '경찰 외 관련자는 단 한 명뿐'이라고 하셨잖아요. 목격자, 시신을 처음으로 발견했다는 식모겠죠. 그 애는 지금 어디 있나요?"

사토 경부는 요시다라는 이름의 순사부장을 시켜 경애를 뒷마당으로 데려가게 했다. 장독대 옆 돌덩이에 어린 소녀가 힘없이 걸터앉아 있었다. 옥화보다 고작 서너 살 많아 보였고 앳된 얼굴에는 눈물 자국이 나 있었다. 경애는 순사부장에게 조금 거리를 둬 달라 부탁했다. 순사부장은 작은 부엌에 서 있기로 했다. 대화를 들을 수 있을 정도로 가깝지만, 동시에 위협이라고 느껴지지 않을 만큼 먼 거리였다. 경애가 조심스레 옆에 앉자 식모는 몸을 움츠렸다.

"저, 전 잘못 없어요. 아가씨는 저한테 항상 잘해 주셨단 말여요… 전 절대…"

"널 탓하러 온 게 아니야. 청희 씨가 죽은 걸 가장 먼저 발견한 게 너라지?"

식모는 무어라 더듬더듬 말하려 했다. 그러나 이내 터져 나온 서러운 울음에 뭉개져서 무슨 말인지 제대로 들리지 않았다. 경애는 그 틈을 타 식모를 관찰했다. 피부는 깨끗하지만 오래된 상처와 생채기가 많았고 손과 발은 가늘었다. 생긴 태가 어쩐지 시골 사람 같았다. 시골집에서 먹는 입이라도 하나 줄이려 경성으로 올려 보낸 아이일 것이다. 그러면 이토록 서럽게 울 만도 했다. 잘 대해 준 주인이 죽기도 했지만, 당장 경성에서 끈 떨어진 뒤웅박 신세가 되었을 테니까.

닭똥 같은 눈물이 까무잡잡한 뺨을 타고 뚝뚝 흘러내렸다. 도무지 울음을 그칠 기미가 보이지 않아 경애는 조금 난처해졌다. 순사부장을 슬쩍 쳐다보자 요시다는 기가 막히게도 슬며시 딴청을 피웠다. 마치 그 정도는 경애가 알아서 하라는 듯이. 하기야 저자가 도와줘 봤자 쓸모없었을 것이다. 일본인 순사가 애 울음을 그치게 하는 데 얼마나 도움이 될까. 경애는 한참 머리를 굴리다가 조심스럽게 아이의 등에 손을 올리고 어색하게 토닥였다.

"무어가 그리 서럽니? 청희 씨가 네게 그리 잘해 줬어?"

식모는 여전히 설운 눈물을 뚝뚝 흘리며 고개를 주억거렸다. 그리고 웅얼웅얼 말을 토해 내는데 울음이 반, 목소리가 반이었다. 대충 들어 보니 원래는 요릿집에서 밥이나 간신히 얻어먹으며 일하던 까막눈 심부름꾼이었는데, 우연히 청희에게 거두어져 꼬박꼬박 후한 봉급과 제 방까지 받고 등 따숩고 배부르게 일하고 있었다는 내용이었다.

그런데 어느 날 일어나 보니 고마운 아가씨는 죽었고, 집에는 벌이 들끓고, 말벌 떼보다 무서운 왜경들이 들이닥쳐 자길 윽박지르며 혹여 네가 사람을 죽인 게 아니냐 무언가 본 게 있는데 숨기는 게 아니냐 들볶으며 알아들을 수 없는 왜놈 말로 사납게 지껄이니 겁에 질렸다고 했다.

말이 끝날 때쯤엔 식모의 울음이 좀 잦아들었다. 실컷 토해 내고 나니 기분이 나아진 모양이었다. 경애는 최선을 다해 다정한 목소리를 꾸며 냈다.

"힘들었겠구나. 이름이 뭐니? 난 경애라고 한다."

식모는 코를 킁 들이마셨다.

"지성이에요. 지성이면 감천이다 할 때, 그 지성."

"좋은 이름이구나. 지성아, 들어 봐."

경애는 조심스럽게 지성의 손을 잡았다. 우는 아이를 달래는 건 한 번도 해 본 적 없었지만 막상 지성이 울음을 그치자 조금 자신감이 솟았다.

"무슨 일이 있었는지 네가 말해 줘야 해. 그래야 청희 씨를 죽인 나쁜 놈을 잡을 수 있지 않겠어? 그놈을 잡아 재판소에 세우고 싶지?"

지성은 눈물을 훔치면서도 고개를 힘차게 끄덕였다. 경애는 기회를 놓치지 않고 재빨리 말했다.

"그럼 무슨 일이 있었는지 자세히 말해 보렴."

*

"아씨는 얼마 전 고뿔이 씨게 들었었어요."

울음은 그쳤지만 여전히 훌쩍거리며 지성이 이야기를 시작했다.

"그래서 일곱 날 동안이나 바깥나들이를 안 하고 집에서 쉬었어요. 아씨가 음반을 녹음하는 레코드회사 사람이나 친구분들은 아씨가 편히 쉬시라 편지나 전언만 보내왔지만, 그래도 굳이 직접 찾아온 분이 몇 분 계셨어요."

"찾아온 사람들은 누구였니?"

지성은 눈동자를 빙글 굴리며 손가락을 꼽아 보았다.

"김영순 씨, 이용학 사장님, 김한일 씨. 이렇게 셋이에요."

"그 셋 말고 달리 만난 사람은 없었고?"

"저는 아씨가 뭘 하시는지 다 알아요. 앓으시는 동안 내내 같이 있었구요. 아프기 시작할 때 의사를 데리러 가고, 닷새 전 오전에 장 한 번 보러 나가고, 그리고 그제 아씨가 서류를 전달하라고 심부름시킨 것 때문에 정오쯤에 나갔던 것만 빼고요. 그래두 그때에도 잠깐잠깐 나갔던 거라, 그사이 다른 사람이 오거나 하진 않았을 거예요. 찾아온 세 분도 다 나름의 이유가 있어서 온 거였어요. 먼저 이용학 사장님은 예전에 아씨가 있었던 권번[✦] 사장님인데 아마 일 땜시 찾아온 것 같고, 한일 씨는 무역회사에서 일하는 청년인데 아씨를 좋아해요. 종로에 있는 가게서 따뜻한 죽을 사 왔더라고요. 그리고 영순 씨는… 그러고 보니 영순 씨가 왜 찾아왔는지는 모르겠네요. 기별 없이 다짜고짜 찾아왔는데, 좀 당황했어요. 영순 씨는 여류 조각가인데 이제야 하는 말이지만 사실 두 분은 사이가 좋지 않았거든요. 그런데 아씨는 아픈 몸을 끌고도 같이 점심 식사를 하더라구요. 그리고……."

지성이 말꼬리를 흐리며 시선을 아래로 내렸다. 경애는 아이의 혼란스러움을, 자신감이 사라지는 목소리를 알아차렸다. 자신에게 과연 말을 할 자격이 있는지, 혹여 눈치 없이 허튼 말을 했다가 나중에 호되게 경을 치지 않을지 걱정하는 기색이었다. 어릴 때 아버지를 찾아온 조선인 채무자들도 그랬다. 젊은 경진이 포악을 부릴 때 하인들도 그랬다. 경애는 그런 표정들을 경멸했지만 해외에서 서툰 영어로 살아남으려 애쓰던

✦ 일제강점기의 기생조합. 주식회사 제도로 운영되었으며 기생들이
   요정(料亭)에 나가는 것을 관리, 감독하여 화대를 받아 주는 중간
   자 역할을 했다. 교육을 통해 직접 기생을 양성하기도 했다.

중 거울에 비친 자신에게서도 종종 그런 표정을 보았다. 경애는 지성의 손등을 따뜻하게 토닥였다.

"괜찮아. 네가 말했다고 아무에게도 말 안 할게."

"그, 그걸 걱정하는 건 아녀요."

주인의 죽음 앞에서 망설였다는 부끄러움 때문인지 아님 그저 너무 울어서인지 모를 홍조가 지성의 얼굴을 물들였다.

"영순 씨와 점심을 드시는 동안 두 분이 싸우셨어요. 식사를 날라 드리고 부엌일을 하고 있는데, 무언가 요란한 소리가 나서 실례를 무릅쓰고 방으로 들어갔어요. 문을 여니 완전히 난장판이었죠. 상이 엎어져 있었어요. 바닥엔 음식이 오물처럼 뒤섞여 있고 그 위로 수저며 깨진 그릇이 널브러져 있었죠. 아씨 허벅지에 뜨거운 국그릇이 엎질러져 있길래 영순 씨가 상을 엎은 걸 알았어요. 당황해서 어쩔 줄 몰라 하고 있는데 청희 아씨가 태연하게 '실수로 상을 엎었으니 닦을 것과 찬물에 적신 수건을 가져와라'라고 하시더군요. 그리 말씀하시니 어쩔 수 없이 물러가는데, 문을 닫기 직전 영순 씨가 아씨에게 이리 쏘아붙이더군요. '그따위로 살다가 어디 가서 칼 맞고 비명횡사해도 날 탓하지 말아라'라고요."

비명횡사라. 이 경우엔 참으로 예언이라 할 만한 말이었다. 이야기를 하며 청희를 떠올린 탓인지 지성의 눈에 다시 눈물이 고여 있었다. 그는 경애의 얼굴을 빤히 올려다보다가 숨을 깊게 들이마시고 눈물을 닦았다.

"김영순이라는 사람과 청희 씨 사이가 나빴던 이유를 혹시 아니?"

지성은 고개를 절레절레 저었다. 애초에 식모가 알 거라 기대하고 물은 건 아니었다. 경애는 다음 질문으로 넘어갔다.

"마지막으로 청희 씨를 본 게 언제니?"

"어제저녁 7시쯤이었어요. 아씨는 계속 낯빛이 좋지 않았는데, 결국 평소보다 두 시간 일찍 잠자리에 들겠다고 하시더라고요. 안방에서 잠드신 걸 확인하고 두어 시간 집안일을 더 하다가 머리가 아파서 강장제를 먹고 10시 조금 넘어 잠자리에 들었어요."

"문간방에서?"

경애는 대문에 바로 붙은 방을 흘끗 보았다.

"아녀요. 작년까진 문간방에 있었는데요. 제가 추울까 봐 아씨가 부엌 두 곳에 다 불을 때라 하셨어요. 그런데 올겨울은 장작 아끼게 안방 옆 곁방으로 거처를 옮기라 하셨어요. 그래도 아씨는 항상 땔감을 넉넉히 사 주셔서 방 덥히는 데 골머리 앓아 본 적은 없어요. 어제도 날이 추워 자기 전에 불을 지피고 잤어요."

지성은 머뭇거리다 덧붙였다.

"저… 그리고 혹시 몰라 한 가지 더 말씀드리자면 저는 잠귀가 굉장히 밝은 편이어요. 고향집에 있을 땐 어머니가 마당에 바늘 하나 떨어지는 소리에도 잠에서 깨는 년이라 타박 주곤 하셨죠. 그리고 대문 문돌쩌귀가 약간 틀어진 상태라 열릴 때마다 소리가 나서, 누가 집에 들어왔다면 분명 깼을 거예요. 적어도 대문으로 들어왔다면요."

"어젯밤엔 한 번도 깬 적 없단 소리니?"

"그럼요."

하지만 청희는 안방에서 잠들었다가 사랑방에서 시체로 발견되었고 안방은 곁방과 지근거리였다. 정말 바늘 떨어지는 소리에도 깬다면 청희가 방을 나갈 때 지성이 깼어야 했다. 지성은 자기 능력을 과대평가하고 있는 게 분명했다.

"시체를 발견한 건 언제였지?"

"아침이요. 8시가 되기 대략 30분 전이었죠. 아침밥을 차리고 아씨를 깨우려 안방으로 들어갔는데 안 계시더라고요. 그런데 이상한 윙윙 소리가 들려 사랑방으로 가 보니…."

지성은 다시 눈물을 찍어 냈다. 경애는 어색하게 손을 뻗어 지성의 어깨를 토닥였다.

"고맙구나. 도움이 됐어."

"정말요?"

그 말에 자신감을 얻은 듯 지성은 잠시 골똘히 생각하다 입을 열었다.

"이것도 도움이 될진 모르겠는데요. 아까 순사들이 물건을 살펴보라고 했거든요. 사라진 게 있냐고. 그런데 방이랑 창고에서 없어진 물건이 있었어요."

"뭐가 없어졌지?"

귀중품이 사라졌다는 사실은 이미 알았기에 경애는 물으면서도 큰 기대를 하지 않았다. 하지만 예상보다 훨씬 더 상세한 설명이 돌아왔다. 지성은 손가락을 하나씩 꼽으며 또랑또랑한 목소리로 말했다.

"은비녀 두 개, 옥가락지 하나, 은가락지와 금가락지 대여섯 개랑 서양제 손목시계 작은 것, 시집 한 권이랑 자개함과 거기에 달려 있던 매미 장식 끈. 그리고 현금 80원이요."

경애는 조금 놀랐다.

"그걸 어떻게 다 기억했니?"

"전 기억력이 좋아요. 패물들은 아씨가 머무르시던 안방에 있던 거고, 비녀와 가락지는 전부 같은 서랍에 들어 있었어요. 시집과 시계는 탁자에 있었고, 자개함은 아씨가 따로 관리하던 거라 뭐가 들어 있는진 모르지만 함만 해도 값진 것이라 들었어요. 그리고 현금은 창고에 있던 비상금이구요."

경애는 잠시 생각하다 물었다.

"그럼 청희 씨를 찾아왔다는 세 사람이 정확히 언제 언제 왔는지도 기억해?"

"그럼요. 영순 씨는 엿새 전 정오가 조금 넘어서 와서 식사를 같이하고 갔어요. 아씨가 많이 아플 때라 못 보겠다고 했는데 기어코 들어오더라고요. 이용학 사장님은 어제 아침 8시에 찾아왔어요. 좀 초조해 보이셨는데 한 시간 정도 있다가 떠나셨어요. 그리고 한일 씨는 어제 오후 4시에 왔어요. 죽을 전해주고 아씨 얼굴만 잠깐 보고 갔어요."

지성은 줄줄 말하다가 좀 민망한 기색으로 머리를 긁적였다.

"전 시간을 꼭 잘 지키고 기억하려고 해요. 아씨 허락을 받고 여성 야학을 다니는데, 거기 선생님이 말하길 조선 사람들은 예전부터 시간을 잘 지키지 못했다, 모일 만나자고 하면 어떤 사람은 아침에 나오고 어떤 사람은 저녁에 나오고… 삼천만 동포가 한 시간씩만 낭비해도 삼천만 시간 아니냐, 오늘날에는 시간이 힘이다, 힘을 낭비하지 말고 잘 지켜야 식민지에서 벗어날 수 있는 거다, 그러셨거든요."

"마지막으로 한 가지만 묻자. 청희 씨가 벌을 무서워하거나 피했니? 아니면 벌 독에 알레르기, 그러니까, 벌에 쏘이면 호흡이 가빠지거나 쏘인 자리가 지나치게 부어오르거나 울긋불긋하게 변하는 증상을 보인 적 있니?"

지성은 고개를 절레절레 저었다.

"그런 말은 들은 적 없는 것 같아요. 아씨는 다리가 많은 벌레는 싫어하셨지만 벌이나 나방 같은 걸 무서워하시진 않았어요."

지성과 대화를 마치고 마당으로 나왔을 때 순사들은 철수할 준비를 하고 있었다. 요시다 순사부장은 어디론가 사라지고 없었다. 주위를 둘러보는 경애에게 한 순사가 조선말로 말했다.

"시체라면 부검을 위해 김 순사가 박 순사와 함께 경성제대로 옮겼습니다. 요시다 순사부장님도 감시 겸 동행하셨고요."

구경꾼들도 이제 볼 게 없다는 걸 알았는지 삼삼오오 흩어지고 있었다. 몇몇 기자들만이 미련을 버리지 못하고 어슬렁거렸다. 흩어지는 사람들 사이로 중년 남녀가 순사들을 피해 경애에게 접근했다. 남자 쪽은 뭔가 탐탁지 않다는 표정이었고, 여자 쪽이 그런 남자를 끌어당겨 재촉하고 있었다. 여자는 남자의 팔뚝을 잡고 경애에게 성큼성큼 걸어왔다.

"선생이 왜경한테 조언해 준다는 그 조선인 아가씨 맞소? 저기 기자들이 그리 말하던데."

그러고 나서 여자는 경애를 안심시키려는 듯 손을 펼쳐 휘휘 저었다.

"우린 이상한 사람이 아니라 저기 저 죽은 사람 옆집 사는 가시버시여요. 종로에 포목점 큰 거 하나 하고 있고. 근데 다름이 아니라 우리 바깥양반이 지난밤에 이상한 걸 봤다고 해서 혹여 도움이 될까 해서요. 왜경들이라면 모를까, 같은 조선인이 나서 주는데 말을 해 줘야지."

여자는 불만스러운 표정을 짓고 있는 남자더러 들으라는 듯 크게 말하며 그를 떠밀어 경애 앞에 세웠다. 큰 포목점을 운영한다더니, 과연 옷을 지은 천이 고급스러워 보였다. 하지만 잘 어울리진 않았다. 그냥 가게에서 제일 비싼 걸 골라 아무에게나 옷을 지으라 맡긴 것처럼 보였다. 남자는 약간 기죽은 표정으로 경애를 쳐다보았다.

"무얼 보신 게 있나요?"

"아니, 뭐. 별로 중요한 것 같지는 않소만…."

남자는 시선을 돌리며 꿍얼거렸지만 자신을 향하는 두 여자의 집요한 시선에 마지못해 입을 열었다.

"아, 별것 아니오. 어제 새벽에 문득 잠이 깼거든요. 근데 요의가 느껴져 밖에 나왔소. 날이 생각보다 추워서 후딱 볼일 보고 들어가려 하는데, 아니 이 죽은 아가씨네 집 앞에 어떤 남자가 서 있더이다. 그리고 집 문이, 그러니까 대문 말고 그 옆에 작은 쪽문이 벌컥 열리더니 이 아가씨가 나와 남자를 다정스럽게 안으로 들여보내는 게 아니겠소? 남자는 등에 뭘 짊어지고 있었는데, 어두워서 그게 뭔지, 남자가 어찌 생겼는지는 못 보았지만 상황이 뻔했소. 둘이 들어가고 문이 닫혔지요. 나는 '아, 혼인도 안 한 젊은 처자가 밤중에 저게 무슨 망측스러운 짓이냐' 하는 못마땅한 생각이 들었는데 거 그 시간에 뭐라 할 수도 없고, 아가씨 체면 생각해서 누구한테 말하기도 좀 그래서 아침이 되면 혼자 가서 점잖게 한마디 해 줘야것다 생각했는디…."

남자는 거기까지 말하고 말꼬리를 흐렸다.

"그게 몇 시쯤이었나요?"

경애의 물음에 남자는 혀를 차며 머리를 긁적였다.

"허, 아마 새벽 2시쯤 됐을 거요. 들어오고 나서 우리 집에 새로 들여놓은 그 뭐냐, 괘종시계가 있는데, 그걸 보니까 그쯤 되었거든."

아내가 옆에서 말을 거들었다.

"죽은 사람한테 이런 말 하기 뭐하지만, 저 아가씨 집에 워낙 남자가 여럿 드나들어서 그러려니 했어요. 사실 나는 남자보단 이 집 식모애가 수상해요. 언뜻 착해 보이는데 어쩐지 속을 알 수 없어요. 엊저녁엔 어떤 무섭게 생긴 늙은이랑 담벼락 밑에서 쑥덕거리고 있었다니까요."

뒷마당에 다시 갔지만 지성의 모습은 어디에도 보이지 않았다. 경애는 근처의 순사를 잡아 세웠다.

"여기 있던 아이는 어디 갔죠?"

순사의 얼굴에는 벌에 쏘인 흔적이 있었다. 그는 인상을 구기며 조선어로 물은 경애에게 일본어로 대답했다.

"누구 말이요?"

"지성, 그러니까 이 집 식모애 말이에요. 아까까지만 해도 여기 앉아 있었는데."

경애가 유창한 일본어로 대답했다. 순사가 눈을 뾰족하게 치켜떴다.

"그 계집애라면 만날 사람이 있다고 나갔소. 경부님께서 조사 끝났으면 보내 주라 하셨습니다."

"어디로 갔는지는 모르고요?"

"모르오."

순사는 퉁명스럽게 답하고 자리를 떠났다. 경애는 주위를 둘러보다 곁방으로 향했다.

지성의 방은 작고 아늑했고 불을 넉넉히 때는지 공기가 홧 홧했다. 방에는 개인용품이 별로 없었다. 잘 개킨 이부자리와 청희의 것과 닮은, 크기만 좀 더 작은 농이 있을 뿐이었다. 농을 열어 보니 깔끔한 옷가지가 들어 있었다. 그게 전부였다. 저고리를 더듬어 보니 불룩한 느낌이 들었다. 옷 솔기 사이로 들여다보니 지폐 뭉치였다. 봉급을 다달이 모아 온 듯한데 경애의 입장에서 큰 액수는 아니었다. 경애는 도로 정리해 놓고 나가려다가 농 위에 놓인 약병을 발견했다.

불투명한 갈색 병에는 아무것도 적혀 있지 않았다. 그러나 일반적인 약병이라면 라벨이 붙어 있을 법한 자리에 벗겨 낸 흔적이 보였다. 내용물은 3분지 2 정도 남아 있었다. 경애는 병을 집어 들고 뚜껑을 열어 냄새를 맡았다.

사토 경부가 방에서 나온 경애에게 다가왔다.

"이제 경성제대로 같이 가시죠."

경애의 표정을 보고 사토 경부가 이상하다는 표정을 지었다.

"한경애 선생? 괜찮은 거요?"

"네, 괜찮아요. 바로 부검실로 갈 건가요?"

"그럴 거요. 부검을 참관하고 싶다 하셨으니 선생도 같이 가시죠."

경애의 손에 땀이 차올랐다. 여기서 동행을 거절하면 정말 이상해 보일 것이다. 경애는 사토 경부가 인도하는 대로 대문 옆에 세워진 차로 향했다. 차에 오르기 직전 사토 경부의 손이 경애를 붙잡았다.

"혹시 현장에서 따로 알아낸 것이 있소?"

일본인 경찰의 눈이 경애를 꿰뚫듯 바라보았다. 경애는 침을 삼켰다. 마흔 정도로 보이는 나이에 경부 자리를 꿰차고 조선어에도 능숙한 이 남자는 절대 멍청할 리가 없었다. 제국인의 눈에 이런 식으로 노출된 것은 참으로 오랜만이었다. 미국에서 공부하며 경애가 느꼈던 것은 이런 응시가 아니라 무시였다. 경애가 탁자에 놓인 화병 이상의 자리를 꿰차려 하면 그들은 노골적인 적대보다는 차라리 우스꽝스러운 조롱으로 대응했다. 미끌미끌하고 축축한 농담으로 점철된, 가파르게 기울어진 경사로.

"옆집 부부가 증언하길 새벽 2시쯤에 청희가 집 밖으로 나오는 걸 보았다고 해요. 그때까진 피해자가 살아 있었다 보아도 될 것 같아요."

사토 경부는 가늠하는 눈으로 경애를 보다가 손에 힘을 풀었다.

"역시 같은 조선인에겐 속을 털어놓는 모양이구려. 알려주어 고맙소."

사토 경부는 그 나름의 배려인지 경애를 뒷자리에 태우고 자신은 운전석 옆에 앉았다. 덜컹거리며 경성제대로 향하는 동안 경애는 경찰 몰래 가방에 손을 넣어 안에 든 병을 꾹 쥐었다. 식모의 곁방에 있던 약병이었다. 경애는 눈치를 살피다 약병을 가방 깊숙이 밀어 넣었다. 앞에 탄 경찰들은 아무것도 알아채지 못했다.

방문자

2

1937년 3월 16일, 경성제국대학 부검실

"피해자의 이름은 이선아요. 그러나 예명인 '청희'로 더 많이 불렸다 하오."

서늘한 대학 부검실에서 사토 경부가 설명을 시작했다.

"한때 한양중앙권번에 속한 기생이었으나 열아홉에 기생일을 그만두고 여가수가 되었소. 일류 가수는 아니었지만 창(唱)을 잘 불러 그럭저럭 음반을 팔았던 모양이오. 돈을 다루는 재주가 있어 음반을 팔아 모은 돈보다 제힘으로 불린 돈이 더 많았다더군."

돈놀이하는 기생 출신의 아름다운 여자 가수라. 경애는 혀를 찼다. 남몰래 청희를 미워했던 사람이 한둘이 아니었겠다 싶었다. 하지만 아무리 밉다 한들 살인은 어마어마한 품이 들어가는 일이다. 어쭙잖은 증오로는 사람을 죽이긴커녕 생채기 하나 낼 수 없다. 사람을 죽일 만큼의 강한 감정은 분명 범인 주위에 흔적을 남겼을 것이다.

동아는 생각에 잠긴 경애를 걱정스러운 눈으로 흘끗거렸다. 그는 경애가 부검에 참관하는 것을 말렸다. 꼭 시체의 살을 가르고 몸을 파헤치는 걸 보아야겠냐고 동아는 걱정스럽게 물었다. 하지만 경애는 기어코 부검실에 들어왔고 경찰 간부가 참관을 허락한 이상 동아가 혼약자라 해도 막을 순 없었다. 동아는 고개를 들어 높은 벽에 걸린 시계를 확인한 후 검시 공책에 시간을 적었다.

"시작하겠습니다."

동아는 시신을 눈으로 먼저 살펴보기 시작했다. 사토 경부가 불쑥 물었다.

"벌에 쏘인 것이 사인이오?"

대답한 것은 경애였다.

"심각한 거부반응이 있거나 한 특수한 경우가 아니라면 벌의 독은 사람을 죽이기 힘들어요. 현장에 있던 독성이 약한 꿀벌이라면 더 그렇죠. 주변인 증언에 따르면 피해자에겐 벌독 알레르기가 없었어요."

"그 말이 맞습니다. 피해자는 벌 독 때문에 죽은 게 아니라 교살(絞殺)당한 겁니다."

동아가 목 졸린 상처를 가리켰다. 그는 시신의 창백한 손목과 발목을 유심히 관찰하며 덧붙였다.

"목 외엔 결박 흔적이 없군요."

"자살일 가능성은 없소?"

"자기 손으로 목숨을 끊은 자교사(自絞死)와 타인에게 목이 졸린 교살은 남는 흔적이 다릅니다. 시체의 목을 보세요. 끈이 남긴 상처가 깊고 불규칙적이며 불연속적인 게 보이십니까? 범인은 뒤에서 목을 졸랐고, 피해자는 본능적으로 반항했습니다. 약간의 몸싸움이 있었던 것 같은데 손에 남은 방어흔이 이를 증명하죠. 살인 도구는 찾았나요?"

"현장에 남아 있었어요. 굵은 노끈이 시체 옆에 떨어져 있더군요."

"노끈이라. 상처 모양과 비슷하네요. 하지만 너무 흔한 것이라 범인을 특정하긴 어렵겠습니다."

동아는 검시를 계속했다. 혼탁해지기 시작하는 시체의 눈과 살짝 벌어진 입안을 확인하고 조금씩 아래로 내려왔다. 시신의 옷을 마저 벗겨 내자 사토 경부의 시선이 벌거벗은 피해자의 맨몸을 훑었다. 시신의 가슴께가 드러나는 순간 새빨간 혓끝이 보일 듯 말 듯하게 나와 얇은 아랫입술을 살짝 축였다.

죽은 이는 아무것도 느끼지 못한다. 그렇기에 순간적으로 수치심을 느낀 것은 청희가 아니라 경애였다. 경애는 속으로 되뇌었다. '이건 과학적인 절차일 뿐이다. 모욕이 아니다' 하고.

하지만 왜 모욕처럼 느껴질까? 경애는 분한 기분이 들었지만 결국 시선을 다른 곳으로 돌리고 말았다.

"겁간의 흔적은 없습니다. 근육의 경직 정도나 눈알의 혼탁함을 보았을 때 사망한 지 하루 정도 지났어요."

동아가 말했다.

"범행은 지난밤에 일어났을 거요. 식모 계집이 저녁 7시까지는 살아 있는 걸 봤다고 하니. 한 선생이 들은 증언까지 고려하면 새벽 2시나 그 후에 범행이 일어났다고 봐야겠소."

"그럼 사망 추정 시간은 새벽 2시에서 5시 사이로 해 두겠습니다. 허벅지엔 1도 화상 자국이 있는데 심하진 않습니다. 뜨거운 국이나 음료 따위를 엎지른 모양이에요. 그 외엔 특이한 점이 없습니다. 부검을 시작하도록 하겠습니다."

"잠시만요, 동아 씨."

두 남자의 시선이 경애에게 쏠렸다. 경애는 침을 삼켰다. 이 부검실은 약혼자인 동아가 주도권을 잡은 공간이고 사토 경부는 사건을 해결하기만 한다면 경애가 무슨 짓을 하든 별로 신경 쓰지 않았다. 호의와 무관심 사이를 경애는 살며시 비집고 들어갔다.

"제가 한 번 더 살펴볼게요."

동아는 선선히 부검대에서 떨어졌다. 경애는 부검대에 누운 시신을 보고 잠시 마음을 다잡았다. 이 죽은 사람, 죽은 여자는 고작 스물두 살이었다. 바라는 것이 있었을 테고, 꿈꾸던 미래도 있었을 것이다. 그러나 누군가가 집에 침입해 단 몇 분 동안 목을 조르자 그 모든 것이 연기처럼 산산이 흩어져 아무도 모르는 곳으로 사라지고 말았다. 자신이 정신을 다잡지 않으면 누가, 왜 그랬는지도 영영 모르게 되리라. 경애는 침착한 눈빛으로 시신을 관찰하기 시작했다.

"뭐 새로 찾은 것이라도 있소?"

경애는 답하지 않고 피해자의 벌어진 입안으로 핀셋을 집어넣었다. 제대로 보이지도 않을 정도로 작은 유리 조각이 핀셋에 딸려 나왔다. 사토 경부는 어리둥절한 표정이었다.

"그게 무엇이오?"

사토 경부와 눈을 마주친 동아는 자기도 모르겠다는 듯 어깨를 으쓱했다. 경애는 유리 조각을 트레이 위에 조심히 떨궜다.

"혀와 입가에 미세한 상처가 있어요. 혀는 이 유리 조각에 베인 거고 입가는 뭔가에 쓸린 것 같아요."

동아가 시신의 얼굴로 몸을 숙이고 다시 관찰했다. 과연 경애의 말대로 피해자의 입가에 아주 자세히 들여다보지 않으면 찾지 못할 만큼 작은 상처가 있었다. 입꼬리의 살갗이 살짝 벗겨진 상처였다.

"그렇군요. 면적이 좁은 뭔가에 쓸린 상첩니다. 잘 찾으셨습니다. 경애 씨."

사토 경부가 머리를 긁적였다.

"쓸린 상처라. 현장에 아편에 젖은 손수건이 있었소. 그걸로 피해자를 제압한 거겠군."

동아가 고개를 저었다.

"손수건이라기엔 면적과 위치가 맞지 않습니다. 피해자가 비명을 지르지 못하게 재갈을 물렸겠죠."

하지만 손과 발에는 결박 흔적이 없다고 하지 않았던가? 경애는 의문을 품었지만 일단 자신이 발견한 다른 것도 알려야 했다.

"여기에 머리카락이 잘린 흔적도 있어요. 단면을 보니 다듬거나 멋을 내기 위해 자른 것이 아니에요."

경애는 피해자의 풀어 헤쳐진 머리칼에서 반 움큼 정도 잘려 나간 흔적을 가리켰다.

"과연 여성분이라 섬세하시구려."

사토 경부는 제 딴엔 악의 없이 감탄했다. 동아는 유리 조각을 증거품 봉투에 옮겨 담고 검시 공책에 입의 상처와 두발에 대한 내용을 추가했다.

추가로 해부가 이어졌지만 그 이상의 정보는 알아내지 못했다. 목을 절개한 결과 경부 연조직에 출혈이 있고 후두연골이 골절되었음을 확인했지만, 사인이 교살이라는 사실을 재차 확인해 준 데 불과했다. 피해자 몸의 다른 부분은 아주 건강했다. 사토 경부가 해부 과정을 지켜보다가 국가의 의학 연구에 이바지하기 위해 성대 따위를 표본으로 만들어 연구실에 비치하는 건 어떻겠냐고 물어볼 정도였다. 동아는 차갑게 답했다.

"경부님, 부검의로서 조언컨대 의학 연구는 저희에게 맡기시고 경찰은 사건을 해결하는 데 집중하세요. 두 마리 토끼를 동시에 잡으려면 다 놓치기 일쑤입니다."

사토 경부는 눈썹을 꿈틀거리며 불쾌한 기색을 내비쳤다. 그러나 경애는 동아의 대답에 마음이 놓였다. 사토 경부가 원래 말하려고 했던 부위가 아무래도 청희의 성대가 아닐 것 같다는 느낌이 들었기 때문이다. 일본 의사들이 조선에 연구하러 왔을 때 기생들의 생식기를 표본으로 만들어 가져갔다는 이야기를 들은 적이 있었다.

부검 과정은 길고 고통스러웠다. 동아가 경고한 대로 메스는 사정없이 피해자의 시신을 갈랐고 사토 경부의 눈은 그 과정을 집요하고 끈질기게 좇았다. 경애는 부검이 끝나자마자 비틀거리며 부검실을 뛰쳐나왔다.

"경애 씨, 괜찮습니까?"

"괜찮아요."

경애는 차가운 돌벽에 머리를 기대며 숨을 골랐다. 자신은 괜찮다. 정말로. 어쨌든 경애는 목이 졸려 죽은 뒤 벌거벗은 채 부검대 위에 누워 있지는 않았으니, 청희보다야 훨씬 괜찮은 상황이다. 사실 경애의 인생 자체가 다른 조선 여인들보다 '훨씬 괜찮은 상황'의 연속이었다.

"그 사토라는 작자는 여러모로 무례했습니다. 표본을 만들어 달라는 부탁도 그렇고요. 어쩌다 그런 남자랑 동행하게 된 겁니까?"

부검이 끝나고 사토 경부는 동아에게 바로 약식 보고서를 받아 떠났다. 동아는 사토 경부가 아직 거기에 있기라도 한 것처럼 그가 나간 쪽을 노려보았다. 경애는 어지러운 머리에 살짝 손을 댔다. 찬 공기를 마시니 기분이 조금 나아졌다.

"동행이라니. 사건 현장과 피해자 시신을 보기 위해 경찰 간부의 허락이 필요했을 뿐이에요. 앞으론 혼자 다닐 거예요."

동아의 얼굴이 눈에 띄게 밝아졌다. 그는 경애의 면면을 살피다 조심스럽게 입을 열었다. 그러나 바깥에서 요란한 소란이 벌어진 탓에 동아는 말을 끝맺지 못했다. 누군가의 고함 소리, 드잡이 소리가 들렸다.

밖으로 나가자 사토 경부와 어떤 젊은 청년이 드잡이하는 모습이 보였다. 행색을 보아 청년은 조선인 노동자 같았다. 청년은 사토 경부의 멱살을 잡고 무어라 고함을 지르다가 이내 사토 경부의 뺨을 갈겼다. 손이 얼마나 매운지 체격이 건장한 사토 경부가 휘청거리다 바닥에 쓰러질 정도였다. 청년은 씩씩거리며 쓰러진 사토 경부에게 다가갔다. 사토 경부는 맞은 충격으로 정신을 차리지 못하는 듯했으나 청년이 가까이 다가오자 언제 그랬냐는 듯 번쩍 몸을 일으켜 청년을 덮쳤다. 두 남자가 한 몸처럼 엉켜 바닥을 구르자 흙먼지가 일었다.

잠시 후 사토 경부가 상대를 제압하고 그의 몸에 올라타는데 성공했다. 그는 곤봉으로 청년의 목덜미를 누른 채 사납게 뭐라 지껄였다. 청년은 몸부림치며 사토 경부를 마구 때렸지만 강철 같은 사토 경부의 손아귀에서 벗어나지 못했다. 그러나 잠시 후 사토 경부는 청년의 몸에서 일어났고 들고 있던 곤봉으로 청년을 두들겨 패거나 체포하는 대신 청년의 장딴지를 분풀이하듯 한 번 세게 걷어찬 뒤 쫓아냈다. 청년이 사라진 후 사토 경부는 마치 누군가가 이 장면을 보았을까 걱정하는 것처럼 주위를 둘러보았다. 그는 들고 있던 보고서 봉투가 찢긴 것을 보고 한탄하듯 하늘을 올려다보더니 머리와 옷을 정돈했다. 경애와 동아는 사토 경부와 마주쳐 어색해질까 급히 안으로 들어왔다. 잠시 후 사토 경부가 건물로 들어왔다.

"한 선생, 김 선생. 아직 안 가셨구려."

그는 중앙 계단에 있는 경애와 동아를 보고 반갑게 말했다. 동아는 아무것도 모르는 척 친절한 미소를 지었다.

"경애 씨가 어지럽다고 하셔서 잠시 쉬던 중이었습니다."

사토 경부의 눈이 계단에 걸터앉아 있는 경애를 향했다. 알겠다는 듯 너털웃음이 터져 나왔다.

"하기야 양갓집 규수께서 부검 장면을 보았으니 힘드셨겠소. 죄송하지만 혼약자분을 잠시 빌려 가야 할 것 같은데, 한 선생."

"저를요? 무슨 문제라도 있습니까?"

"별것 아니오. 바보같이 발이 꼬여 넘어져 보고서가 찢어지는 바람에. 다시 써 줄 수 있겠소?"

"물론입니다. 사무실로 가시죠."

"거 내가 연인끼리 오붓한 시간을 눈치 없이 방해한 것 같소이다."

사토 경부가 과장되게 익살스러운 표정으로 말했다. 동아는 손사래를 쳤다.

"공무가 더 중요하지요. 바래다드리지 못해서 죄송합니다. 경애 씨. 이따 찾아뵙겠습니다."

경애는 둘이 계단을 오르는 모습을 티 나지 않게 관찰했다. 사토 경부는 아까보다 팔다리 동작에 힘이 들어가지 않았고 계단을 따라 왼쪽으로 돌 때 살짝 비틀거리기까지 했다. 청년에게 제대로 얻어맞은 게 분명했다.

조선인 노동자 청년이 일본인 경찰 간부를 두들겨 패는 것은 꿈에서도 상상하기 어려운 장면이다. 싸움이 끝난 뒤 청년이 체포당하지 않고 자리를 피할 수 있었다는 점은 더더욱 납득하기 어려웠다. 경애는 골몰히 생각했지만 답은 나오지 않았다.

같은 날 저녁, 경애의 여관방

사소한 일이 삶 전체를 뒤흔드는 때가 있다. 처음엔 별일 아닌 것처럼 보인다. 실제로도 사소한 일이다. 하지만 그 자그마한 것은 상대를 절대 놓아주지 않는다. 눈을 돌릴 수도, 무시할 수도 없다. 티끌만 했던 문제는 두려움을 먹고 점점 자라나 몸과 마음을 좀먹는다.

미국 유학 초기 경애를 괴롭혔던 것은 그런 작은 불안감이었다. 부친이 귀국을 명하면 속절없이 따라야 할 것이라는 생각, 영어를 알아듣지 못하리라 비웃으며 면전에서 멸칭하던 다른 학생들, 입에 맞지 않는 기름지고 낯선 음식까지 모두 경애의 불안을 백배로 증폭시켰다. 처음에 자그마했던 불안이 어느새 태산처럼 커졌다. 잠시라도 눈을 돌리면 그것이 자신을 깔아뭉갤까 두려워 경애는 차마 움직이지조차 못했다.

지금 눈앞에 있는 작은 약병이 그때의 불안감처럼 크게 느껴졌다. 신화 속 괴물처럼 잠시라도 눈을 떼면 순식간에 백배로 커져서 누군가를 짓눌러 죽여 버릴 것만 같았다. 동아가 병을 탁자에 내려놓았다.

"경애 씨 생각이 맞아요. 이건 아편입니다. 식모의 방에 있었다 하셨죠?"

지성의 방에 놓여 있던 약병에선 아편 냄새가 났다. 자신이 향을 착각했기를 바랐지만 현직 의사인 동아 역시 같은 결론을 내렸다. 경애는 얼굴을 쓸어내리며 낮게 침음했다.

"이걸 사토 경부에게 넘기면 그 애를 심문하겠군요."

"아마 그럴 거예요."

경애가 침울하게 말했다. 현장에서 아편이 묻은 손수건이 발견되었다. 가장 유력한 용의자. 첫 발견자, 피해자 혼자 사는 집에 종일 거주하는 사람, 피해자의 일거수일투족을 전부 알고 있던 사람의 방에 아편병이 있었다. 둘의 관계는 고용인과 피고용인. 경찰이 지성을 잡아가지 않는다면 오히려 더 놀랄 일이다.

그러나 지성이 범인이라면 그냥 아편을 저녁 식사에 다 먹이지 않고 수건에 적실 이유가 없었다. 호흡기를 통해 상대를 마취하는 건 어려운 일이었다. 실제로 범인은 실패했다. 청희의 시체에 방어흔이 남아 있는 게 증거였다. 이 병은 함정이었다. 지성을 빠뜨리려는 함정. 약병을 주의 깊게 살피던 동아가 입을 열었다.

"이거, 식모가 범행에 사용한 게 아니라 누군가가 식모에게 먹인 것 아닙니까?"

그는 귀퉁이에 조금 남은 라벨지를 가리켜 보였다.

"이 병은 제약회사에서 주로 사용하는 것입니다. 라벨지 색깔을 보니 천일약방 제품 같습니다. 이런 모양에 이 크기라면 자양강장제겠군요. 최근 천연 꿀이 들어갔다는 광고로 인기를 끌고 있습니다. 아편 향이 희미한데, 일부러 향이 강한 강장제와 섞어 냄새를 감춘 겁니다. 큰 회사 제품이니 회사서 만들 때 실수한 건 아닐 테고, 식모에게 몰래 먹이기 위해 수를 쓴 게 아닐까요?"

동아의 분석은 경애의 추리와 거의 유사했다. 조선 사정에 익숙지 못한 경애가 천일약방이라는 회사명을 떠올리지 못했다는 것만 빼고 말이다.

"정확해요. 지성은 청희보다 덩치도 작고 나이도 어리니 마취 손수건이나 노끈처럼 몸싸움이 필요한 방법을 사용하지 않았을 거예요. 지성이 사용한 게 아니라 범인이 잠귀가 밝은 지성을 재워 두기 위해 몰래 먹였을 거예요."

동아의 얼굴이 굳어졌다.

"그 말인즉 계획 살인이란 뜻이군요. 식모에게 약을 먹일 수 있을 정도로 집안 사정을 잘 아는 사람의 소행이기도 하고요. 면식범일 수도 있는데 경찰에 알려야 하지 않겠습니까?"

그 생각을 하지 않은 것은 아니었다. 지성의 방에서 아편을 발견했을 때 경애는 지성을 의심했지만 동아와 똑같은 추리 과정을 거쳐 의심을 거두어들였다. 하지만 일경들도 그러리라는 법은 없었다.

경찰은 이미 몇 년 전 죽첨정에서 어린아이의 잘린 머리가 발견되었을 때✦ 온갖 헛발질을 선보여 망신을 당한 바 있다. '아

✦ 죽첨정 단두 유아 사건. 1933년 5월 16일 경성부 죽첨정3정목에서 어린아이의 잘린 머리가 심하게 훼손된 상태로 발견된 사건이다. 처음엔 살해 사건으로 추정되었으나 수막염으로 사망한 아이의 시체를 훼손해 뇌수를 꺼내 간 것으로 밝혀졌다. 자식의 병을 고치기 위해 어린아이의 뇌수를 구해다 줄 것을 의뢰한 윤명구와 윤명구에게 2원을 받고 시체를 훼손한 배구석은 각각 징역 3년 형과 4년 형을 선고받았다.

시아의 신질서 체계 아래 안전한 조선 땅'이라는 선전으로 얻은 체면을 완전히 구기고 싶은 게 아니라면 이번에는 빨리 범인을 잡아 사건을 종결하길 바라고 있을 것이다. 이 조그마한 증거를 핑계로 힘없는 시골 계집애에게 강압적인 신문을 하거나 최악의 경우 거짓 자백을 억지로 얻어 내 범인으로 만들지 않으리라는 법이 없다. 일본 경찰이 조선인을 상대로 저지르는 고문과 폭행은 경애가 떠나기 전부터 공공연하게 일어났던 일이었다.

"알릴 거예요. 확실한 범인을 알아낸 다음에."

"무슨 뜻인지 잘 알겠습니다. 이 병은 어떻게 하실 생각입니까?"

"경찰 몰래 버려야죠."

"그럼 제가 처리하겠습니다. 나무는 숲에 숨겨야 하는 법이죠. 의과 연구실에서 폐기되는 약통에 섞어 버리면 아무도 눈치 못 챌 겁니다."

"고마워요."

경애의 말에 동아는 약간 붉어진 얼굴로 약병을 손수건으로 둘둘 말아 품에 넣었다.

"이제 어떻게 하실 생각인가요?"

"사토 경부는 치정 살인일 가능성을 높게 보는 것 같더라고요."

"경애 씨도 그리 생각하십니까?"

"자료가 없으면 가설도 없어요. 전 아직까지는 아무 생각 없답니다."

동아는 잠시 뜸 들이다 말했다.

"사실 아까 드리려고 했던 말인데요. 조사를 계속하실 생각이라면 제가 경애 씨와 동행하면 어떻겠습니까? 믿음직한 의사 조수 하나 있어서 나쁠 건 없잖습니까."

"흠, 저도 의전✦을 다닌 걸 아시죠?"

"하지만 외과나 법의학 쪽은 아니었죠. 공부를 끝까지 마치지도 않았고요. 중간에 그만두고 미국으로 건너간 걸로 기억하는데요?"

"그건 그렇죠."

동아가 입 밖으로 꺼내진 않았지만, 그와 동행할 경우 또 다른 장점이 있다는 걸 경애는 알았다. 사건 조사에 남자가 동행하면 경애가 운신하는 폭이 훨씬 넓어질 것이다. 공식적인 혼약자이니 주변 시선을 크게 신경 쓸 필요도 없었다. 하지만 걸리는 점이 하나 있었다.

"제대 연구소 일은 어쩌시려고요?"

동아는 어깨를 으쓱했다.

"사이토 교수님이 부검의 일을 맡겼으니, 사건에 관해서라면 좀 들쑤시고 다녀도 뭐라 하지 않으실 겁니다. 어차피 전 거

✦   의학전문학교.

기서 중요한 일을 별로 못 맡아요."

하기야 그럴 것이다. 경애도 필그림 교수가 본격적으로 돕기 전까진 연구실에서 중요한 업무를 허락받지 못했다.

"좋아요. 그럼 일단 피해자 주변 사람들을 조사해 보죠."

*

그 후 며칠 동안 경애는 바쁘게 움직였다. 일과 사건 수사를 동시에 진행하는 것은 고됐다. 경애는 연구실에서 당장 보존 처리해야 할 곤충들을 표본으로 만들고 필그림 교수에게 보낼 것들은 따로 골라내 간략한 보고서와 편지를 작성하는 한편, 경찰이 보내온 현장의 벌들을 증거품으로 보관할 수 있도록 분류했다.

사토 경부가 그날 한 말 중 적어도 한 가지는 맞았다. 청희 살해 사건은 장안의 화젯거리가 되었다. 석간신문은 자기 집에서 무참히 살해당한 여가수에 대한 기사를 일제히 내놓았다. '아리따운 여가수와 살인 벌 떼의 미스테―리'. 그게 신문이 내놓은 문구였다. 일부 질 나쁜 신문들은 피해자가 기생 출신인 점을 들어 살해 동기가 정욕에 의한 것일지도 모른다는 사설을 써냈다. 경애는 청희가 기생일 적 받았던 '손님'들의 인터뷰가 실린 기사를 훑다가 인상을 찌푸리며 신문을 내려놓았다. 읽을 가치가 없었다. 기생이 뭔지, 세상이 그들을 어떻게 보는지 경애도 아주 잘 알았다.

관기 제도는 구한말 갑오개혁으로 폐지되었다. 그러나 관에 소속되어 있던 기생들은 사라지지 않았다. 그들은 민간으로 나왔다. 내의원에 소속되어 의녀 역할을 했던 약방기생들, 높은 분들의 옷을 만들기 위해 1년 열두 달 바늘에 손가락을 찔려 가며 일했던 상방기생들. 사람들이 그들을 보는 시선은 여전했다. 말하는 꽃, 천한 몸에 귀한 머리를 가진 이들. 찬사인지 모욕인지 모를 말이었다. 달라진 것은 '여자로서의 가치가 사라지는' 쉰까지 관에 매여 있을 필요가 없다는 점과 나라 잔치에 불려 가 흥을 돋울 의무가 사라졌다는 점뿐이었다.

법은 사라졌지만 그들 역시 먹고살 방도가 필요했다. 개혁 이후 흩어졌던 기생들은 모여서 조직을 만들었다. 최초의 기생조합이었다. 조합은 기생을 길러 내고 요릿집과 계약을 맺어 기생들이 기예와 예악을 팔 수 있는 구조를 만들어 냈는데, 그 구조는 기생을 단속하고 상품으로 만드는 동시에 그들이 모여 스스로 목소리를 낼 수 있도록 해 주는 기묘한 이중의 성격을 띠었다. 훗날 권번으로 명칭이 바뀐 이 기생조합은 일종의 기획회사이자 기생들의 연예(演藝)를 관리하고 판매하는 기획사였다.

경성에는 소위 4대 권번이라는, 기적(妓籍)에 기생이 가장 많이 등록된 네 개의 권번이 있었다. 한성권번, 대정권번, 한남권번, 조선권번. 청희가 기생 시절 속해 있던 한양중앙권번은

이 4대 권번만큼 크지는 않았지만 그래도 무시할 수 없는 규모였다. 급사가 사무실에서 내려왔다.

"사장님께서 두 분을 만나시겠다 하십니다."

권번에 속한 기생은 모두 여성이었지만 정작 권번의 사장은 이용학이라는 남자였다. 40대 후반 정도로 보였고 머리에 포마드를 발라 한쪽으로 넘기고 있었다. 용학은 불신의 눈빛으로 먼저 동아를, 그리고 경애를 쳐다보았다.

"이미 경무국에서 한 번 찾아왔소이다. 그쪽 직함이 정확히 뭐라고 했지? 경찰 고문이라고?"

"사건의 특이성 때문에 전문가로서 의견을 보태고 있어요. 이쪽의 김동아 씨는 의학자로 부검을 맡아 주셨고요. 정확한 조언을 위해 피해자 주변인의 증언을 듣고 있습니다."

용학은 여전히 못마땅한 표정으로 콧수염을 비비 꼬았다.

"그게 고문 아니오. 뭐, 알겠소…. 솔직히 말해서 내가 뭐 말해 줄 것이 있는지 모르겠지만. 청희는 이미 몇 년 전에 우리 권번을 나갔고 그 후에 어떻게 뭘 해 먹고 사는지 난 관심도 없소."

"접점이 없다면 집에는 왜 찾아간 건가요?"

"예전에 권번을 나가며 미처 처리 못 했던 자잘한 일 때문에 만났던 것뿐이오."

"금전 문제인가요?"

"당연히 금전 문제지. 기생들이 모여 있다고 해서 권번이 무슨 여학교 동아리라도 되는 줄 아쇼?"

용학이 신경질적으로 대꾸했다.

"우린 엄연한 사업체예요. 아. 혹여 오해할까 말해 두는데, 금전 문제라고 해도 사소한 일이었소. 사람을 죽일 만큼은 아니오. 특히 청희 같은 인물을 말이오."

그러나 객관적으로 보면 청희는 대단한 인물이 아니었다. 제법 부유하긴 했지만, 그것도 어디까지나 출신을 극복하고 그럭저럭 괜찮은 상대와 결혼하여 가정을 꾸릴 수 있을 정도, 그뿐, 이 땅에서 영향력이 대단한 수준은 결코 아니었다. 그런데 용학은 지나치게 긴장하고 있는 것 같았다. 마치 진짜 중요한 인물이 죽기라도 한 것처럼.

"너무 긴장하실 필요 없어요. 순사들이 이미 한 번 찾아왔다고 했죠."

용학은 굳은 표정으로 고개를 주억거렸다.

"그들에게 했던 말을 저에게도 해 주시면 됩니다. 물론 제가 경무국을 통해서 전달받는 방법도 있겠지만 증언을 왜곡 없이 직접 듣는 게 낫지 않을까요? 청희 씨는 열두 살 때부터 권번의 학교에서 교육을 받았고 열다섯 살 때부터 여기서 일했다고 알고 있어요. 그렇다면 선생님은 청희에 대해 가장 잘 아는 사람 중 한 명이잖아요. 옛날이야기 한번 들려준다 생각하고 말해 주시면 될 것 같은데요."

용학은 담배를 피워도 되겠냐 눈짓했다. 경애가 승낙하자 그는 궐련에 불을 붙이고 연기를 깊게 들이마셨다.

"청희는 가엾은 애요. 착한 애였는데."

담배 연기의 진정 효과 때문인지 한결 누그러진 목소리였다.

"과거형으로 말하는군요. 죽어서인가요?"

"차라리 그랬으면 좋겠소."

용학은 숨을 길게 푹 내쉬었다.

"내가 알기로 청희의 할머니는 관기였지만 어머니는 아니었소. 주변 사람들이 그 할머니에게 기생이 뭐 해 먹고 살 거냐, 모아 둔 돈도 얼마 없으니 애라도 조합에 보내 편하게 살게 해라 설득했지만 요지부동이었다지. 얼마 안 되는 재산을 털어 목로주점을 차렸고, 거기서 번 돈으로 어찌어찌 딸을 허약하지만 착한 사내랑 혼인시켰다 들었소. 하지만 사내는 딸, 그러니까 청희 하나 남기고 병들어 죽었고 철도가 놓인 후 가게가 있는 옛길의 통행량이 줄며 목로주점도 기울었다오. 청희의 어머니는 제 관기 어미와 달리 기생 일에 그리 반대하지 않았소. 그러니 할머니가 죽고 일이 어떻게 되었을지 알겠지? 청희 어머니는 청희를 기생학교에 보냈소. 배운 게 도둑질이라고. 저도 기생 딸이었으니까 먹고사는 게 어려워지자 쉬운 길로 간다는 유혹에 빠지고 만 거요."

용학은 비웃듯 말했다. 경애는 속이 약간 역해졌다. 술과 노래, 웃음을 파는 일이 그에게 정녕 쉬운 길로 보이는 것인가? 경애는 굶어 죽는 한이 있더라도 기생이 되지 않을 것이다. 물론 그런 선택지는 애초에 경애에게 주어지지 않는다. 첫째로 경애는 스물이 훌쩍 넘었기 때문이고, 둘째로는 대학을 나왔기 때문이며, 셋째로는 부자 아비와 오라비를 뒀기 때문이다. 경애는 누구를 향하는지 모를 조소를 속으로 삼켰다. 용학은 다시 습관처럼 콧수염을 잡아당겼다.

"청희는 그 뒤로 예명을 짓고, 열다섯이 되어 정식으로 기적에 이름을 올리고 우리 권번에서 일했소. 노래를 참 잘 불러서 별명이 금꾀꼬리였소이다. 목소리 한 번 들을 수 있다면 황금이라도 내고 싶다는 뜻이었지요. 뭐, 배알 없는 사내들이 추켜올려 준 말이긴 했지만, 그렇게 주변에서 추켜세워 준 게 청희가 교만해진 원인일지도 모르겠소."

"교만이라고요?"

"청희는 기생답지 않게 몸과 마음이 깨끗한 여자였지만 라디오프로그램에 출연하고 레코드회사와 계약해 유명해지면서 점점 바뀌기 시작했소. 분에 맞지 않는 비싼 물건을 사들이고 사치스런 장신구에 욕심을 내더군. 그 정도에 그쳤으면 그래도 귀엽게 봐줄 수 있었을 텐데, 무슨 바람이 들었는지 돈놀이까지 시작했소. 돈놀이가 무슨 뜻이냐면, 절박한 사람들에게 돈을 빌려주고 이자 놀이를 했단 말이오."

"저도 돈놀이가 뭔진 알아요."

경애가 딱딱하게 말했다. 용학은 어깨를 으쓱했다.

"뭐 아가씨도 뜻이야 알긴 하겠지. 내 충고 하나 하자면 그런 일을 하는 사람과 가깝게 지내지 마시오. 청희는 레코드 판매 대금과 돈놀이 이자로 먹고살 만해지자 돈을 주고 기적에서 이름을 지우곤 나가 버렸소. 그게 다요."

경애는 수첩을 넘겼다. 오기 전 청희의 주변인에 대해 조사해 정리해 둔 내용이 간략하게 적혀 있었다. 경애는 그 자료를 일부는 사토 경부를 통해, 일부는 별도의 경로를 통해 얻었다. 용학은 미미하게 눈살을 찌푸렸다. 그가 앉은 곳에선 경애의 수첩이 잘 보이지 않았다. 그 작은 정보의 격차가 용학을 불안하게 하는 것 같았다. 경애는 탁 소리 나게 수첩을 닫았다. 어차피 머릿속에 내용이 다 들어 있어 굳이 볼 필요는 없었다.

"그게 다인가요?"

"그렇소."

"사건 전날 청희와 다툰 이유는 못 들은 것 같은데요."

"청희가 권번에서 나갈 때 미처 지급되지 않은 돈이 있었소. 그 지급일과 방법을 정하려 찾아갔던 거요."

용학은 경애가 청희와의 만남을 '다툼'이라고 부른 것을, 그리고 자신이 무심결에 그 말에 대답해 버렸다는 것을 뒤늦게 깨닫고 다급히 덧붙였다.

"하지만 그걸 다퉜다고 부르는 건 적절치 못할 것 같소이다. 우린 다 큰 어른답게 서로 예의를 지키며 말했다오."

"좀 더 자세히 말씀해 주실 수 있을까요?"

"더 말할 게 무에 있겠소. 그날 점심쯤 청희 집에 잠깐 들러 잔금 지급이 며칠 정도 늦어질 것 같다고 이른 게 다요. 몸이 안 좋다고 들었는데 과연 안색이 좋지 않더구려. 길게 붙잡아 둘 수 없을 것 같아서 잠깐 인사하고 나왔소. 그리고 바로 사무실로 돌아와 밤까지 일했지. 시간이 늦어 집에 돌아가지는 못하고, 근처 직원 집에서 하룻밤 신세를 졌소. 청희에게 변고가 생겼다는 사실은 다음 날 석간신문을 보고야 알았고 충격을 받았소. 슬픈 일이오.”

“순사들에게도 그렇게 말했나요?”

“그렇소.”

경애는 혀를 쯧 찼다.

“용학 씨. 사실 여기 오기 전 권번의 다른 기생들을 찾아가 이야기를 나누어 보았답니다.”

그냥 다른 기생들이 아니라 한양중앙권번의 기생들, 청희가 권번에 소속되어 있던 시기를 기억하는 기생들 위주로 찾아갔다. 물론 그들의 이름과 주소를 알아내는 데 옥엽의 도움을 약간 받았다.

“제가 들은 것과 이야기가 다르네요. 제가 듣기론 일전에 한양중앙권번이 조합원들과 부당 계약을 맺었고, 이에 반발한 일부 여자들이 독립해 나가 다른 권번을 설립했다고 하던데요. 청희는 그들에게 도움을 주었고요. 또 청희의 식모는 용학 씨가 점심이 아니라 아침 일찍 급하게 찾아왔다고 말했습니다. 게다가 한 시간 이상 머물렀다고 했고요. 말씀하신 것처럼 별로 급하지 않은 용무를 처리하러 '잠깐 들른' 게 맞나요?"

용학의 눈썹이 꿈틀거렸다. 경애는 그를 노려보며 위협하는 투로 말했다.

"제 경험상 일본 경찰들은 거짓말하는 증인을 별로 좋아하지 않는답니다."

용학은 가만히 경애를 응시하더니 재떨이에 궐련을 문질러 껐다. 그러나 담배 연기는 아직 사무실 안에 진하게 감돌고 있었다. 잔뜩 긴장한 동아가 경애를 보호하려는 것처럼 옆으로 붙었다.

굳은살 박인 손가락으로 관자놀이를 문지르던 용학이 마침내 입을 열었다.

"일부러 숨기려 한 건 아니었소. 말할 필요 없는 일이라 생각해서…."

"그건 당신이 판단할 일이 아니죠."

용학의 표정이 삽시간에 어두워졌다.

"기생과 요릿집을 연결해 주는 대가로 가져가는 돈이 과하다고 했소이다. 하지만 그건 관례에 따른 비율이요. 내 잘못이 아니란 말이오."

"증언으론 아예 미지급된 금액도 있다던데요."

"권번 사정이 어려울 때 떼거지로 나가 버렸으면, 좀 기다려 줄 줄도 알아야지."

용학이 짓씹듯 내뱉었다.

"그날 지급일을 협상해 보려고 청희를 만났던 건 사실이오. 독립한 년들 중 청희를 따르는 어린애들이 많았거든…. 하지만 믿어 주시오. 난 청희의 죽음과 전혀 상관없소. 그깟 돈 몇 푼 때문에 사람을 죽였겠소? 얼마든지 줄 수 있는 돈이었소. 시간이 좀 필요했을 뿐이요. 원한다면 장부를 보여 드리리다."

경애는 하나의 사실이 말하는 사람에 따라 얼마나 다르게 들릴 수 있는지 알았다. 옥엽의 도움을 받아 만난 청희의 옛 동료들은 용학의 권번에 있던 시기를 이야기하며 하나같이 분통을 터뜨렸다.

'그놈은 아주 3대가 빌어먹을 놈이오.'

청희의 동기였다는 한 여자는 그렇게 말했다.

'권번에 들어갈 때 입회금 20원, 매월 50전 회비 내는 거 가지고 뭐라 하는 게 아니에요. 그 정도는 다른 권번도 다 받으니까. 근데 그놈은 요릿집에서 받은 화대에서 소개비 명목으로 2할씩 떼어 갔어요. 다른 권번의 두 배예요. 억울하고 서러워도 그건 우리가 일단 동의한 일이라 쳐요. 그것도 모자라 그놈은 갓 기적에 오른 멋모르는 어린애들한테, 너희들 갑자기 큰돈 생기면 낭비한다, 내가 맡아 주마, 이자도 톡톡히 쳐 주마 하고 요릿집에서 준 화대 전표에 개평까지 죄다 싹싹 긁어지 주머니에 처넣었어요. 그건 관례적으로도 우리 건데 말이에요. 열심히 일한 돈 가지고 그러는 게 여간 억울하지 않겠어요. 나오면서 여태껏 받은 높은 소개비는 그렇다 쳐도, 애들

맡아 준다고 가져간 돈은 돌려 달라 하니까 이리저리 핑계를 대고 미루고…. 결국 청희 그 계집애가 총대를 메었는데, 일이 이렇게 되었으니……..'

"장부는 경찰에게 보여 주시는 게 좋을 것 같네요."

용학의 얼굴이 순식간에 어두워졌다.

"이걸 왜놈들에게 말할 생각이오?"

"정말 문제가 없다면 걱정하실 이유도 없을 테죠."

용학은 벌레라도 씹은 표정이었다. 정확하게는 경애를 벌레 보듯 쳐다보고 있었다. 겉으로 표현하지 않을 뿐 속으로 경찰 앞잡이 짓이나 하는 친일파 딸년이라고 욕하고 있을지도 몰랐다.

경애도 이런 것까지 사토 경부에게 고해바치고 싶진 않았다. 일본인 경찰이 껄끄러운 건 용학만이 아니다. 그러나 경애 혼자 모든 용의자의 혐의를 조사할 수는 없고 장부 검토나 회사를 수색하는 일은 경찰 손에 맡기는 게 나았다. 무엇보다 거짓말을 하려면 가장 중요한 것 딱 하나만 해야 했다. 자신은 이미 한 명의 혐의를 경찰에게서 숨겼다. 두 번은 안 된다.

"경찰은 아마 치정 살인에 무게를 두고 있겠지?"

용학이 불쑥 말했다. 답이 돌아오지 않자 그는 짜증스럽게 고개를 휘저었다.

"나도 신문은 읽고 있소. 청희랑 다투긴 했어도, 그렇게 비명횡사해도 싼 여자는 아니란 건 알아요. 사실, 누구라도 그렇게 죽어선 안 된다는 것쯤은 알아. 내 말이 이미 한 번 신뢰를 잃었다는 건 알지만… 청희를 무시해선 안 된다고 말한 건 돈이나 인맥 때문이 아니오. 그 끈질긴 고집 때문이지. 무서울 정도로 집요하고 도통 포기할 줄 모르는….

참으로… 복잡한 인물이었소. 오래 알고 지냈지만 나도 잘 모르겠소. 그 여자가 어떤 사람인지…. 하지만 세간에서 떠들어 대는 것처럼 여느 기생들처럼 하찮은 불륜이나 치정 사건에 휘말려 명을 달리했을 것 같지 않소. 만약 주변인을 조사할 거라면 남자가 아니라 여자를 살펴보시오. 친구도 많았지만 그만큼 적도 많았으니."

*

경애와 동아가 한양중앙권번 직원의 집을 방문했을 때 직원은 아직 외근에서 돌아오지 않았고 부인과 어린 아들만 남아 있었다. 부인은 경애의 질문에 명쾌히 대답했다.

"네, 사장님이 그날 저희 집에서 주무시고 가셨답니다. 바깥양반이랑 들어와서 같이 진지 잡수시고 늦게까지 약주를 서너 병 드시다가, 새벽 1시쯤에 자리를 펴고 손님방에서 주무셨어요. 다음 날 아침 일찍 바로 사무실로 가셨을 거예요."

"사장님이 식사 중이나 밤중에 나간 적은 없나요?"

"그런 적 없어요. 그날 저녁 내내 저녁상이랑 술상, 이부자리까지 전부 저랑 큰딸년이 같이 봐 드렸어요. 중간에 자리를 비웠다면 알았을 거예요."

이어 시장에서 돌아온 큰딸도 같은 증언을 했다. 열두어 살 정도로 보이는 아이는 그날 일을 전부 기억하지는 못했지만 동그란 눈동자를 굴려 가며 용학이 도착한 시간과 잠든 시간을 떠올려 말해 주었다. 어머니의 증언과 모순되는 점은 없었다. 용학은 청희가 살해당한 밤 내내 직원의 집에 있었다. 동아가 의견을 냈다.

"밤중에 몰래 나간 것은 아닐까요? 새벽 1시에 잠자리에 들었고, 2시쯤에 큰딸이 손님방 불을 확인하며 잠든 것을 확인했다면 넉넉잡아 한 시간가량 빕니다. 그사이 몰래 현장에 다녀왔을 수도 있는 일 아닙니까."

경애는 고개를 저었다.

"직원의 집은 남산에, 청희의 집은 북촌 가회에 있죠. 한밤중이라 인력거도 전차도 다니지 않았을 텐데 한 시간 안에 왕복하는 건 불가능해요."

"그럼 이용학은 범인이 아니겠군요."

"속단은 일러요. 그 자리에 없었더라도 누군가를 사주하거나 고용하는 방법도 있으니. 동기도 뚜렷하고요. 한양중앙권번에서 독립한 권번은 조직 규모가 작고 현직 기생이라면 대놓고 이용학과 척지긴 쉽지 않으니, 외부 조력자가 사라지면 협상에서 현저히 유리해지겠죠."

둘은 저녁을 먹기 위해 근처 국숫집에 들어갔다. 경애는 배를 채워야겠다는 생각으로 억지로라도 음식을 먹었다.

"아까 이용학 씨와 만났을 때 생각보다 훨씬 말을 잘하시더군요."

"그게 의외였나요?"

"경애 씨를 무시한 건 아닙니다. 하지만 마지막으로 조선 땅을 밟은 지 6년이 넘었으니 이곳에 익숙하지 않을 거라 생각했습니다."

"맞아요. 그래서 준비를 철저히 해야 했죠."

충분한 시간과 노력만 들인다면 누구나 좋은 결과를 얻을 수 있다고 경애는 믿었다. 사업이든 공부든 살인 사건 조사든. 다만 현실에선 모두에게 동등한 시간과 노력을 낼 여유가 주어지지 않을 뿐이다.

"한양중앙권번 출신 기생들은 언제 찾아갔던 겁니까? 또 그들과는 어떻게 연이 닿은 거고요?"

"사건이 일어난 바로 다음 날 찾아갔지요. 처음엔 청희의 배경을 조사할 생각이었지만 권번의 독립과 관련하여 뜻밖의 사실을 알게 되었네요. 연락하는 데는 기생들과 친분이 있는 분의 도움을 받았고요."

옥엽에 대해서는 자세히 말하고 싶지 않았다. 말 못 할 이유는 없었지만 아직 말을 꺼내기 껄끄러웠다. 약혼자가 할아버지의 기생 출신 첩과 교류하는 것을 장점으로 보아 줄 남자는 조선 땅에 없었다. 사실 조선 땅이 아니라 어디에도 없었다. 다행히 동아는 더 캐묻지 않고 주제를 바꿨다.

"사건에 대해 경애 씨가 따로 조사한 것이 더 있습니까?"

"그건 왜 물으시나요?"

"그야 전 옆에서 경애 씨가 말하는 걸 들으며 놀라는 표정이나 짓는 게 아니라 돕고 싶으니까요. 그런데 제가 사건에 대해 전혀 모르면 그럴 수가 없지 않습니까."

경애는 물을 홀짝여 입을 축였다. 우물물 특유의 비릿한 향이 입안을 감돌다 목구멍으로 미적지근하게 넘어갔다. 이역만리 타국에서의 삶에 적응하던 때는 고향 음식이 그렇게도 먹고 싶었다. 갓 만들어서 모락모락 따뜻한 김을 뿜는 두부 한 모, 석쇠에 구워 지글지글 윤기가 감도는 너비아니, 아사삭한 오이를 부숴 참기름과 고춧가루에 새콤하게 버무린 오이무침. 무엇보다 따끈따끈한 쌀밥 한 숟갈만 입에 넣을 수만 있다면 지긋지긋한 빵이며 치즈며 느끼한 버터 따위는 죄다 줘 버릴 수 있으리라 생각했다.

하지만 정작 긴 타향살이 끝에 귀국한 뒤 고향 음식이 낯설게 느껴져 경애는 당황했다. 지금도 마찬가지였다. 길거리 음식점의 국수는 짜고 비린내가 났고 밑반찬에선 제대로 다져지지 않은 마늘 조각이 씹혔다. 우물물은 수돗물과 달리 미지근하고 비위생적이었다. 경애는 텁텁함을 씻어 내려 텅 빈 입만 다셨다. 입에 맞지 않는 걸 꾹 참고 열심히 먹었지만 그릇에 국수가 반절이나 남았다. 반면 동아의 그릇은 깨끗이 비어 있었다.

"따로 조사한 건 아니지만 부검이 끝나고 바로 경찰들이 채집한 증거를 보러 갔었어요. 경찰들이 채집한 벌 사이에 여왕벌들이 있더군요."

"그게 이상한가요? 꿀벌 무리에는 항상 여왕벌이 있다고 하지 않았습니까? '꿀벌들의 생태는 하나의 군집을 하나의 생명체로 보는 것이 적당할 것이다. 병정 벌은 짐승의 발톱과 이빨이고, 일벌은 피와 살, 과거에는 왕벌로 알려졌던 여왕벌은 후대를 낳는 생식기이다. 그들은 마치 하나의 개체처럼 먹고 배설하며 재생산한다.'"

동아는 과거 경애가 썼던 글귀를 인용했다. 맞은편에 앉은 중년 남자가 '생식기'라는 단어가 들려오자 노골적으로 얼굴을 찌푸리며 동아를 노려보았다. 경애는 대수롭지 않게 말했다.

"맞아요. 문제는 여왕벌이 있다는 게 아니라 여왕벌'들'이 있었다는 거였어요. 현장에 있던 벌 떼에는 성체 여왕벌이 네 마리나 있었어요. 채집에 능숙하지 않은 경찰들이 잡은 것임을 감안하면 더 많았을지도 몰라요."

"그게 이상한 일인가요?"

"현장엔 벌집이 없었으니, 밖에서 우연히 들어온 벌이었다면 분봉으로 기존 벌 떼에서 갈라져 나와 새로 집을 지을 자리를 찾아다니던 꿀벌 무리였겠죠. 하지만 밤마다 기온이 영하로 떨어지는 이 시기에 자연 분봉이 일어났다는 것도 충분히 어색한데 현장에 들어온 군집이 네 개 혹은 그 이상이라…"

경애는 잠시 말을 멈췄다. 잘 다듬어진 검지 손톱이 낡은 국숫집 식탁을 톡톡 두드렸다.

"범인이 일부러 벌 떼를 풀어놓았다고 보시는군요."

"그렇게밖에 볼 수 없어요. 그러면 벌이 하필 양봉으로 쓰이는 꿀벌인 것도, 이상하게 수가 많았던 것도 설명이 되죠. 벌통 여러 개를 가져와 현장에 일부러 풀어놓은 거예요."

동아는 눈살을 찌푸렸다. 상황을 이해해 보려고 애쓰는 얼굴이었다.

"하지만 범인이 왜 그랬을까요?"

"글쎄요, 메시지를 주기 위해? 암시? 아니면 우리가 모르는 어떤 단체의 상징일까요?"

"성도착증 때문에 그런 걸지도 모릅니다. 꿀벌이 여성 몸에 붙어 있는 것을 보고 흥분하는 변태성욕자라든가."

"상상력이 풍부하시네요."

"그 반대입니다. 저는 상상력이 없는 편이죠. 현실에서 사람들은 별의별 이유로 의사를 찾아오는데, 정말 이상한 사람들이 많습니다. 도착증자들 중엔 행위 중에 상대를 깨물거나 때리는 사람도 있고 손발을 묶는 사람도 있고…. 이번에도 우리 같은 정상인이 이해하기 힘든 이유가 있을지도 모르잖습니까."

동아의 뒤편으로 중년 남자가 얼굴을 와락 구긴 채 서둘러

밥값을 지불한 다음 허둥지둥 자리를 뜨는 모습이 보였다. 남자가 앉아 있던 자리에는 거의 손도 대지 않은 국수가 남아 있었다. 하기야 과거 의학전문학교 선생들도 유독 여학생 앞에서 특정 주제를 언급하기 곤란해했다. 우습지 않은가. 그저 지식일 뿐인데. 그녀들이 주장하는 것처럼 과학이 모두에게 평등하고 객관적이라면, 왜 여학생 앞에서 매독 전파에 대해 언급하기를 꺼린단 말인가? 매독에 '여자의 병'이라는 별칭을 붙인 주제에 말이다. 우물쭈물하다가 말하고 싶지 않은 부분은 얼버무리고 넘어가던 선생과 동료 연구자들을 떠올리다가 경애는 피식 웃음을 흘리고 말았다.

"웃으시는군요."

동아는 놀라서 눈을 동그랗게 떴다.

"재미있어서요."

경애는 그렇게만 말했다. 동아는 어리둥절한 표정이었지만 "경애 씨가 재미있다니 다행입니다" 하고 말았다.

3월 26일

심부름꾼들이 전언과 서류를 들고 여관을 들락거렸다. 대부분은 사토 경부나 옥엽 혹은 용케 정보를 입수한 신문사 기자들이 보낸 것이었지만 한번은 본가에서 사람이 찾아왔다.

본가 사람이 1층 응접실에서 기다리는 동안 경애는 연구실로 올라가 여섯 시간 동안 문을 잠그고 없는 척했다. 다행히 본가의 하인은 오래지 않아 돌아갔다. 경애가 진짜로 바쁠 때는 옥화가 편지를 대신 받기도 했다. 경성 토박이라는 늙은 심부름꾼이 찾아왔을 때도 마찬가지였는데 그는 얼굴을 필요 이상으로 빤히 쳐다봐서 옥화를 불편하게 만들었다. 옥화는 편지를 낚아채고 그의 면전에서 문을 쾅 닫은 후 조간신문을 들고 경애의 방으로 올라갔다. 평소보다 더 어지러운 연구실 가운데서 경애가 인상을 찌푸린 채 아침에 배달된 경찰 보고서를 읽고 있었다.

"선생님, 편지여요."

경애는 고개를 들지 않고 손만 쭉 뻗어 편지를 받았다.

"고맙구나."

"어제 잠은 잘 주무셨어요?"

경애는 답하지 않았다. 옥화는 경애의 푸석한 얼굴과 짙게 물든 눈 아랫부분을 보고 눈살을 찌푸렸다.

"주무시긴 한 거예요?"

"눈은 붙였단다. 이것 좀 봐."

경애는 보고서 한 귀퉁이를 가리키며 말을 돌렸다. 옥화는 일본어로 적힌 글자를 읽어 내렸다.

"이용학의 회사와 관련된 거네요."

"그래. 사토 경부가 회사 장부와 금고를 압수 수색했어. 사장이 말한 것과 달리 한양중앙권번은 독립한 기생들에게 전부 보상해 줄 만큼 현금이나 유가증권을 보유하고 있지 못했다더라."

옥화는 경애가 중간중간 잔인하거나 선정적인 부분을 생략하고 들려준 이야기를 떠올려 보았다. 돈은 언제나 강력한 동기였다.

"그럼 그 사람은 청희 씨를 죽일 동기가 있었던 거군요."

"하지만 그자가 다른 이를 사주한 흔적을 찾지 못했어. 살인을 시킬 정도면 큰돈이 오가거나 아주 가까운 이였을 텐데. 본인이 직접 하는 건 불가능했고 말이야."

경애는 보고서를 툭 내려놓다가 손에 들린 편지의 존재를 막 깨달은 것처럼 않는 소리를 냈다. 경애는 봉투를 쭉 찢어 편지를 읽었다. 옥화는 곰실거리는 손가락을 꼭 누르며 기다렸다. 마침내 경애가 편지에서 눈을 뗐다. 옥화가 호기심을 참지 못하고 물었다.

"그것도 권번이랑 관련된 거여요?"

경애는 가볍게 고개를 가로저으며 종이를 바르게 접어 손가방에 넣었다.

"이건 말이지, 내가 거짓말쟁이가 됐다는 뜻이란다. 그래도 멋들어지게 성공한 거짓말쟁이지. 남 부인 좀 불러 주련? 전화를 한 통 해야겠다."

전화기는 사치품이었고 비치된 집이 드물었다. 전화기가 있다는 것이 경애가 남 부인의 여관을 선택한 이유 중 하나였다. 오래전 들렀던 동아의 집에는 전화기가 없었다. 하지만 경성제 대에는 전화기가 있고 이 시각이면 동아는 연구실에 있을 터 였다. 대학으로 전화를 걸자 예상대로 동아가 전화를 넘겨받 았다. 경애가 만날 장소를 이야기했다. 그는 30분 내로 일을 끝 마치고 가겠노라 약속했다. 경애는 남 부인이 만들어 준 꿀을 탄 우유로 식사를 대신하고 찬물로 세안을 한 뒤 재빨리 외출 복으로 갈아입었다.

"저는 또 못 따라가는 거죠?"

옥화가 계단을 내려가는 경애에게 불퉁하게 말했다. 경애 는 미안하다는 듯 손을 저어 보였다. 동아는 약속대로 경성제 대 의학부 건물 앞에서 기다리고 있었다. 경애는 걸으며 설명 을 시작했다.

"김영순은 예술가이자 저술가예요. 현재 마흔한 살. 젊을 때 조소와 미술사를 공부하러 일본 유학을 다녀왔어요. 돌아 와선 조선미술전람회에 조각 작품을 출품해 두 차례나 특선 된 기록이 있더군요. 남편은 사업가로 종로에 금은방을 몇 군 데 운영 중이었는데, 몇 년 전 사업가 박흥식에게 가게를 매 각하고 화신백화점✦ 지분을 가지게 되면서 부자가 되었다더군

✦ 1931년 종로에 설립된 백화점. 경성의 5대 백화점 중 유일하게 조 선인이 운영하던 백화점이었다.

요. 그들은 경성제대 바로 위쪽, 청희의 집과 걸어서 30분 거리에 있는 주택에 거주 중이에요. 살인 사건 수사차 만나고 싶다고 몇 차례 편지를 보냈는데도 응하지 않아 남편에게 연락해 다른 용건인 척하고 약속을 잡았어요."

주택지에 들어서서 동아가 말을 꺼냈다.

"혹시 용건을 무어라고 하셨습니까?"

"일본 유학을 준비 중인데 조언을 구하고 싶다고 했어요."

동아는 권번에서와 달리 약간 찜찜한 표정이었다. 하기야 기생들 몇 탐문 수사하는 것과, 번듯한 사업가와 그 예술가 아내를 속이는 건 대부분의 사람들에게 다르게 느껴질 것이다.

"다른 방법으로 김영순을 만날 생각은 물론 해 보셨겠죠."

동아의 말이 질책하는 투로 느껴졌다. 경애는 퉁명스럽게 대꾸했다.

"제가 거짓말을 하고 싶어 한 건 아니에요. 그가 참여하는 외부 행사가 거의 없더군요. 예술인 모임에도, 사교 모임에도 전혀 나오지 않았어요. 그나마 일본 여자 유학생 모임에 계속 기금을 보내고 있길래 그걸로 찔러 본 것뿐이에요."

그러나 동아는 고개를 저었다.

"거짓말을 했다 나무라는 게 아닙니다. 그저 모르시는 게 있는 것 같아서…. 그야 경애 씨는 그때 조선에 계시지 않았고, 그 뒤론 다들 쉬쉬하고 있으니 알아낼 방도가 없었겠죠."

"무슨 말을 하는 건가요?"

"김영순이 바깥 활동을 하지 않는 이유 말입니다. 말씀하신 것처럼 김영순은 유학파 여류 조각가입니다. 그가 내지에 유학을 갔던 것은 대략 20년 전이니, 유학 선배라 할 수 있겠군요. 내지로 건너가기 전 남편과 혼인했는데, 당시에 남편이 처에게 푹 빠져 간이며 쓸개며 다 빼 준다고 유명했더랍니다.

김영순은 유학 시기부터 여성의 권리 증신을 주장했습니다. '조선 현모양처론'의 열성적인 지지자였죠. 기억하실지 모르겠지만 초기 여성 유학생들에게 인기를 끌었던 이야기죠. 아내는 남편의 부속물이 아니며 가정의 주인이자 다음 세대를 주도적으로 키워 내는 어머니이므로 여성이 가정에서 책임을 다하는 한 남편과 같은 권리를 가질 수 있다는 이야기입니다. 물론 그걸로 끝났다면 아무런 문제가 없었겠지요.

문제는 김영순의 어린 딸에게 있었습니다. 그 아인 어머니보다 자유분방한 영혼이었다 하더군요. 학교를 다니며 마치 우리처럼 자유연애로 정인과 만났는데, 자유연애에 극도로 부정적이었던 김영순이 둘의 결혼을 반대하며 딸을 집 안에 가둬 버렸답니다. 딸의 애인이 영순을 설득하러 몇 번이나 찾아갔는데…."

"문전박대했다던가요?"

"비녀로 얼굴을 찔렀답니다."

경애는 할 말을 잃었다.

"그 뒤로 딸은 외국으로 떠나고, 남편이 고소와 구설을 틀어막기 위해 돈을 어마어마하게 풀었다더군요. 저도 초반에 새어 나온 기사 몇 건으로 겨우 알게 된 이야기랍니다. 김영순 같은 인물이 외부 활동을 잘 하지 않는 것도 그 사건 때문일 겁니다."

이야기하는 사이 김영순의 집 앞에 도착했다. 집은 한옥과 양관, 화식 건축양식을 모두 조합해서 지은 전형적인 상류층 주택으로, 경애의 본가보다는 작았지만 서양식 외관이며 번듯하게 올라간 2층이며 여러모로 부유한 티가 났다. 작은 문화 주택을 값비싼 물건들로 꾸며 놓은 것이 아니었다. 집 자체가 값진 것이었고 벽돌 하나, 나무살 하나 허투루 놓인 게 없었다. 응접실에 남편으로 보이는 남자가 기다리고 있었다.

"강학진이라고 합니다."

눈이 가느다랗고 비쩍 마른 사내였다. 볼살이 없어 창백한 피부가 찰싹 달라붙은 얼굴이 곤충을 포식하는 파충류를 연상시켰다. 유약함과 교활함, 우유부단함과 강퍅함이 한 몸에 공존하는 모습이었다. 어쩌면 그저 평범하게 깡마른 남자인데, 동아에게 들은 뒷말 때문에 그렇게 보이는 걸지도 몰랐다.

"제 안사람은 몸이 좋지 못합니다. 여성분이라길래 일단 허락을 해 줬던 것인데…."

강학진이 의심스러운 눈빛으로 동아의 반반한 얼굴을 훑어보았다.

"동아 씨는 제 약혼자예요. 제가 위험하지 않게 보호자로 동행해 주시고 있어요."

변명처럼 말했지만 강학진의 달갑지 않다는 눈빛은 동아에게서 떨어질 줄 몰랐다.

"알겠습니다. 일단 그 사람도 만나 보겠다 했으니… 작업실로 가시죠. 그 사람이 응접실보다 그곳을 더 편안해합니다."

강학진은 둘을 작업실로 안내한 후 아내를 데려오겠다며 양해를 구하고 2층으로 올라갔다.

잠깐 틈을 타서 경애는 주위를 둘러보았다. 김영순의 작업실은 정갈하고 소박했다. 벽에 걸린 선반에는 흰 석고로 본 뜬 사람의 얼굴들이 주르르 늘어서 있었다. 그 표정이 하나같이 차분하고 온화해 기이하다기보단 경건해 보였다. 그런 분위기는 작업실 한가운데 놓인 나무조각 때문에 더 강화되었다. 작업대 위에 덩그러니 올려진 목제 불상은 미완성이었지만 깎여 나간 나뭇결 사이로 잡혀 가는 부드러운 몸의 굴곡으로 작업이 끝난 후의 모습을 상상할 수 있었다. 작업대 옆에 종이를 찢어 낸 메모가 남아 있었다.

彌勒殿 本尊像, 金山寺 依賴. 1937年1月3日(미륵전 본존상, 금산사 의뢰. 1937년 1월 3일).

목상 옆에는 사람 엄지손가락만 한 소조(塑造)들이 옹기종기 모여 있었다. 완성본을 미리 만들어 본 작은 표본들이었다. 대부분은 나무였지만 몇 점은 부드러운 노란색을 띠는 밀랍으로 만들어져 있었다. 경애는 작업실의 다른 쪽 벽으로 고개를 돌렸다. 여러 미술 이론서들이 꽂혀 있는 작은 책장이 자리 잡고 있었다. 이론서 대부분은 일본어였는데 중간중간 영어 제목의 책이 눈에 띄었다. 책장 옆엔 경애의 팔 길이만큼 긴 동판 몇 장이 보이지 않게 돌려세워져 있었다. 조심스럽게 몇 장을 들춰 보니 판화를 찍어 내는 판이었다. 판만 보아선 어떤 그림인지 알기 어려웠다. 경애는 제일 안쪽 것 하나를 들췄다가 순간적으로 움찔했다.

동판에 새빨간 물감이 묻어 있어 유일하게 무슨 그림인지 알아볼 수 있었다. 나체의 여자와 남자가 엉킨 그림이 찍혀 있었다. 추상적인 화풍이라 선정적이라기보단 거칠어 보였다. 그림 속 사람들은 실제 인간이라면 할 수 없는 각도로 몸을 비틀고 얼굴을 일그러트린 채 눈물을 흘리고 있었다.

"경애 씨?"

동아가 다가왔다. 경애는 동판을 다시 덮었다. 하지만 그림이 머릿속에서 쉽게 사라지지 않았다.

바닥이 삐거덕거리는 소리가 들리고 한복을 차려입은 김영순이 남편의 인도를 받아 방으로 들어왔다. 얼굴이 백옥처럼 흰 것을 제외하면 그리 대단한 미인은 아니었다. 그는 경애의 얼굴을 보고 멈춰 섰다.

"그쪽이 내게 연통을 넣은 학생인가요?"

"네, 제가 한경애입니다."

영순이 눈짓하자 강학진이 앉을 의자를 가져다주었다. 경애도 동아의 에스코트를 받아 자리에 앉았다.

"여기에서 작업을 하시나요?"

경애가 가볍게 말을 꺼냈다. 영순은 고개를 끄덕였지만, 딱히 말을 이어 나갈 의지는 보이지 않았다.

"일본에서 예술을 배우고 오셨다고 들었어요. 그곳에서 배우셨다면 분명 대단한 실력이겠네요."

영순이 작게 코웃음을 쳤다.

"그럴 리가. 일본도 조선만큼이나 뒤떨어진 나라예요."

"하지만 다들 도쿄가 대단하다고들 하던데요."

경애는 모른 척 말했다. 영순은 미간을 찌푸렸다.

"도쿄야 그렇지요. 조선 사람들은 도쿄나 교토만 보고 감탄하는데, 요코하마에만 나가도 바닥은 온통 흙바닥이고 사람들의 등은 곱사등이처럼 굽었으며 길거리에선 오물 냄새가 진동을 한답니다. 계몽이며 진보며 하는 것들은 모두 서구에서 시작되었고, 일본은 위치상 조선보다 조금 더 빨리 받아들인 것뿐이에요."

일제에 대해 반감을 드러내는 지식인이면 모를까, 일본이 뒤떨어졌다 당당히 말하는 이는 드물었다. 더구나 경애는 일본 유학을 희망하는 학생인 척 오지 않았는가. 당황한 기색을 눈치챘는지 영순의 목소리가 살짝 유해졌다.

"그냥 내 생각이 그렇다는 거예요. 유학을 준비한다고 했죠. 도움받을 만한 기관은 찾아봤나요?"

"일본에 조선 여자 유학생들이 만든 친목회가 있다고 들었어요."

아버지의 악명 때문에 회원들과 어울리기 힘들어 나중에 나가는 둥 마는 둥 했던 곳이었다. 그래도 일본 유학 초반에 도움을 받긴 했다. 민중과 여성의 계몽을 강조하기에 그 한씨 집안 여식이라도 똑같이 돕고자 하는 이들이 있었기 때문이다. 영순은 만족스러운 표정을 지었다.

"맞아요. 내가 초기 회원으로 일한 곳이죠. 조선유학생회 간부들도 여럿 고문으로 초대했답니다."

"요즘은 더 이상 남학생을 고문으로 부르지 않는다 하더라고요."

"그것도 하나의 방법이겠네요. 이러니저러니 해도 천명(天命)이 여성과 남성에게 부여한 역할은 다르니까. 앞서 나간 우리 선배가 후세대를 도와야죠."

"선생님은 청희 씨와도 그 이유 때문에 알고 지낸 건가요? 인생 선배로 도움을 주기 위해?"

잠시 방 안의 공기 흐름이 멎은 듯했다. 경애는 자신을 향해 쏟아진 매서운 시선의 근원지가 영순의 남편이라는 것을 깨달았다. 강학진이 딱딱한 목소리로 말했다.

"두 분은 이만 돌아가시는 게 좋을 것 같군요."

"여보, 전 괜찮아요."

강학진이 걱정스러운 표정으로 영순에게 고개를 숙였다.

경애는 파충류 같은 두 눈이 한순간에 따뜻해지는 모습을 보며 적지 않게 놀랐다. 영순은 어깨에 얹힌 남편의 손을 꼭 마주 잡았다. 그를 안심시키려는 것 같았다.

"청희 일로 오신 거군요."

영순이 딱히 누구에게라고 할 것 없이 말했다.

"그래요, 물어볼 것이 있어요. 그날—."

영순이 손을 들어 올려 경애의 질문을 가로막았다. 그는 경애를 머리끝부터 발끝까지 몇 번이나 훑어보더니 남편에게 몸을 기울였다.

"잠시 자리를 비켜 주세요."

"괜찮겠소?"

영순이 고개를 끄덕인 후에도 강학진은 한참 머뭇거리다 마지못해 발을 뗐다. 그러면서 그는 경애가 아내를 위협할 수단을 남겨 두지 않겠다는 듯 동아를 데리고 나갔다. 동아는 불안해 죽겠다는 표정으로 영순의 머리에 꽂힌 비녀를 흘끔거리며 마지못해 끌려 나갔다.

"당신이 내 작업실에 서 있는 걸 보자마자, 왜 거짓말로 날 만나고 싶었는지가 궁금했어요. 한경애 선생."

"절 아시나요?"

영순은 픽 웃었다.

"어떻게 모를까요. 조선 팔도 여자들 중 미국까지 건너가 배움을 청한 이가 그리 많지도 않은데. 그래서 그 대단한 한 선생이 청희에 대해 뭐가 궁금하더이까?"

"사건이 일어나기 나흘 전, 영순 씨가 그 집을 찾아가셨죠. 이유가 뭔가요? 두 분은 어떤 사이였나요?"

영순은 한참 동안이나 대답하지 않았다. 그의 눈은 작업실의 미완성된 조각과 캔버스 사이를 오갔다. 마치 무언가를 생각하는 것처럼.

단순한 생각일까, 회상일까, 아니면 거짓말을 꾸며 내고 있는 것일까? 최악의 경우엔 발뺌을 하거나 터무니없는 말을 지어낼 수도 있었다. 경애는 영순의 입이 벌어지는 것을 지켜보았다. 끝이 갈라진, 이상하리만큼 침착한 목소리가 연지로 붉게 물든 입술에서 흘러나왔다.

"청희는 내 벗이었어요. 그리고 난 언제나 그 여자를 죽여 버리고 싶었습니다."

사랑받은 여자들

"청희 씨가 죽은 것을 알고 계시죠?"

당황한 나머지 경애의 목소리가 살짝 떨려 나왔다. 대조적으로 영순의 얼굴은 침착하기 짝이 없었다.

"알고 있어요. 안된 일이에요."

"하지만 방금….."

"누군가를 죽여 버리고 싶다는 생각을 하는 것과 실제로 그 사람이 죽는 것은 다르죠. 그 정도는 알 만큼 나이를 먹지 않았나요?"

영순의 앉은키가 경애보다 커서 영순이 경애를 내려다보는 구도였다. 하지만 경애는 자신이 그보다 컸어도 여전히 같은 느낌이었을 것 같다고 생각했다. 마음에 들지 않았다. 이 상황이 별로 중요하지 않다는 듯한 말투도, 자신의 어리석음을 다 이해한다는 듯 내려다보는 시선도. 자신이 무슨 어머니나 이모라도 되는 것처럼, 어린 여자의 행동에 간섭할 자격이라도 있다는 것처럼.

경애는 가볍게 헛기침을 해 목소리를 가다듬으며 일렁이는 부정적 감정을 가라앉혔다. 침착하자, 객관적으로 생각하자. 연구하는 중이라 생각해. 경애는 그리 되뇌었다. 미국에서 수학하는 동안 필그림 교수는 경애에게 학문하는 자세를 가르쳤다. 현상에 자신의 감정을 투영하는 것은 연구자의 금기였다.

"청희가 계약한 레코드회사에 내 지인이 있어요. 회사에 갔다가 음반을 녹음하러 온 청희와 우연히 마주쳤죠. 짧게 이야기를 나누었는데 의외로 잘 맞더군요. 나이를 떠나서 청희와 이야기할 때 즐거웠어요. 우리 둘 다 조선 땅의 여자들이 부당한 대접을 받고 있다고 생각했죠. 물론 세부적으로는 의견이 어긋나긴 했지만. 나는 조선 여성들이 미래 세대의 아이들을 지혜롭게 키워 낼 어머니로서, 집안을 현명하게 관리하는 주부로서, 남편에게 충실한 아내로서 책무를 다함으로 권리를 얻어 내야 한다고 생각했지만 청희는 내 주장을, 그네 말에 따르면 '봉건적이고 구시대적인 헛소리'라고 했어요. 우리네들에겐 나 같은 유물보다는 더 급진적인 입장이 필요하다고."

영순은 웃었다. 신경증적이기까지 한 짜증스러운 웃음이었다.

어머니, 주부, 아내의 책무를 다함으로 권리를 얻는다. 동아가 언급했던 그 현모양처론이었다. 1910년대 초반, 경애가 아직 어리고 조선에 살고 있었을 때 일본에 다녀온 초기 조선인 여성 유학생들은 그런 '현모양처론'을 펼쳤다. 여성을 남편의 소유물이 아닌 가정의 주인으로 보고 자식 교육을 위해 과학과 기술을 배울 필요성을 주장했기 때문에 당시로는 꽤 급진적인 주장이었지만, 당시에도 여성과 일부 남성 지식인 사이에서 조선 여성의 능력을 제한한다는 비판의 목소리가 나왔고 지금은 거의 버려진 주장이 되었다.

"청희가 영순 씨를 비난했기 때문에 싫어했단 말인가요?"

"다투긴 했어도 그걸로 멀어지진 않았어요. 보아하니 한 선생도 이미 아는 것 같은데. 내 '작은 오점' 말이에요. 청희는 최근에 그걸 알게 되었어요. 그리고 친구의 허물을 사려 깊게 덮어 주는 대신 주변인들에게 떠벌리고 다녔죠. 난 배신감을 느껴 연락을 끊었고 요 1년 동안 청희의 얼굴도 보지 않았어요."

"그럼 이미 연을 끊을 정도로 싫었던 사람을 찾아가신 이유가 뭐죠? 그것도 하필 그 사람이 죽기 직전에."

경애는 영순이 찾아와 점심 식사를 하고 갔다는 식모의 말을 기억했다.

"한 선생은 사람의 감정을 참으로 이분법적으로 보시는 것 같군요."

"청희를 싫어하지 않았다는 건가요?"

"싫어했어요. 하지만 싫어하는 사람이랑 밥을 먹으면 안 되나요?"

적어도 경애는 경진과 밥을 먹고 싶진 않았다.

"말 그만 돌리고 대답해 주세요."

영순은 묘한 눈빛으로 경애를 쳐다보았다. 이어지는 영순의 목소리는 또박또박하기 그지없었다.

"한경애 씨, 그건 이것과 상관없는 일이에요. 당신이 알 자격도 없고요."

"전 지금 경찰에게 사건 해결에 대해 조언을 하고 있어요. 일경들에게 영순 씨가 의심스럽다고 귀띔할 수도 있습니다."

"그럼 레코드회사에서 청희에게 전해 달라 전언을 부탁받은 게 있었다 대답하지요. 그곳 문예부장이 우리 매부이니, 그 정도 부탁은 들어줄 수 있다고 생각했거든요."

작년 가을 대청도에서 제하에게 했던 조언이 생각났다. '가족과 이웃들에게 위증을 부탁해라.' 경애는 눈살을 찌푸렸다.

"3월 15일 밤에는 어디에서 뭘 하고 계셨나요?"

"청희가 죽은 날 밤 말인가요? 내내 집에 남편과 함께 있었답니다."

매부에 이어 남편이었다. 하기야 경애 자신도 조선에서 가짜 증언이 필요한 상황이 된다면 동아를 가장 먼저 떠올릴 것이다. 신원이 증명된 번듯한 성인 남성.

영순은 속을 알 수 없는 표정으로 "한 선생" 하고 다정히 달래듯 말했다.

"서양 사내들처럼 탐정놀이라도 하는 거라면, 적어도 좀 더 알아보고 돌아다니는 게 어때요? 지금은 '피해자'에 대해 아무것도 모르는 것 같군요."

영순은 사뭇 자애롭기까지 한 표정으로 모르는 사람이 들으면 걱정한다고 착각할 만큼 부드럽게 덧붙였다.

"딸 같은 마음에 충고해 주는 겁니다."

*

"경성의 중심부이자 모든 것이 지나는 경동맥은 바로 종로 거리이다." 경애는 신문에서 이런 말을 읽은 적 있었다. 과거 조선왕조 시기부터 운종가라는 이름으로 번성했던 이곳, 이 북촌의 대표적인 시가는, 한때 일본인들이 청계천 아래 남촌에 거주 지역을 만들고 총독부 등 중요한 시설들이 몰리며 한풀 기세가 꺾였다가 시간이 지나 북촌에도 화려하고 값진 건물들이 올라가며 활기를 되찾았다.

전차와 자동차가 간간이 지나다니는 길가에는 극장과 카페, 여배우가 운영하는 바와 일본식 다방 킷사텐이 들어서 있었다. 교복을 입은 학생들과 양장을 차려입은 회사원들이 바쁘게 걸음을 옮기고, 부드러운 수세미를 구두에 쑤셔 넣어 키를 높인 한량들과 양산을 쓴 아가씨들이 한가롭게 돌아다녔다. 시끌벅적한 종로 거리를 가로지르며 경애는 생각을 정리했다.

김영순은 피해자에게 원한을 품을 타당한 이유가 있으며 살인이 일어난 시각에 다른 곳에 있었다는 명확한 증거도 없다. 영순의 집과 청희의 집은 밤중에 드나들 수 있을 만큼 가깝고 밧줄로 목을 조르는 건 병약한 척하는 여자의 힘으로도 해낼 수 있는 일이다. 생각이 낡아 빠진 인간일지라도 명색이 지식인이니 영리할 테고, 남편이 부유하니 실행력도 있다.

"이용학 사장보단 김영순이 더 의심스럽습니다."

동아가 말했다. 심정적으로는 경애도 그 말에 동의했다. 하지만 동시에 경애는 자신이 영순을 불편해하고 있다는 사실도 알았다. 같은 꿀벌 군집을 두고도 나치당에 소속된 독일 학자들은 '충성스러운 개체가 집단을 위해 기꺼이 희생한다'라고 분석하는 반면 일부 미국 학자들은 '본받을 만하고 바람직한 민주적인 결정 과정을 보인다'라고 서술한다. 둘 다 틀렸다. 꿀벌은 꿀벌일 뿐이다. 현상에 연구자의 욕망이 투영되어서는 안된다. 영순에 대한 반감이 그를 범인으로 지목하는 이유가 되어선 안 된다.

남 부인의 여관으로 돌아왔을 때 여관 바깥방, 과거 개인 가옥이었을 때 응접실로 쓰였던 서양식 방에서 안경 낀 남자가 경애를 기다리고 있었다. 남 부인은 곁에서 어쩔 줄 모르겠단 표정으로 쩔쩔맸다. 경애가 들어오자 남자는 자리에서 일어섰다. 낯선 얼굴이었지만 분위기가 익숙했고 꾸벅 묵례하는 남자의 태도가 자연스럽기 짝이 없었다.

"누구시죠?"

경애는 날카롭게 말했다. 다행히 옥화는 보이지 않았다.

"그리 경계하실 필요 없습니다. 한경진 이사님이 보내셨거든요."

경애는 작년 귀국 직후 형식상 만나 몇 번 모임에 참석한 것을 제외하고 거의 1년 동안 경진을 만나지 않았다. 경진은 만주나 일본으로 출장을 자주 다녔고 경애 역시 곤충 채집을 위해 팔도를 돌아다녔기에 시기만 잘 맞추면 피하기 어렵지 않았다. 이번에도 경진은 장기 출장을 위해 집을 비웠기에 이대로 미국으로 돌아갈 때까지 얼굴을 보지 않을 수 있을 줄 알았다. 남자는 유려하게 웃었다.

"동아 씨와 같이 계셨다니, 마침 잘되었습니다. 두 분께 같이 전할 말이 있습니다."

경애는 남자의 분위기가 왜 익숙한지 깨달았다. 이 남자는 예전부터 오빠 주위에 있던 사람들, 즉 심부름꾼, 경찰 간부, 변호사, 법관, 부하 직원과 똑같은 얼굴을 하고 있었다. 신중함이 지나쳐 교활함에 가까워진, 본인은 권력자가 아니면서 권력자와 항시 붙어 있는 이들에게서 발현되는 악덕을 품고 있는 얼굴. 두꺼운 안경알 너머에서 누런 눈동자가 번뜩였다.

"이사님께서 두 분과 한번 만나자고 하셨습니다. 특히 아가씨, 이사님께서 심려가 크십니다."

"오라버니가 절 걱정할 필요는 없을 텐데요."

경애의 목소리는 의도했던 것보다 약간 더 방어적으로 들렸다. 남자는 왈패 딸을 둔 아버지처럼 한숨을 푹 내쉬었다.

"왜 이러십니까. 사대문 안에 소문이 파다하던걸요. 오죽하면 저 같은 일개 변호사 귀에도 들어왔습니다."

남자의 품에서 나온 신문에는 청희의 사건을 다룬 기사가 대문짝만하게 박혀 있었다. '경성의 또 다른 그로-테스크: 백주에 미녀 가수를 絶命(절명)케 한 것은 '벌'인가 人間(인간)인가?' 남자는 기사를 읽기 시작했다.

"'현장에는 사나운 벌 떼가 들끓었으나 경찰은 이것이 피해자의 사인과 직접 관련이 없다고 주장했다. 총무국 위생계는 벌 떼가 경성에서 사람을 습격할 일은 없으며, 언제나처럼 방역과 보건 업무에 충실할 것을 밝혔다. 한편 미국 시카고대학에서 벌을 연구해 '옐로우 레이디'라고도 알려진 한경애가 사건 해결을 위해 경찰에 협조하고 있다고 한다. 한경애는 강성철강 이사인 한경진의 하나뿐인 여동생으로, 그는 동생과 달리 지금 조선의 철강을 적극적으로 모아 일본 본토로 보내는 데 열중하고 있다⋯⋯.'"

남자는 기가 찬다는 듯 고개를 저으며 신문을 내밀었다. 그의 손가락 끝에는 가회정 현장에 서 있는 경애의 옆모습이 조그마하게 찍혀 있었다.

"이사님은 철강 납품 건으로 출장을 가 계십니다만 4월 중에는 돌아오실 겁니다. 두 분도 이사님이 어떤 분인지 아시죠.

혈육이 사람들 입방아에 오르내릴 일을 하는 걸 좋아하지 않으실 겁니다. 하지만 저도 이사님 마음을 어지럽히고 싶지 않으니, 귀국하시기 전에, 늦어도 이번 달 안에 일을 정리하시면 제 선에서 끝내겠습니다."

남자는 꾸벅 인사를 한 후 떠나려다가 막 생각났다는 듯 덧붙였다.

"그리고 이사님께서 두 분이 본가로 한번 오시길 바라고 계십니다. 식사라도 하면서 쌓인 회포를 푸셔야죠. 다시 찾아뵙겠습니다."

동아가 다급히 "경애 씨" 하고 부르기 전까지, 경애는 자신이 피가 나도록 입술을 깨물고 있다는 사실조차 몰랐다.

*

희미한 불빛이 깜빡거리는 방 안에 경애는 홀로 앉아 있었다. 한밤중이었다. 경애의 책상에는 미국으로 보내야 할 쓰다만 편지가 놓여 있었다. 해야 할 일이 많았지만 손에 잡히지 않았고, 전날 밤을 새웠건만 잠도 오지 않았다. 그래서 경애는 가만히 앉아 몇 시간이고 아무것도 보이지 않는 창밖을 응시하고 있었다. 비가 오는지 빗방울 떨어지는 소리가 들렸다.

경애는 계속해서 생각하고 있었다. 하지만 경애의 생각은 앞으로 뻗어 나가는 대신 깊은 곳을 향해 소용돌이처럼 제자리를 맴돌며 가라앉기만 했다. 차고 깊고 어두운 수면 아래, 소용돌이의 중심에 그 사람이 놓여 있었다. 한경진이라는 이름 석 자. 그 창백한 이름이 깊고 푸른 물 속에서 입을 뻐끔거렸다. 내가 얌전히 있으라고 했잖아.

경애는 부르르 몸을 떨었다. 누가 뭐라 하든 경진은 자신의 편이 아니다. 경애는 그것을 알았다. 하지만 동시에, 마음속에서 누군가가 속닥거렸다. 언제나 상황을 긍정적으로 보려는, '물이 반이나 남았네'라고 생각하는 천덕스러운 어린애 같은 자기방어 기제였다.

정말? 정말로 오라버니가 내 편이 아닐까? 미국에 있는 동안 오라버니가 부쳐 준 학비와 생활비를 생각해 보아. 과거에 안 좋은 일이 몇 번 있었다고 너무 나쁘게 기억하고 있는 것일지도 몰라. 지금 오라버니가 내 몫의 유산을 붙들어 두고 있는 것도 사실 나를 위해 그런 것일지도 모르는걸.

생각 없이 믿어 버리고 싶은 목소리가 계속 뱃속을 간지럽혀서 경애는 몸을 웅크리고 숨을 가다듬었다. 아예 눈을 꽉 감아 버려 옛 생각을 불러왔다. 교활하리만큼 천진한 목소리가 점차 사라지고 기억이 떠올랐다. 경애가 스무 살이 되던 해, 일본에서 벌어진 일이었다.

1931년, 일본 도쿄

말단 경찰인 소지로 순사는 곤란한 상황에 놓여 있었다. 얼마 전 사법성의 고위 관리가 관할 지역에서 싸늘한 시체로 발견된 사건이 범인으로 추정되는 요보[✦] 인력거꾼을 잡아넣은 것으로 일단락되나 했더니, 아침부터 한 처자가 서에 찾아와 사건 관계자를 만나게 해 달라고 고집을 부리고 있었다. '10(じゅう)'도 제대로 발음하지 못하는 것을 보아 여학생 차림새라도 조선인인 게 분명하니, 곤란한 상황이라기보단 성가신 상황이라고 하는 편이 정확할 것이다.

"권 씨는 범인이 아니라니까요. 제 말을 한 번이라도 들어 주세요."

여학생은 화난 목소리로 말했다. 학생의 얼굴에는 타국의 언어로 제가 하고 싶은 말을 다 표현하지 못하는 답답함과 눈앞의 순사가 말을 전혀 들어 주지 않는다는 절망이 뒤섞여 있었다.

"소지로. 아침부터 인기가 많구만?"

동료가 이죽거리며 분노로 얼굴이 새빨갛게 달아오른 여자를 머리부터 발끝까지 두 번이나 은근히 훑어보았다. 가뜩이나 시골 출신이라 동료들에게 따돌림을 당하곤 하는데, 뒤

[✦]   일제강점기에 조선인을 낮잡아 불렀던 말.

에서 놀림당할 구실만 늘어났다는 생각에 소지로는 짜증이 솟아났다.

"인기는 무슨. 미친 조선인 계집이잖아. 쫓아내는 거나 빨리 도와."

"이봐요!"

여학생은 어깨를 움켜쥔 소지로의 손을 앙칼지게 탁 쳐 냈다. 조선인 여자가 감히 자신을 무시했다는 생각에, 또 옆에서 동료가 비웃는 소리에 울컥 화가 나 여학생을 거칠게 떠밀었다. 여학생이 윽 소리와 함께 바닥에 나뒹굴었다. 그 순간 하필 하세가와 경시가 서에 들어온 것은 소지로로선 운 나쁜 우연이었다.

"무슨 소란인가?"

하세가와 경시는 하얀 흉터가 남아 있는 눈가를 찌푸리며 바닥에 쓰러진 여자와 어정쩡한 자세로 서 있는 소지로를 번갈아 노려보았다.

"아무것도 아닙니다. 이 계집이 서에서 난동을 부려… 쪼, 쫓아내려던 참이었습니다."

"미나모토 지로는 총에 맞은 게 아니에요!"

하세가와 경시는 눈짓으로 소지로를 멈춰 세웠다. 소지로는 여학생의 멱살을 잡으려던 손을 어색하게 허공에서 놀리다가 황급히 뒷짐 자세로 몸에 붙였다.

"이건 또 무슨 소리지?"

하세가와 경시가 차분히 가라앉은 눈빛으로 여학생을 쳐다보았다. 군인 출신이라는 그의 몸짓 하나, 말의 울림 하나에는 소지로가 거역할 수 없는 어떤 위엄이 있었다. 하지만 여학생은 그런 것을 전혀 못 느끼는지 불경하게도 하세가와를 똑바로 올려다보며 느긋하게 무릎의 먼지까지 털고 일어났다.

"이틀 전 백화점 창고에서 시체로 발견된 사법성의 미나모토 씨에게 남은 상처는 총상이 아닙니다. 경찰에서 고려할 만한 사건의 새로운 사실을 제가 알고 있어요."

소지로는 진작에 여학생을 쫓아내 버리지 않은 것을 후회했다. 미나모토 지로가 바로 그 시신으로 발견된 고위 관리였다. 얼마 전 고급 백화점의 수입 물품 창고에서 왼팔에 총상이 남은 시체로 발견되어 세간을 떠들썩하게 만들었다.

이케다 형사부장은 재빠르게 촘촘한 수사망을 펼쳐 당시 피해자와 같이 있던 조선인 남자 권 씨를 잡아들였다. 그는 평소 아랫사람에게 엄격한 피해자한테 불만을 품고 있었고, 미나모토가 실종되기 전 권 씨와 단둘이 백화점 골목으로 사라지는 모습이 마지막으로 목격되었다. 경찰은 권 씨의 집을 뒤져 범행에 사용된 장총을 찾아낸 뒤 빠른 대처로 찬사를 받았으며 현재는 연루되었다고 추정되는 불온 단체들을 추가 조사 중이었다.

하세가와 경시는 이런 헛소리를 들어 줄 이유가 없었다. 아무리 그가 다른 파벌의 이케다 형사부장과 사이가 좋지 않다곤 하나, 조선인이 부당한 대우를 받는다는 피해망상에 사로 잡혀 있는 유학생의 신세 한탄이나 들어 줄 만큼 무른 남자는 아니었다.

"증거가 있나?"

그러나 하세가와는 뭔가 계산하는 눈빛으로 여학생을 살펴보더니 그렇게 묻는 것이었다. 여학생이 일말의 망설임도 없이 고개를 끄덕거리자 하세가와 경시는 가볍게 손을 까닥였다.

"좋아, 한번 들어 보지."

여학생은 하세가와를 따라 경찰서 사무실로 성큼성큼 들어갔다. 달칵하고 문이 닫히고 밖에는 황망한 소지로만 남았다.

하세가와 경시의 사무실은 지위에 비해 작고 단출했다. 그래도 아직 어린 조선인 여학생을 긴장시키기엔 충분했다. 하세가와는 일부러 느긋하게 자리에 앉았고 여학생에겐 앉으라 권하지 않았다.

"미나모토 지로는 훌륭한 집안 출신 사내였고 국가를 위해 일하는 모범적인 관리였다. 그 사람을 죽인 진범이 따로 있다고 말하는 거냐?"

"네."

"그럼 말해 봐라."

여학생은 계집애답지 않은 걸음걸이로 성큼성큼 다가오더니 하세가와의 책상에 무언가를 탁 내려놓았다. 작은 유리병이었다. 안에 붉은 기가 도는 갑충 몇 마리가 죽은 듯 몸을 웅크리고 있었다.

"신문 기사에 따르면 현재 경찰은 미나모토 지로 씨의 사인을 과다 출혈로 결론 내렸다죠. 불령선인✦ 단체의 일원인 권 씨가 의도적으로 미나모토 씨를 뒷골목으로 유인해 팔에 총을 쏘고 시체를 근처 백화점 물품 창고에 숨겼다고요. 권 씨의 집에서 사냥용 장총이 나왔고 그것을 흉기로 본다고 들었는데, 그게 이상하지 않으신가요?"

여학생은 되바라지게도 양손을 번쩍 들어 장총을 하세가와에게 겨누는 시늉을 했다.

"보세요. 제가 이렇게 지금 사건에 쓰였다는 장전된 총을 들고 있고, 상대를 죽이려는 의도로 쏘려 한다면 어떻게 하실 건가요?"

여학생은 하세가와의 급소를 정확히 겨누고 있었고 손을 뻗어 제압하기엔 조금 멀었다. 하세가와는 대답 대신 인상을 찌푸리며 손을 쳐 냈다. 여학생은 꿋꿋하게 방향을 바꾸어 이번엔 혼자 팔을 들어 총을 막는 시늉을 해 보였다.

"훈련받은 적 없는 민간인이라면 본능적으로 급소를 가리려 하지 않을까요? 미나모토 씨는 문인으로, 유학 경험이라면

✦   불온하고 불량한 조선 사람. 일제강점기 일본 제국주의자들이 자신들의 말을 따르지 않는 한국 사람을 이르던 말.

모를까 군 복무 경력은 없는 것으로 알고 있는데요."

여학생은 손가락으로 제 팔을 콕 찔렀다. 정확히 미나모토 지로의 팔에 관통상이 있던 자리였고 바로 뒤에 가슴이 있는 자리이기도 했다.

"팔을 깔끔하게 관통할 위력의 총이, 뒤쪽 가슴팍엔 생채기 하나 내지 않았다고요? 심지어 옷도 그을리거나 찢어지지 않았잖아요. 이상하지 않나요? 그리고 어떤 덜떨어진 살인자가 총이 있으면서 팔에 구멍을 뚫어 놓고 과다 출혈로 죽길 기다릴까요? 저라면 차라리 머리에 한 발 더 쏠 거예요."

사실 여학생이 말한 것들은 하세가와 본인도 의문스럽게 여기고 있는 지점이었다. 그렇지 않았다면 애초에 이 여학생을 들여보내지 않았으리라.

이케다 형사부장은 범인이 불령선인 단체에 속해 있는 게 분명하다며 가혹한 심문을 진행하고 있었지만, 하세가와는 내심 이 사건이 사고에 불과한 것이 아닌가 생각하고 있었다. 그 편이 더 말이 됐다. 어떤 다툼이나 사고로 권 씨의 장총이 발사되었고 미나모토의 신체 말단을 관통했다. 미나모토는 그 충격에 기절했고 권 씨는 기절한 피해자 앞에서 당황하고 겁에 질려 허둥대다가 근처 창고 건물에 숨었다가 응급 처치할 시점을 놓치고 말았다. 평소 건강이 좋지 않았던 미나모토라면 치료를 제때 받지 못해 과다 출혈로 죽었을 수도 있었다.

하지만 이케다 형사부장은 언제나 그렇듯 하세가와의 의

견을 듣는 대신 성과에 눈이 멀어 터무니없는 소설을 진실로 밀어 댔다. 아마 불령선인 단체를 조사할 핑계로 쓸 작정일 것이다. 하세가와는 이케다 같은 덜떨어진 인간이 높게 평가받는 사실이 몹시 기분 나빴다. 일개 여학생이 이케다가 틀렸다는 증거를 가져오면 꽤 통쾌할 것이다.

"범인은 사람이 아니라 벌레예요."

"뭐?"

어처구니없어 하세가와는 반사적으로 말을 내뱉었다. 여학생은 벌레가 든 병을 들어 올려 하세가와의 눈앞에서 흔들었다.

"정확하게는 풍뎅이붙잇과에 속한 시식성(屍食性, 시체를 먹이로 삼는 습성) 딱정벌레 성충이에요. 의심스러운 정황이 있어 백화점 창고를 샅샅이 뒤졌어요. 독일에서 수입한 고급 쇠고기 육포가 송장벌레 유충에 오염되어 있더군요. 일전에 미국에서 발간된 논문을 구해 읽은 적 있어요. '풍뎅이붙잇과 딱정벌레, 그중에서 시식성 딱정벌레는 육류를 먹고 알을 낳는 습성이 있어 저장 식품 산업에 타격을 입힐 수 있으며, 시체의 살을 파고들 경우 그 자국이 총상으로 쉽게 오인될 수 있다.' 딱정벌레는 워낙 종류가 많은 곤충이라 현재 제 지식으론 종까지 특정할 순 없지만, 이런 직사각형 모양의 까만 날개는 논문에서 설명하던 것과 똑같은 모습이에요. 피해자 팔의 관통상은 총상이 아니라 이 벌레가 파먹은 자국이라고요."

여학생의 말은 일견 터무니없는 소리처럼 들렸지만 한 가지 모순을 깔끔하게 해결해 주었다. 신문에도 실리지 않았고 관련 경찰 몇 명만 알고 있는 사실이었는데 상처에, 그리고 현장 어디에도 피해자의 몸을 뚫었을 총알이 존재하지 않았던 것이다.

"그럼 이게 총상이 아니라면 진짜 사인은 뭐지?"

"그건 저도 모르겠어요. 하지만 부검을 해 보면…."

하세가와가 인상을 찌푸렸다.

"고작 막노동꾼 혐의를 풀겠다고 생전 훌륭한 관리였던 사내의 시신에 칼을 대라는 거냐?"

여학생은 침을 한 번 삼키더니 꿋꿋하게 말했다.

"권 씨 때문이 아니에요. 물론 부검에 거부감을 느낄 유족들 심정도 이해해요. 하지만 우리는 과학적으로 사고할 줄 아는 문명인 아닌가요? 권 씨의 가족을 찾아가 봤어요. 권 씨는 처에게 종종 손찌검을 했는데, 감정이 격해지면 아버지 유품이라는 장총을 들고 처자식을 위협했다더군요. 그래서 어느 날 부인이 남편 몰래 총알을 다 빼냈답니다. 권 씨의 총은 애초에 발사될 수가 없는 총이었어요. 부디 사건을 한 번만 다시 봐 주세요."

하세가와 경시는 권 씨가 가지고 있던 총알이 어린 아들의 옷가지 밑에서 발견되었다는 것을 떠올렸다. 수색을 피할 수도 없고, 제 손이 잘 닿지도 않는 곳에 탄환을 숨긴 것이 멍청하

다고 생각했는데 아내가 숨겼다면 제법 그럴듯했다. 하세가와
는 생각에 잠겼다.

정말 미나모토가 다른 이유로 죽었다면, 그리고 권 씨가 이
케다 형사부장이 주장하는 것처럼 폭력 단체의 일원이 아니
라 제 처한테나 위협적인 덜떨어진 막노동꾼에 불과하다면 작
금의 상황이 많이 달라질 것이다. 무엇보다 이케다 형사부장
이 콧대 세우고 다니는 꼴을 더 이상 보지 않아도 된다. 하세
가와 경시는 조금 부드러워진 목소리로 물었다.

"이름이 뭐지?"

"한경애입니다."

"경애라. 유학생인가? 어린 나이에 내지에 와 배워 갈 마음
을 먹다니 기특하군."

하세가와의 머리가 바쁘게 돌아갔다. 미나모토는 뼈대 있
는 명문가 출신이었고 친족들 대부분 무시할 수 없는 위치에
있었다. 섣부른 부검은 역풍을 불러올 것이다. 하지만 후폭풍
을 감당해야 하는 게 꼭 자신이어야 할 필요는 없었다. 그는
어리둥절한 표정의 여학생에게 앉으라고 친절하게 손짓했다.

권 씨의 처는 딸뻘인 경애에게 연신 고개를 숙이며 손을
잡았다.

"고마워요, 참말로 고마워요. 아가씨."

권 씨의 처는 남편이 독립 단체의 일원으로 의심받은 탓에

덩달아 경찰들에게 고초를 겪었다고 했다. 경애가 하숙하고 있는 집에서 주말마다 식모로 일하던 그는 남편이 독립운동을 할 만큼 그릇이 큰 인물이 아니라며 눈물을 찍어 냈다. 비록 가난하고 힘들어도 큰 뜻을 품은 사람이었다면 어떤 고초를 겪든 몸과 마음을 다 바쳐 뒷바라지했을 테지만, 실은 부유한 일본인에게는 얻어맞으면서도 굽신거리고 가난한 유학생에겐 강짜를 부리며 심술을 놓던 소인배였다고 했다.

부검 결과 피해자의 실제 사인은 갑작스러운 뇌일혈로 밝혀졌다. 경찰은 권 씨의 진술과 목격자의 증언을 추가로 검토한 끝에, 미나모토가 실수한 권 씨를 큰소리로 꾸짖다가 머리에 피가 몰려 쓰러졌고, 권 씨의 잘못은 혼자 지레 겁을 먹고 의식을 잃은 미나모토를 근처 건물에 숨겨 둔 것밖에 없다고 결론을 내렸다. 물론 미나모토가 권 씨를 꾸짖으며 손찌검을 했다던가, 울컥한 권 씨가 대들며 미나모토를 밀쳤다던가 하는, 법정에서 다툴 만한 세세한 문제들이 남아 있었지만 당장 경찰의 무자비한 심문과 수색에서 벗어난 것만으로도 권 씨의 처는 기뻐서 어쩔 줄 몰랐다.

그때 문이 벌컥 열리고 건장한 성인 남자가 신발도 벗지 않은 채 성큼성큼 방 안으로 걸어 들어왔다. 경진이었다. 얼굴이 분노로 사납게 일그러져 있었다. 뭐라 말할 틈도 없이 경진이 경애의 뺨을 세게 후려갈겼다.

"네가 정녕 제정신이냐?"

얻어맞은 뺨이 얼얼하고 골이 울려 아픔조차 제대로 느껴지지 않았다. 경진이 질러 대는 소리가 멀리서 들려오는 것 같았다.

"경찰에 가서 사법성 관료의 시신을 부검하라 난리를 쳤어? 너 때문에 지금 내 입장이 어떻게 되었는지 알기나 하는 거냐!"

그 순간 느낀 감정은 공포였다. 그다음에는 분노가 피어올랐다. 그러나 결국 마지막으로 경애의 마음을 장악한 가장 강렬한 감정은 억울함이었다.

어째서? 경애는 생각했다. 내가 왜 맞아야 하는가? 동포의 누명을 벗기고 사건의 진상을 알아내지 않았나. 되레 칭찬을 해 줘야 하지 않는가? 왜? 경애는 목이 메었다.

"오라버니…."

"입 다물어. 미나모토 상의 숙부는 외무성 차관이야! 지금 너 때문에 나랑 아버님이 내지에 진출하려 했던 사업이 아주 곤란하게 되었어. 아버님께 말씀드려 두 달 동안 생활비를 보내지 마시라 할 거다."

"하지만…!"

다시 한번 뺨으로 손이 날아왔다.

"널 공부시키라는 할아버님 유언이 아니었다면 아예 조선으로 돌려보냈을 거다. 조용히 반성하고 있어."

경진은 집게손가락으로 경애의 이마를 쿡쿡 찔렀다. 경애는 권 씨의 처에게 눈길을 주었다. 방금 전까지 자신의 손을 붙잡고 고맙다며 울던 여인은 고개를 숙이고 시선을 돌린 채 필사적으로 자신을 모른 척하고 있었다.

경진은 이어 경애의 품행과 방자함을 꾸짖었다. 그러나 경애의 귀에는 한마디도 들어오지 않았다. 경진이 떠난 후 권 씨의 처는 고개를 푹 숙이고 무어라 변명의 말 같은 것을 지껄이다가 자리를 떠나 버렸다. 경애는 멍하니 앉아 있었다. 정갈한 소반, 바닥에 깔린 다다미, 잘 가꾸어진 화분과 그 아래 놓인 책과 필기구. 모든 것이 이전처럼 제자리에 놓여 있었는데 이상하게 폭풍이 휩쓸고 지난 자리 같았다. 경애는 몸을 일으키려다가 다리에 힘이 풀려 비틀거리며 넘어졌다. 일어날 이유도 힘도 없어 경애는 한동안 주저앉아 있었다.

끊는다는 생활비에 하숙비는 포함되어 있지 않았는지 하숙집 주인은 경애를 채근하거나 쫓아내지 않았다. 하기야 다 큰 여식이 가방 하나 들고 도쿄 길거리를 떠도는 것은 부친의 체면을 단단히 구기는 일이기도 했다. 경애는 한동안 방 안에서만 지냈다. 어느 날 누군가가 경애의 방문을 두드렸다.

"실례합니다. 한경애 씨 계십니까?"

낯선 남자의 목소리였다. 조선말을 쓰고 있었다. 경애는 답하지 않았다. 남자는 문가에 서서 하숙집 주인과 수군수군 무슨 말을 주고받는가 싶더니 이내 떠났다.

한참 시간이 지났다. 해가 서산 너머로 사라지고 어둠이 깔렸다. 경애는 며칠 동안 아주 조금만 먹으며 거의 밖으로 나가지 않았지만, 갈증만은 참기 어려웠다. 경애는 조심스럽게 부엌으로 향했다가 바닥에 앉아 있는 낯모를 남자를 발견하고 움찔 뒤로 물러났다. 눈을 감고 있는 남자는 인기척에 눈을 떴다.

"누구시죠?"

"저는⋯."

남자는 일어서다가 몸을 비틀거렸다. 오래 앉아 있던 탓에 다리가 저린 것 같았다. 남자의 낯이 쑥스러움으로 붉어졌다.

"저는 김동아라고 합니다. 도쿄제대 의학부에서 공부 중이에요. 유학생 친목회 학생들이 요즘 경애 씨가 보이지 않는다 걱정하길래, 결례를 무릅쓰고 찾아왔습니다. 몸은 괜찮으신 겁니까?"

도쿄제대라면 경진이 졸업했던 학교였다. 김동아라. 유학생회 모임 자리에서 몇 번 본 것도 같았다.

"괜찮아요."

경애가 돌아서자 동아는 "잠시만요!" 하고 그를 잡으려다가 제 발에 꼬여 넘어졌다. 뒤를 돌아보니 차마 일어날 엄두를 내지 못하고 고개를 푹 숙이고 있는 동아가 보였다. 경애는 한숨을 푹 쉬었다.

"죄, 죄송합니다. 쥐가 나서⋯."

경애는 말없이 동아를 부축해 방으로 데리고 들어왔다. 동아는 들고 있던 책보를 주섬주섬 풀어냈다. 얇은 종이로 만든 잡지가 모습을 드러냈다. 조선 유학생들이 내는 기관지나 동인지 같아 보였다. 맨 앞에는 잡지의 제목으로 보이는 한자가 보였다. 《學潮(학조)》. 동아는 잡지를 내밀었다.

"경애 씨에게 드리려고 가져왔습니다. 저희 학우회에서 나온 건데. 읽어 보시면 좋을 것 같습니다."

경애는 잡지를 받아 펼쳤다. 희곡과 시, 소설 같은 문학 작품 사이에 논평이 섞여 있었다. 전형적인 유학생 잡지 구성이었다. 그런데 글 속에서 자신의 이름이 보였다. 억울하게 경찰에게 붙들려 고초를 당하던 조선인 노동자의 결백을 밝혀 주고 그 아내의 심려를 덜어 준, 배운 것을 올바로 사용한 지식인의 표본이라 칭찬하는 글이었다.

평소 듣던 것과 전혀 다른 말이었다. 유학 생활 동안 경애는 친일 모리배의 딸이라는 수군거림이나, 아비의 돈으로 호의호식하는 여자라는 꾸짖음에 익숙해져 있었다. 장을 넘기니 손에 부슬부슬한 흰 가루가 묻어 나왔다.

"좀 드시렵니까?"

동아가 보자기 안 동그란 주머니에 들어 있던 흰 엿 덩어리를 보여 주었다. 보자기에 넣어 들고 오다가 엿 가루가 잡지에 묻은 것 같았다. 경애는 엿을 하나 집어 들고 손가락 안에서 굴렸다. 표면에 먼지가 묻어 있었다.

"먼지가 묻었네요."

동아는 어색하게 웃었다.

"책장 뒤에 숨겨 둬서 그런가 봅니다. 제가 값싼 하숙에 묵는지라, 집주인 아들 녀석이 툭하면 제 방에 들어와서 주전부리를 훔쳐 먹거든요."

경애는 흰 덩어리를 입에 넣었다. 단맛이 혀에 감겼다. 입이 달아지자 미뤄 둔 허기가 몰려오며 배 속이 요동쳤다. 그것이 이상하게 서러워 눈물이 핑 돌았다.

"이, 이런. 괜찮으십니까?"

경애가 눈물을 흘리자 동아는 어쩔 줄 몰라 허둥거리다가 살포시 경애의 등을 토닥였다. 그 품에서 경애는 한참 울었다. 한쪽에선 모리배 딸년이라 욕을 먹고 다른 쪽에선 조선 계집애라 욕을 먹는 게 서러워서 울었고, 움직이면 건방지다고 움직이지 않으면 무책임하다고 비난받는 게 싫어서 울었다. 그리고 무엇보다 배가 고픈 게 서러워 울었다.

"고향이 그리우셔서 그럽니까?"

경애의 울음이 조금 잦아들었을 때 동아가 물었다.

"아뇨, 돌아가기 싫어요."

울음에 목소리가 흉하게 가라앉아 있었다. 경애는 고개를 푹 숙였다.

"조선 말고 딴 데로 멀리 가 버리고 싶어요."

동아는 경애의 어깨를 쓰다듬었다. 그믐이라 달빛조차 비추어 들지 않는 타국의 하숙방에 앉아 경애는 눈을 꼭 감고 있었다.

"저기 경애 씨."

동아가 나지막한 목소리로 속삭였다.

"제가 시를 조금 씁니다. 저희 학우회가 문학에도 관심이
많거든요. 문인이라고 하긴 뭐하고, 그저 문학에 관심 있는 유
학생들끼리 모였어요. 경애 씨도 한번 와 보지 않으시겠습니
까? 재미없는 이야기만 하는 건 아니라, 가끔 모여서 나들이나
산보도 가곤 한답니다."

"나들이요?"

동아는 기쁜 투로 답했다.

"네. 지난주에는 번화가에서 모였습니다. 가끔 교외 절에
가기도 하고요. 날이 좋으면 교외에서 보는 하늘빛이 정말 예
쁩니다. 저 위에 있는 것만큼은 조선에서 보든 일본에서 보
든 똑같나 봐요. 작년엔 뜻이 맞는 사람끼리 교토까지 가서 압
천✦에 놀러 갔어요……."

동아는 계속 말을 이어 나갔다. 경애는 어느 순간 그 내용
을 듣는 것이 아니라 그저 듣기 좋은 나직한 목소리의 울림을
느끼고만 있었다.

그 뒤로도 동아는 보름에 한 번꼴로 경애의 하숙집을 찾
아왔다. 경애는 주변의 시선을 걱정하면서도 매번 그를 안으
로 들여 오래도록 담소를 나누곤 했다. 그 시간이 싫지 않았

✦　　교토의 강 이름으로, 일본어로는 가모가와(鴨川)라고 한다.

다. 어쩌면 동아가 들려주는 듣기 좋은 이야기 때문일지도 몰랐다. 어쩌면 그가 매번 단것이나 새로 나온 시집을 손에 든 채 찾아왔기 때문일지도 몰랐다. 아니면 그저 동아의 목소리 때문일지도 몰랐다. 하숙방에 울리던 낮고 부드러운 그의 목소리는 오랫동안 경애의 기억 한 켠에 머물렀다.

1937년 3월 27일, 다시 경성

경애는 밤새 생각을 정리하며 결론을 내렸고 새벽이 되어서야 지친 몸을 겨우 이부자리에 뉘었다.

선잠에서 깨어나 눈을 떴을 때, 경애는 잠시 자신이 미국 하숙집에 있다고 생각했다. 창밖에서 모국어로 주절거리는 행인과 상인의 목소리가 들린 덕에 겨우 조선에 돌아왔다는 사실을 기억해 냈다. 경애는 푸르스름한 천장을 올려다보았다.

아버지가 돌아가셨다는 소식을 들었던 것도 이런 아침이었다. 해가 완전히 뜨진 않았지만 바쁜 사람들이 하루를 시작한 때. 지금보다 주변이 조금 더 밝았던 것 같기도 하다. 똑같은 전깃불이라도 이상하게 미국의 전구가 더 밝았다. 누군가가 문을 두드리며 고향에서 온 전보를 전해 주었다. 불빛 아래서 종이가 허옇게 빛나고 있었다.

부친 작고 귀국 요망

전보에 적힌 것은 그게 전부였다. 언제 돌아가셨는지, 왜 돌아가셨는지, 장례는 언제인지, 돌아가면 얼마나 머물러야 하는지. 어떤 설명도 없었다. 경애는 돌아가지 않았다. 태평양을 건너려면 달포는 족히 걸릴 것이고 조선에 도착하면 이미 모든 절차가 끝나 있을 거라고 생각했다. 당연히 사람들은 경애의 행동을 납득하지 않았다.

생전에 아버지는 경진에겐 아무 조건 없이 유산을 물려줬지만 경애에겐 건실한 조선 청년과 무탈하게 결혼해야 한다는 조건을 내걸었다. 경애 정도의 지위와 능력을 가진 여자가 결혼하지 못하는 경우는 많지 않았으니 사실상 형식적인 조건이었다.

그러나 경애는 결혼을 서두르지 않았다. 그리하여 이것은 경애에게 나쁜 조건이 되었다. 아버지가 세상을 떠난 뒤 호주(戶主)가 된 경진은 경애의 상속분을 자신이 관리하다가 경애가 의무를 다하면 그때 정식으로 넘겨주겠다 통보했다. 그나마 꼬박꼬박 생활비를 보내오긴 했지만 본래 경애 몫으로 할당된 재산에 비하면 큰 금액은 아니었다.

"세상에, 경애 양, 괜찮아요?"

남 부인이 화들짝 놀라 물었다. 남 부인의 얼굴을 보니 어제저녁 남자를 들여보낸 것에 대한 원망이 불쑥 일었다. 하지만 차마 뭐라 할 수 없었다. 남 부인에게 숙박비를 내고 있는 사람은 경진이었다.

"하룻밤 만에 얼굴이 반쪽이 되어 버렸네. 너무 풀 죽지 말아요. 오라버니도 경애 양을 진심으로 걱정하고 있었을 거야. 그네들이 표현을 잘 못 해서 그렇지."

경애는 아무 말도 하지 않았다.

*

옥엽의 집이 있는 혜화까지는 그리 멀지 않았지만 경애는 인력거꾼을 멈춰 세웠다. 걷고 싶은 기분이 아니었다. 사실 마음 같아선 쌀 한 가마니 값을 내고 택시라도 타고 싶었다. 그리고 비용은 경진에게 달아 놓으리라. 저도 체면이 있다면 경성 한복판에서 제 이름으로 달아 둔 경비를 무시하진 못하겠지. 오라버니란 인간이 자신을 그렇게 '걱정해 준'다면 그깟 택시비가 대수겠는가.

경애는 혜화에 도착해서야 뒤늦게 동아에게 아무 말도 하지 않았다는 사실이 생각났다. 서둘러 떠나는 인력거꾼을 멈춰 세우려다가 그냥 말았다. 동아에겐 나중에 말해도 괜찮을 것 같았다. 그는 경애가 무슨 결정을 내리든 지지해 줄 테니까.

오히려 경애는 옥엽이 어떻게 반응할지 걱정이 되었다. 경애가 용기를 내어 대문을 두드렸을 때 뜻밖의 사람이 모습을 드러냈다.

"한경애 선생님?"

청희의 식모로 일하던 지성이었다. 지성은 앞치마에 손의 물기를 닦았다.

"네가 왜 여기 있니?"

지성은 그런 걸 왜 물어보냐는 듯 어리둥절한 표정이었다.

"여기서 일하고 있어요. 청희 아씨가 돌아가신 후부터요."

옥엽은 청희와 친분이 있었고 청희에겐 돌아가신 어머니 외엔 딱히 가족이 없었으니 청희의 주변을 정리해 준 것이 옥엽이라고 해도 이상하지 않았다. 하지만 문제는 자신이 그 사실을 알지 못했다는 점이었다. 경애는 옥엽이 기생 출신이라는 생각에 갇혀 청희와 관련 있는 기생 명단만 받는 데 그쳤다. 영순의 말이 맞았다. 조사가 한참 부족했다.

경애는 옥엽이 집에 있냐고 물어보려다가, 자신의 굳은 표정에 뭐가 잘못되었나 싶어 불안하게 눈을 굴리는 지성을 보고 일단 경고를 해 줘야겠다고 생각했다.

"지성아, 네가 알아야 할 게 있어."

"제가요?"

"네 방에 있던 약에 아편이 들어 있었어."

지성이 입을 떡 벌렸다.

"예?"

"그래서 청희 씨가 살해당하던 날 밤 네가 깨어나지 못했던 거야. 잠귀가 밝다고 했지? 내 생각에는 범인이 몰래 먹인 것 같아. 조심하는 게 좋겠다. 네가 범인과 아무 상관 없다고 해도 살인 현장에서 아편이 묻은 손수건이 나왔으니 잘못하면 경찰들이 너를 의심할 거야."

지성은 비로소 어떤 상황인지 깨달은 듯 자그마한 신음을 흘렸다. 삽시간에 지성의 얼굴이 두려움으로 물들었다.

"이, 이걸 수, 순사들에게 말할 건가요?"

"그 약병은 내가 알아서 처리했어. 순사들이 널 의심하진 않을 거야."

지성은 안도의 한숨을 푹 내쉬었다. 하지만 얼굴은 여전히 희게 질려 있었고 어깨는 가늘게 떨렸다. 사건에서 손을 떼려고 했지만 지성이 걱정되어 경애는 결국 이렇게 묻고야 말았다.

"네 약에 아편을 탈 수 있는 사람이 있니? 그 사람이 범인이거나 공범일 수 있어."

지성의 얼굴에 나이답지 않은 근심이 드리웠다.

"그것이… 어쩌면 저희 아버지가…."

"아버지?"

경애는 지성에게 부모가 없거나 있더라도 시골 고향집에 있을 거라 생각했다. 지성은 고개를 푹 숙이고 작은 목소리로 말했다.

"저희 아버지가… 아편중독자세요. 그 전날 돈을 달라 저녁에 찾아오셨는데, 제가 현금이 없어 안 된다 거절했어요. 그랬더니 다음 날, 그러니까 아씨가 돌아가신 그날 아침에 도와 달라고 사람을 보내신 거예요. 전날 저녁에 찾아오셨을 때 제 방에 잠시 들어오시긴 했는데…. 그, 그래도 아버지가 누굴 해칠 분은 아니에요. 그리고 전날 술을 잡수시고 술값이 없어 밤새 주인에게 붙잡혀 있었다고 하셨어요."

옆집 부부가 사건 전날 지성이 누군가를 만나는 장면을 보았다고 했는데 돈 달라고 찾아온 아비를 돌려보내는 지성을 목격했던 모양이다. 경애는 지끈거리는 관자놀이를 문질렀다. 누굴 죽일 사람은 아니라니, 시집도 안 간 어린 딸에게 아편값을 달라고 찾아오는 아비가 뭐가 예뻐서 변명해 주는 걸까.

"그 사람 이름… 네 아버지 성함이 뭐지?"

아편중독자, 술주정뱅이, 무능력자, 건달, 한량, 한심한 아비. 그런 남자에게 옥엽이 딸처럼 아꼈다던 이가 살해당했을지도 모른다 생각하자 분노보다도 저열한 짜증이 먼저 치밀었다. 놀랍게도 그것은 남자가 아니라 청희를 향한 것이었다.

'내 자리를 차지했으면 잘 살기라도 할 것이지.'

경애가 자신이 무슨 생각을 했는지 깨닫기도 전에, 그래서 부끄러움이나 수치심을 느끼기도 전에 자동차 한 대가 옥엽의 집 앞에 사납게 멈춰 섰다. 사토 경부가 차가운 표정으로 순사 둘과 함께 차에서 내려 다가왔다.

"요시다 순사. 이 애가 맞나?"

사토 경부가 지성을 눈짓했다. 사건 현장에서 경애를 지성에게 데려다주었던 그 순사부장이었다. 다른 순사가 지성을 거칠게 끌어냈다. 겁에 질린 지성은 힘없이 와들거리기만 했다.

"잠깐, 지금 뭐 하는 거예요!"

사토 경부는 대답 대신 경애의 팔을 움켜쥐고 벽으로 몰아붙였다. 붙잡힌 팔이 부러질 듯 아팠다.

"약속을 지키지 않았더군. 한경애 선생."

"뭐라고요?"

"사건에 끼어들게 해 주는 대신 모든 정보를 경찰과 공유하기로 했잖소."

사토 경부는 증거품 봉투를 눈앞에서 흔들었다. 안에 담긴 것이 낯익었다. 지성의 약병이었다.

"익명의 투서가 도착했소. 이게 경성제대 약품 폐기물 함에 들어 있었다더군? 요시다 순사부장 말로는 현장 조사를 할 때 식모 계집애 방에서 봤던 것과 똑같이 생겼다던데."

숨이 턱 막혔다. 어떻게 된 일인지 경애의 머리가 빠르게 돌아갔지만 도통 답을 찾아낼 수 없었다. 동아가 말한 것일까? 그럴 리가 없었다. 그럼 대체 어떻게 들통이 났단 말인가.

"지성이 범인이 아니라고 생각해서 그랬던 거예요."

경애가 간신히 목소리를 짜냈다.

"선생이 감춘 건 맞다는 거군."

등에서 식은땀이 흘러내렸다. 사토 경부는 잠시 대치하듯 경애를 노려보다가 탁 밀치듯 놓았다. 담벼락에 아프게 등을 부딪힌 경애는 힘없이 주르륵 주저앉았다.

"부친과의 연을 생각해서 체포는 않겠소. 하지만 앞으로 근처에 얼쩡거리지 않는 게 좋을 거요."

순사들은 겁먹어 움직이지도 못하고 한마디 해명조차 하지 못하는 지성을 끌고 차에 강제로 태웠다. 차는 요란한 소리를 내며 흙먼지와 함께 멀어졌다. 순사들이 떠난 후에도 경애는 몸을 일으키지 못했다. 흰 머리를 곱게 틀어 올린 옥엽이 문가에 나와 순사들이 지성을 끌고 간 방향을 바라보고 있었다. 옥엽은 경애에게 일어나라는 듯 손을 내밀었다.

"들어오렴. 따뜻한 게 필요하겠구나."

*

경애는 가끔 옥엽이 자신에게 이토록 큰 존재라는 사실이 이상하게 느껴졌다. 전옥엽은 경애가 고작 열여섯 살이 될 때까지만 같이 살았다. 그리 살가운 사람도 아니라, 경애는 아주 어릴 적엔 옥엽을 무서워하기까지 했다. 그와 제대로 된 이야기를 나누기 시작한 것은 글을 배우고 나서부터였다. 경애의 세계는 책을 읽기 시작하고 나서야 비로소 넓어졌고, 옥엽이 이따금 툭툭 던지던 알 수 없는 말을 이해할 수 있게 되었다. 경애는 옥엽이 뜻 없는 척 흘린 말과 푸념, 글귀에 유일하게 반응했던 사람이었다. 그때가 되어서야 옥엽은 경애의 존재를 알아차린 것처럼 굴었다. 경애는 할머니가 할아버지처럼 자신에게 애정이 있다고 생각했다.

하지만 옥엽이 떠나고는 더 이상 확신할 수 없었다. 옥엽이 경애를 아꼈다면, 가족이나 친족까지는 아니라도 최소한 친우로라도 여겼다면 그렇게 훌쩍 떠나지 않았을 것이다. 할아버지 사후 옥엽은 작은 짐 보따리에 패물을 챙겨 경성으로 떠났고 경애에겐 한마디 말도 남기지 않았다.

너무 어린 시절에 옥엽을 알았던 게 문제였다. 어떤 시기의 일은 한없이 사소해도 평생을 간다. 경애는 들끓는 슬픔과 분노, 혼란스러움과 억울함 그리고 걱정을 배 속으로 따뜻한 찻물을 흘려보내며 억누르려고 했다. 늘 그렇듯 별로 효과는 없었다. 경애는 찻잔을 무례하게 탁 내려놓았다.

"좀 진정이 되었니."

옥엽은 여전히 커다란 호수처럼 잔잔했다. 그런 옥엽을 보자 경애는 더욱 화가 났다.

"아주 태연하시네요."

방금 눈앞에서 옥엽의 사용인이 일본 순사에게 잡혀갔다. 조선에서의 기억이 흐릿한 경애조차 그들이 힘없는 계집애를 공정하게 심문하지 않으리라는 것을 알았다. 옥엽은 그 사실을 더 잘 알아야 했다.

"우리가 불공평한 일을 당하는 게 어디 한두 번일까."

옥엽의 중얼거림에 경애는 비웃듯 응접실을 둘러보았다.

값비싼 병풍, 분재, 도자기와 그림이 놓여 있는 방. 경성으로 올라올 때 가져온 패물이 장사 밑천이 되었을 터다. 옥엽은 언제나 재주가 좋았다. 옥엽의 눈이 경애의 시선을 좇고는 희게 센 눈썹이 미세하게 찌푸려졌다.

"이건 돈 문제가 아니야."

"그러시겠죠."

"이해를 못 하는구나. 사람들은 우리에게 신경 쓰지 않아. 죽음조차 특별히 잔인하거나 기괴하지 않으면 관심을 받지 못하지."

그랬다. 하지만 옥엽이 그런 말을 할 자격이 있던가? 옥엽은 아름다운 외모 덕분에 마땅히 받아야 할 처벌을 피해 부잣집에 들어갔다. 할아버지는 내내 옥엽 편이었고 그가 죽은 후에도 별다른 방해 없이 금붙이까지 챙겨 집을 떠날 수 있었다. 옥엽의 인생은 굴곡졌지만 그는 죽지도 가난하지도 않았다. 관기 시절 친구 같은 다른 여인들보다 훨씬, 훨씬 더 운이 좋은 편이었다. 그러니까, 마치 경애처럼. 그러니 사람들의 말처럼 부잣집 계집인 경애에게 말할 자격이 없다면 옥엽 역시 마찬가지였다.

"그럼 이번 사건은 관심 많이 받으셔서 참 좋으시겠어요."

으르렁대듯 비아냥을 내뱉었지만, 경애는 즉시 실수했음을 깨달았다. 해선 안 될 말이었다. 경애는 입을 다물고 눈치를 살폈다. 뱉은 말을 주워 담을 수 있다면 얼마나 좋을까. 물론 그런 게 가능하다면 말조심하라는 격언이 나오지도 않았을 것이다. 옥엽은 화를 내거나 경애를 혼내지 않았다. 차라리 그랬다면 나았을 것이다. 이어지는 침묵은 실제론 짧았지만 경애에겐 고통스러울 정도로 길게 느껴졌다.

"몇 년 전, 선아가 자매처럼 지내던 동무가 목이 졸려 죽었단다."

침묵을 깨고 옥엽이 입을 열었다.

"네가 조선 땅에 없을 때 일이니 잘 모를 거다. 별로 화제가 된 사건도 아니었어. 창기로 일하던 아이라 순사들은 범인을 찾는 둥 마는 둥 했지. 가슴에 잇자국이 남아 있어 변태성욕자에게 욕을 당하다 죽은 거라 은밀히 비웃는 자들도 있었다. 결국엔 미제로 끝났어. 누가, 왜 그랬는지조차 알아내지 못했다. 그때 선아는 정말 많이 힘들어했단다. 나도 그랬고. 너에게 선아에게 왜 이런 일이 생겼나 알아봐 달라 부탁한 건 그런 이유에서였다. 적어도 이번엔 이유라도 알고 싶었단다."

경애는 입을 달싹거리다가 가만히 고개를 숙였다. 변명 같은 중얼거림이 흘러나왔다.

"오라버니의 변호사가 제가 이 사건에 끼어들고 있다는 걸… 오라버니께 알릴 거라고 위협하고 있어요."

"경진이의 변호사라. 홍호선, 그 사람이구나. 키 작고 안경 쓴 남자."

"어떻게 아세요?"

경애는 의아해하며 물었다. 경진은 경애와 달리 옥엽을 싫어해 둘 사이에 따로 친분이 있을 리 없었다.

"나는 필요한 곳에 필요한 사람을 소개해 주며 먹고살고 있단다. 천일약방이 새로운 사업부를 열어 고분이 필요하거나 서예 수집가가 귀한 물건을 구할 사람을 알고 싶다면 나를 찾지. 이런 일을 하려면 적어도 경성에 있는 인재는 다 알고 있어야 해. 그 사람 아내가 내게 작게 빚진 게 있다. 경진이가 귀국하기 전까진 알리지 못하도록 해 보마."

바라던 말이었지만 희한하게도 기쁨 대신 뱃속이 뒤틀리는 듯한 감정이 느껴졌다. 그래, 옥엽은 경애보다 먼저 이 집안을 벗어났다. 단순히 벗어나는 걸 떠나 경성 한복판에 이런 번듯한 집까지 차지하고 잘살고 있지 않은가. 경애는 이런 도움을 기대하고 옥엽을 찾아온 게 맞았다. 옥엽은 경애를 도울 수 있는 사람이었다. 진작 도와줬다면 더 좋았을 것이다.

"그럼 몇 가지 묻고 싶은 게 있어요."

그래도 옥엽이 시간을 벌어 준다면, 조금 더 개입해도 괜찮을 것이다. 아주 조금만 더, 지성을 석방할 증거를 찾을 때까지만.

다행히 옥엽은 지성의 아버지에 대해서도 자세히 알고 있었다. 지성의 아버지는 판락이라는 남자로, 경애가 예상했던 대로 한심한 무뢰한이며 여기저기 떳떳지 못한 뒷일을 받아 처리해 주는 사람이라고 했다. 허구한 날 돈을 달라고 찾아오거나 괴롭혀 옥엽이 자신의 집으로 지성을 데려오면서도 네가 어디로 옮기는지 알리면 안 된다고 신신당부를 했지만 그걸 못 참고 그새 또 알려 주고 만 모양이었다.

"그 애는 정이 너무 많아. 자기 사람이라고 한번 생각하면 무슨 수를 써서라도 싸고돌더구나. 제 살을 깎아 상대를 먹이는 한이 있더라도 말이다. 선아가 바꾸려 노력해 봤지만 사람은 쉽게 바뀌지 않거든."

"제가 일전에 청희… 그러니까 선아 씨가 권번에서 가깝게 지냈던 기생들을 소개해 달라고 한 것 기억하시죠? 혹시 권번에서의 선아 씨 말고, 다른 이야기를 들려주실 수 있나요?"

"내가 그 애의 삶을 다 아는 건 아니야."

옥엽은 슬프게 말했다. 누군가를 떠나보낸 후, 문득 자신이 그에 대해 모르는 게 너무나 많다는 걸 깨달은 사람의 슬픔이었다. 경애 역시 그런 감정을 알았다. 옥엽이 떠났을 때 경애도 똑같은 이유로 슬펐다.

"기생 일을 그만두고 가수가 된 후 여러모로 여유가 생기자, 그 애는 종로의 한 찻집에 유난히 자주 드나들었어. 나는 그게 몹시 못마땅했지. 그곳에 있는 사람들은 막노동꾼이나 여공, 룸펜 같은 질 나쁜 이들이었거든. 왜경들이 '불령선인'이라고 부르는 학생들도 있었다…. 선아에게 언질을 줬지만, 그 애는 되레 내 말에 기분 나빠하더구나."

옥엽은 긴 한숨을 내쉬었다.

"그리 허망하게 갈 줄 알았으면 고작 그런 것으로 혼내지 않았을 것을."

＊

경애는 옥엽의 집에서 나온 후 경성의 '한량'들이 모이는 장소들을 샅샅이 뒤졌다. 주로 아편이나 모르핀을 할 수 있는 지하실이나 뒷방 따위가 은밀히 딸린 곳이었다. 며칠이 걸릴 것을 각오했지만, 다행히 해가 질 무렵 한 술집에서 판락의 행방을 아는 사람을 만날 수 있었다.

"그놈은 지금 청계천 바로 아래쪽에 있을 거요. 거 뭐야… 거기 빈대떡 맛나게 해 주는 집 있거든."

차림새가 허름한 남자는 입맛을 쩝쩝 다셨다. 고맙다고 1원짜리 지폐 몇 장을 내밀자 자존심 상한다는 듯 경애를 흘 끗 째려보면서도 돈은 덥석 받아 챙겼다. 이런 곳에선 경애의 호화로운 차림이 보호색으로 작동하지 않는다. 까만 나무에 내려앉은 흰 나방 신세다.

"근데 아가씨 같은 모던 걸께서 그놈은 왜 찾으쇼? 혹시 모 르핀 구하려는 거면 딴 델 알아보쇼. 그놈은 나중에 그걸로 협 박해 돈이나 뜯어낼 거요. 최소한의 도리도 없는 놈이니까."

판락이 있다는 선술집은 지저분하고 소란스러웠다. 술 취 한 남자들이 삼삼오오 모여 연신 막걸리를 들이켜고 있었다.

찢어지는 듯한 웃음소리가 소란을 뚫고 경애의 귀에 꽂혔다.

"자네는 딸이 잡혀갔다는데 뭐 좋다고 그리 웃나?"

"뭐? 지성이가 잡혀갔다고!"

침침한 불빛 아래에서 지성과 똑 닮은 이목구비가 보였다. 판락이 두 남자와 함께 앉아 있었다. 판락은 눈을 동그랗게 뜨고 과장되게 놀라는 시늉을 하더니 언제 그랬냐는 듯 웃음을 터뜨렸다.

"거 잘됐다. 낳아 준 애비 공경도 안 하는 년은 나라에서 호되게 혼을 내 줘야 해."

"이 친구 취했구만."

지저분한 모자를 눌러쓴 남자가 투덜거렸다. 셋 중 가장 덜 취한 다른 남자가 물었다.

"그래서 왜 끌려갔다던가?"

"왜 끌려갔긴. 내가 쪽발이 놈들한테 전화해서 잡아가라고 했다. 기집애, 돈 달라고 해도 꿈쩍도 안 하더니 꼴좋다. 의사 놈을 어떻게 꼬셨는지 대학 병원에 물건을 숨겨 뒀더구만."

"전화는 개뿔 심부름해 주면서 아편굴 뒷방 빌붙어 사는 놈이 전화가 어디 있어."

모자를 쓴 남자가 투덜거렸다. 가장 덜 취한 남자가 다른 단어에 집중했다.

"물건? 자네 지성이한테 아편 맡겼어?"

그는 눈알을 쓱 굴리고 주위를 살피더니 목소리를 낮췄다.

"그 맡긴 물건은 지금 대학에 계속 있고?"

"웃기는 소리, 자넨 이놈 말을 믿어? 판락이 이놈이 병원 일을 어떻게 알아?"

판락이 붉어진 얼굴로 모자 쓴 남자의 뒤통수를 냅다 후려갈겼다.

"야 인마, 나 무시해? 너 내가 아편도 아니고 모르핀을 다 어디서 구해 오는 줄 아냐? 여기저기 뒷구멍을 뚫어 놓고 있다 이 말이야. 물론 병원에도 연줄이 있지. 그리고—."

판락은 덜 취한 남자를 째려보았다.

"약 맡긴 거 아냐. 다른 일이다."

덜 취한 남자는 삽시간에 흥미를 잃고 술을 홀짝였다.

"그렇구만. 그럼 왜 잡혀간 거람."

"이놈 때문이 아니라 살인 사건 때문이겠지. 지성이만 불쌍하다. 이번에 벌에 쏘여 죽은 여자 집에서 일하지 않았던가."

"그래, 그 기생 년. 집 번듯하게 꾸며 놓고 유세 부리고 있길래 고거 이용해서 한번 털려 했는데 그렇게 돼져 버리고, 딸이라고 하나 있는 건 헤프게 돌아다니다 경찰에 끌려가고 내 팔자야 쌍으로 지랄이다 지랄."

그 순간 매서운 손이 판락의 멱살을 움켜쥐고 얼굴에 주먹을 날렸다. 판락은 외마디 비명을 질렀다. 지저분한 바닥에 두 사람이 엉켜 나뒹굴었다. 판락은 꼴사납게 얻어맞고 있다가 보다 못한 두 친구가 공격자를 떼어 내자 그제야 몸을 벌떡 일으켜 상대의 뺨을 마구 치며 고함을 질렀다.

"이 미친 새끼. 너 뭐야, 어디서 감히…"

판락은 말을 끝내지 못했다. 싸움을 지켜보던 경애가 옆에 있던 낡은 의자를 집어 판락의 뒤통수를 내리쳤기 때문이다. 판락은 억 소리와 함께 쓰러졌다. 그 틈에 공격자는 판락의 친구들을 뿌리치고 신경질적으로 몸을 털었다.

선술집의 낡은 조명이 깜빡거리고 모든 것이 어지럽게 움직였다. 판락은 바닥에서 앓는 신음을 내며 꿈틀거렸고 다른 손님들은 수군거리며 상황을 구경하거나 한 걸음 물러나 소동에 휘말리지 않으려 했다. 판락의 친구들이 서로 눈치를 보는 사이 주인은 바닥에 나뒹구는 깨진 그릇과 의자를 눈으로 세며 험악하게 인상을 구겼다. 흙먼지가 쌓인 지저분한 바닥에 처음부터 거기 있었다는 듯 자연스럽게 나뒹굴고 있는 가방은 남자가 싸움 직전 던져 버린 것이었다. 책과 잡지, 까만 글자가 빼곡하게 박힌 전단들이 스륵 흘러나왔다. 경애는 전단을 한 장 주워 들었다.

"도와줘서 고맙소. 아가씨."

경애는 딱딱하게 굳은 남자의 얼굴을 알아보았다. 선아를 부검하던 날, 경성제대 의학부 건물 앞에서 사토 경부를 두들겨 패고도 무사히 걸어 나갔던 그 조선인 청년이었다.

4

엥겔스 레이디

조선이 일본의 식민지가 된 지 30여 년이 흐른 지금, 조선 총독부에서 경찰은 중요한 위치를 차지하고 있었다. 1919년의 만세운동에 주춤한 일본은 조선에 채운 고삐를 잠시 늦춰 주었지만 지배의 본질은 결코 포기하지 않았다. 짧고 평화로웠던 문화통치기는 솥이 끓어 넘치지 않도록 잠시 열을 낮춰 주는 기간에 불과했다. 온도를 잠시 낮춰도 그저 뜸을 들이는 것일 뿐, 결국 밥은 완성되기 마련이다. 사토 경부는 그렇게 믿었다. 조선의 운명은 변하지 않는다.

사토 경부가 막 경성에 부임한 젊은 순사였을 때, 총독부 전체 직원의 절반 이상이 경찰이었다. 조선 땅을 다스리는 데 경찰은 그만큼 핵심적인 지위에 있었다. 사토 마시타케 경부는 그런 중요한 기구에서 경부의 직위까지 오른 스스로를 몹시 자랑스럽게 여겼다. 그와 비슷한 다른 사내들은 대부분 이런 자리에 오르지 못한다. 경부는 천황 폐하께 위임받은 총독부의 총독께 직접 지명된 판임관이었다. 같은 경찰이라도 권위나 호봉 따위가 엄연히 구분되는 순사나 간수 같은 대우관과는 비교할 수 없는 높은 위치였다.

사토 경부는 뻐근한 어깨를 당기며 아침에 잡아 온 지성이라는 계집애를 심문할 방법을 고민했다. 살살 구슬리고 윽박질러 약병이 제 것이라는 자백을 받아 냈다. 하지만 누구에게서 받은 것인지는 도통 털어놓지 않았다. 심문실에서 고개를 푹 숙이고 아편이 어디서 났는지는 모르겠다고 앵무처럼 같은 말을 중얼거리기만 하는 통에 답답해져서 잠시 바람을 쐬러 나온 참이었다. 사토 경부는 막 떠오르는 달 앞에서 골똘히 생각했다. 그 바람에 세 명의 조선인이 경찰서로 다가오는 것을 놓치고 말았다.

참으로 이상한 조합이었다. 여자 하나에 남자 둘이었다. 여자는 머리를 땋아 올리고 양장을 입었다. 남자는 한 명은 젊고 한 명은 늙었는데, 둘 다 허름한 차림새였다. 젊은 남자는 어깨에 두툼한 천 가방을 메고 있었다. 여자가 앞장서 걷고 있었고 젊은 남자가 늙은 남자의 뒷덜미를 잡고 질질 끌면서 뒤를 따랐다. 지척에 다가온 발소리에 사토 경부는 그제야 셋을 발견하고 화들짝 놀랐다. 사토 경부의 시선이 사나운 얼굴의 젊은 남자에게 고정되었다.

"좋은 저녁이에요. 경부님."

경애가 경쾌하게 손을 흔들었다.

"이쪽은 김판락. 현재 무직이고, 경부님이 아침에 체포한 김지성의 아버지예요. 딸의 약병에 아편팅크를 집어넣은 게 본인이라고 자백했어요."

사토 경부는 뻣뻣하게 경애와 젊은 남자를 번갈아 가며 쳐다보았다. 경애는 묘한 미소를 지었다.

"잠깐 단둘이 이야기하시겠어요?"

사토 경부는 부들부들 떨며 담벼락을 내리쳤다. 경찰서 건물 뒤편 골목은 시간이 늦어 오가는 사람이 없었다. 그런데도 사토 경부의 눈은 연신 초조하게 주위를 살피고 있었다.

"지금 뭐 하자는 거요?"

"수사를 도와드리고 있죠. 이선아, 그러니까 '청희'의 집이 부유해 보이는 것을 보고 돈이 탐나 강도 짓을 할 계획이었다 자백하더군요. 딸이 잠귀가 밝고 계획에 협조하지 않을 걸 알고 있어 저녁에 먹는 약에 아편을 탔다고요. 하지만 전날 저녁 술을 먹고 가게에서 난동을 부리는 바람에 가게 주인에게 붙잡혀 목적을 이루지 못했대요. 이 정도면 지성이는 풀어 주어도 되지 않을까요?"

"나더러 아비의 증언을 믿고 딸을 풀어 달란 말이오?"

"모든 가족이 화목하진 않아요. 그 사실을 잘 아시지 않나요. 사토 마시타케 경부님. 아니면, 김한영 씨라고 불러 드릴까요?"

사토 경부의 손이 잘게 떨렸다. 경애는 상냥하게 웃었다.

"저희 부친께 무슨 도움을 받았길래 제게 그리 친절하신지 몰랐죠. 아무리 아버지가 수완이 좋았다지만, 대체 무슨 술수를 써서 조선인을 일본인으로 둔갑시켰는지 궁금할 지경이네요."

처음엔 그저 동경심이었다. 일본 이름을 가지고 있는 사람에게 읍내의 하급 관리들은 너 친절했고 망국의 유민들은 뒤에서는 침을 뱉더라도 앞에서는 조금씩 눈치를 보았다. 고향을 떠나 돌아다니며 사토, 아니, 김한영은 스스로를 '오사카에서 온 겐다 상'이라고 소개했다. 일본어가 유창해 의심받지 않을 수 있었다.

한데 사람 마음이 앉으면 눕고 싶고 누우면 자고 싶다고, 이름을 바꾸자 일본인이 되고 싶었다. 마침 경찰 쪽에 쓸 만한 연줄을 만들어 두고 싶었던 경애의 부친이 있었다. 약점이 잡힌 조선인은 단순히 후원받은 일본인보다 훨씬 더 다루기 좋았다. 그는 부산항에 발을 디디자마자 괴질로 사망한 일본인 노동자의 신분을 사서 한영에게 넘겼다. 그의 이름이 사토 마시타케였다.

경애의 부친은 성을 갈아 버리는 게 마음에 걸린다면 따로 손을 써 '사토(佐藤)'를 가네무라(金村)나 가네다(金田) 따위로 바꿔 주겠다 제안했다. 하지만 한영은 거절했다. 그는 그 이름이 마음에 들었다. 사토가 일본인의 가장 흔한 성(姓) 중 하나였기 때문이고, 또 고향 동네의 주재소 순사부장의 성이었기 때문이었다. 그렇게 김한영은 사토 마시타케가 되었다.

"내가 조선인 출신인 것은 그리 큰 문제가 아니오. 이걸로 협박하려 했다면 큰 오산이야."

사토 경부가 이를 악물었다.

"정말 그런가요?"

물론 아니었다. 현재 조선에서 조선인이 일본식 성이나 일본인으로 혼동될 수 있는 이름을 쓰는 것은 불법이다. 일본인들은 조선인 따위가 자기와 동급으로 취급받길 바라지 않았다. 조선인도 나라를 잃은 마당에 문중까지 잃고 싶지 않긴 마찬가지였다. 하지만 이런 상태는 오래가지 않을 것이다. 국가의 적이 늘어나면 제국은 신민의 숫자를 늘리고자 한다. 조금만 기다리면, 전쟁이 일어날 때까지만 버티면 조선인에게 일본식 성을 허락하는 것을 넘어 의무적으로 바꾸게 하는 시대가 올 것이다. 그렇게 되면 설령 들켜도 가벼운 처벌로 끝날 수 있었다. 사토 경부는 그렇게 믿었다.

그러나 경애는 여전히 미소를 짓고 있었다. 비웃는 듯한 미소였다.

"동생분인 김한일 씨와 이야기를 좀 나눴어요. 한일 씨가 16일에 연인인 선아 씨의 두벌죽음✦을 막기 위해 경성제대에 찾아갔다던데요. 사실 그날 경부님이 한일 씨에게 얻어맞는

✦   두 번 죽임을 당함. 죽은 사람이 부검, 해부 등을 당한다는 뜻이다.

걸 봤는데 왜 체포하지 않나, 심지어 아무 일도 없는 척 돌아와 넘겼다는 거짓말이나 하나 너무 궁금했거든요. 당신이 조선인인 건 문제가 되지 않는다 쳐도, 하나뿐인 남동생이 조선 민족 자결을 주장하는 '불령선인'에 사회주의 단체원인 건 어떨까요?"

사토 마시타케 인생 최악의 날은 남동생을 사회주의자들 틈에서 발견한 어느 겨울밤이었다. 그날 일은 그저 하룻밤 해프닝으로 끝나지 않았다. 남동생이 형의 얼굴을 알아보며 악몽 같은 현실이 되었다. 남동생에게는 형이 고향을 떠나기 전 같이 찍은 사진이 있었다. 사토 경부의 얼굴을 대번에 알아볼 동향 사람들도 있었다. 그렇지 않아도 오사카 출신이라는 남자가 왜 간사이 사투리를 모르는지 의아해하는 동료가 잊을 만하면 나왔다. 사토 경부는 동생이 잡혀 들어올 때마다 이를 악물고 빼내야 했다. 일본 본토를 포함해 조선 땅에서도 사회주의운동은 불법이었고 가족까지 엮일 수 있는 악질 사상 범죄였다. 사토 경부의 목소리가 쪼개진 갈대 끝처럼 턱턱 갈라졌다.

"그 말을… 그 말을 누가 믿어 줄 리가……."

"지금 무슨 상황인지 경부님이 더 잘 아실 텐데요."

경애가 사토 마시타케를 고발할 마음을 먹는다면, 남동생 본인이 직접 나서는 것보다도 상황이 더 나빴다. 사토 경부에게 직접 영향을 미칠 수 있는 사람들이 먼저 알게 될 것이다.

사토 경부는 손마디가 희어지게 주먹을 쥐고 상황을 저울질했다.

"원하는 게 뭐요."

사토 경부가 마침내 입을 열고 피를 토하듯 말을 뱉어 냈다. 경애는 단호하게 말했다.

"김판락 씨의 증언을 들어요. 그 사람을 조사하고, 제대로 수사를 진행해요."

사토 경부는 부르르 떨며 마지못해 말했다.

"알겠소."

"그리고 지성이를 제대로 공정하게 대우해요. 손댈 생각 하지 말고. 난 얻어맞은 여자가 어떻게 행동하는지 알아요."

사토 경부는 경애를 사납게 노려보며 짓씹듯 내뱉었다.

"그렇게 하지."

둘이 경찰서 앞으로 돌아왔을 때 김한일은 여전히 판락을 붙잡은 채 제3의 인물과 대치하고 있었다. 동아였다.

"경애 씨! 괜찮으십니까? 종일 찾았습니다. 대체 여긴 왜 온 겁니까?"

경애는 그제야 미안함을 느꼈다. 같이 조사하자고 해 놓고 하루 종일 연통도 없이 혼자 판락을 찾아다녔다. 오늘이야말로 동아가 필요했던 상황이었다. 옥엽을 찾아간 한일이 판락에 대해 듣고 찾아오지 않았더라면 혼자 무슨 수로 저 남자를 끌고 왔겠는가.

한편 김한일은 사토 경부, 제 형을 혐오스럽게 쳐다보며 판락을 넘겨주었다. 사토 경부는 한일을 아예 무시했다. 그때 동아와 손을 붙잡은 경애를 묘한 눈으로 바라보던 판락이 불쑥소리를 질렀다.

"거기! 내가 들어가 입 제대로 놀리길 바라면 아까 준 것보다 더 많이 준비해 두쇼!"

사토 경부는 닥치라는 듯 판락의 뒤통수를 후려갈기고 그를 경찰서 안으로 끌고 들어갔다. 동아가 놀란 눈으로 상황을 살피다 목소리를 낮추었다.

"거짓 증언을 하라 매수한 겁니까? 그런데 사토 경부는 왜그냥…?"

"아니에요."

"하지만 방금…."

"동아 씨, 당신은 무슨 일이 있어도 항상 제 편이 되어 주실 거죠?"

"물론입니다."

"그럼 내가 아니라고 하면 아닌 걸로 해 두세요. 그리고 경부에 대해서는 묻지 마세요."

동아는 기분이 상한 듯했다. 한일은 둘을 비웃듯 쳐다보더니 다가와 경애의 어깨를 툭툭 쳤다.

"저 쪽발이 놈을 잘 협박한 모양이군. 수고하셨수다, 브루주아 아가씨."

동아가 한일의 손을 사납게 움켜쥐며 경애에게서 그를 떼어 냈다.

"이게 무슨 짓이오?"

"아, 이건 수고했단 의미요. 조선 사람들은 서로 이렇게 어깨를 두드리거나 손을 잡아 감사의 표시를 하지. 못 배웠다면 알아 두시오."

한일은 다른 손을 들어 동아의 어깨를 토닥이는 시늉을 하며 어린애를 가르치는 말투로 조롱했다.

"저한테 언질 한마디 없이 이런 무뢰한이랑 단둘이 다닌 겁니까?"

"방금 만난 사람이에요."

동아는 눈살을 찌푸렸다.

"그 말은 진실인가요?"

"거, 그쪽이 무슨 의심을 하는 건진 모르겠는데…."

"당신이 끼어들 일 아니오!"

한일은 씨근거리는 동아를 싸늘히 쳐다보았다.

"당신들이 내 일에 끼어든 거요. 선아 일을 조사하던 건 내가 먼저였으니까."

"선아?"

"청희 씨의 본명이 이선아예요. 이분, 김한일 씨는 선아 씨와 연인이었다더군요."

"그리고 동지였지."

노골적인 단어였다. 아무리 친형이 종로 경찰서 경부라고 해도 사회주의자인 것을 이렇게 티를 내도 되는지, 위험성을 한일이 미처 인지하지 못하고 있는 것은 아닌지 걱정될 지경이었다.

"그걸 우리에게 말해도 되는 건가요? 사회주의자인 것을 들키면 위험할 텐데요."

"맞소. 원래는 이렇게 떠들어 대면 안 되지. 하지만 선아가 죽지 않았소. 만약 내가 선아에 대해 아무것도 말하지 않는다면 그이가 생전 무슨 생각을 했고, 무슨 일을 했는지, 실제로 어떤 사람이었는지 후대는 영영 모를 거요. 선아가 집에 남성 동지들을 숨겨 준 걸 두고 모르는 남자를 집에 들인 값싼 여자라 입방아를 찧을 테고 우리에게 자금을 지원하느라 고생한 것을 두고 사치 때문에 망했다 비아냥거릴 거요. 미안하오, 괜한 소리를 다 하는군."

"괜찮아요."

동아는 전혀 괜찮지 않은 표정이었다. 경애가 말했다.

"아까 선아 씨 사건에서 수상한 점을 찾아냈다고 하지 않았나요?"

"아, 그렇지. 저 쪽발이 놈을 제대로 몰아붙였으니 보여 드리겠소. 근데 이 샌님은…"

한일은 가방을 뒤적거리다 말고 동아를 의심스럽게 쳐다보았다.

"영 믿음직스럽지 못하군."

"뭐요?"

"한일 씨, 이분은 김동아 씨예요. 제 약혼자고 의사예요. 사건을 해결하는 걸 도와주고 계세요. 신뢰해도 된다는 건 보증할게요."

선아를 부검한 당사자라는 것은 일부러 말하지 않았다. 연인의 부검을 막아 보려 경찰을 폭행한 남자였다.

"뭐, 알겠소. 여기—."

한일은 인쇄된 12쪽짜리 잡지를 꺼냈다. 흔한 동인 문예지였다. 다만 발행한 단체나 기관이 적혀 있지 않았다.

"우리끼리 작게 내서 돌리는 문예지요. 물론 문학이 주된 목적은 아니오."

"선동을 목적으로 하는 삐라 수준이겠지."

동아의 말에 한일이 발끈했다.

"이보쇼. 삐라라니 말이 심하군."

"당신네 카프(KAPF, 조선프롤레타리아예술동맹)는 조선 문학의 발전에 아무 도움이 안 됩니다."

"순수주의자 납셨군. 현실을 무시하고 풍월이나 읊는 당신들은 이 나라에 얼마나 도움이 된다고?"

경애는 둘이 다투는 것을 무시하고 문예지를 펼쳤다. 대부분 시와 산문이었다. 사회주의 성향이 드러나는 글이 간간이 있었지만 위험한 정도는 아니었다. 내용을 재빨리 훑어보니 한 작가의 이름이 눈에 띄었다. '청(靑)'.

선아는 필명을 공들여 지을 생각이 없었던 모양이다. '청'이라는 필명으로 실린 글은 흔한 통속소설이었다. 장편 연재의 일부였는데 김촌봉(金村峯)이라는 남자가 경성에 올라와 겪는 일을 다루고 있었다. 그는 우스꽝스러운 이름을 가진 유약하고 어리석은 남자로 일본의 명문 대학에서 화학과를 졸업했지만 저가 개인교습을 해 주는 신여성을 희롱하거나, 요릿집에 재산을 가져다 바치거나, 장인의 제약회사에서 일하며 횡령한 일을 기생들에게 자랑스럽게 떠벌리는 것 외에는 하는 일이 없었다. 주인공이 무능한 제 신세에 대해 투덜거리는 대목을 읽으며 경애는 이상한 기시감을 느꼈다. 김촌봉이라.

"우스꽝스러운 이름이군요. 한자도 틀렸습니다."

어깨너머로 훔쳐보던 동아가 말했다. 그 말이 맞았다. 지난 몇 년간 일상에서 한자를 쓰지 않은 경애는 바로 알아차리지 못했지만, 봉우리 봉(峯) 자가 잘못 적혀 있었다. 조선식으로 쓰려고 했다면 뫼 산(山) 자를 위에 써서 '峯'으로, 일본식으로 쓰려고 했다면 옆에 두어 '峰'으로 써야 했다. 그러나 선아는 뫼 산 자를 두 번 다 써서 이상한 한자(峯)를 만들어 놓았다.

"우리도 그걸 고치려고 했소. 그런데 선아가 그냥 그대로 인쇄하자더군요. 별로 중요한 문제도 아니잖소."

한일이 퉁명스럽게 말했다. 경애가 물었다.

"이 글이 어디가 수상하다는 건가요. 한일 씨?"

평범한 코미디소설이었다. 문예지의 다른 글과 잘 어울리지 않는 내용이라는 게 좀 이상할 뿐이었다. 한일은 머리를 벅벅 긁었다.

"그 글이 수상하다는 게 아니오. 선아가 죽은 후 가지고 있던 서류를 회수하러 집에 들렀습니다. 그런데 없더군요. 분명 응접실에 보관했던 걸로 아는데 어딜 찾아봐도 없었소."

"중요한 서류였나요?"

"내용은 말해 줄 수 없지만 거기에 중요한 서류는 없었소. 그 사건이 벌어지기 며칠 전 선아가 중요한 자료들을 내게 따로 보내왔거든요. 내가 의문스러운 것은 서류가 없어질 때 선아가 쓴 그 소설의 뒷부분 원고가 같이 없어졌다는 점이오. 보면 알겠지만 소설만 봐서는 둘이 연관이 있다는 걸 알아차릴 수 없소. 그러니 내가 의심하는 건…."

한일의 얼굴이 어두워졌다. 경애는 그 뜻을 이해했다.

"내부 당원의 짓이 아닌가 걱정이 되는군요."

"그래요. 이 잡지는 외부인 포섭이 주목적이라, 노골적인 글이나 문제 되는 이름은 싣지 않았소. 그러니 잡지와 그 서류의 연관성을 아는 이는 동지들뿐이라오."

경애는 다시 찬찬히 소설을 들여다보았다. 정확히 설명할 수 없는 위화감이 느껴졌다. 전에도 이런 적이 있었다. 곤충 채집을 하던 초기, 경애는 여러 종의 다른 나비들을 잡았다. 그러나 경애는 묘한 위화감이 들어 선뜻 종을 분류하지 못하고 며칠을 고민했다. 그 문제는 연구 지도를 나온 필그림 교수의 조언으로 풀렸다. 필그림 교수는 경애가 다른 종으로 분류해 놓은 표본들을 가리키며 말했다.

'한 양, 이것은 다른 종이 아니야. 같은 종이 다른 모습으로 분화한 것이지.'

경애는 개체변이를 잊고 있었다. 같은 종이라고 해도 다른 모습으로 나타날 수 있었던 것이다. 곤충은 연령에 따라, 계절에 따라, 세대에 따라 다른 모습으로 나타났다. 가장 단순하고 극적인 예는 장구벌레와 모기다. 둘은 연령이 다를 뿐이지만 그것만으로도 전혀 다른 곤충처럼 보인다. 다른 경우도 마찬가지다. 같은 호랑나비도 봄과 여름에 무늬가 달라진다. 같은 개체라도 때때로 다른 모습으로 나타난다. 훈련되지 않은 사람은, 아니 때로는 훈련된 사람조차도 그 점을 놓칠 수 있었다.

"선아 씨가 소설 주인공 이름을 어떻게 지었는지 말한 적 있나요?"

"없지만 무슨 뜻인지 쉽게 알 수 있어 굳이 묻지 않았소."

"쉽다고요?"

인상을 찌푸린 채 글을 유심히 들여다보던 동아가 뭔가 깨달은 듯 탄성을 냈다.

"김기진†이로군요."

처음 듣는 이름이었다. 동아가 설명했다.

"카프의 문인 중 한 명입니다. 경애 씨. 꽤 영향력 있는 인물이지요. 다만…."

"다만 그 염병할 놈이 변절했지."

한일이 말을 가로채자 동아는 기분 나쁜 듯 눈을 찡그렸다.

"변절이라고 하기엔 아직 이르지 않습니까."

"아직이다 뿐이지 조만간 일을 칠 거요. 이 글을 알아본 걸보니 그놈의 요새 행보를 아는 것 같은데? '가네무라 야미네(金村八峯)'라 자칭하고 있소. 총독부가 조선인 이름 규제를 풀면 득달같이 달려들어 이름을 고칠 속셈인 거요. 선아는 이 자식이 《신여성》에 '대체로 여자라는 것은 국수주의자에게 가면 국수주의자가 되고 공산주의자에게 가면 공산주의자가 되는 모양'††이라는 개소리를 글이랍시고 써서 보냈을 때부터 싫어했소."

"잠시만요. 이 이름이 왜 김기진을 가리키는 거죠?"

경애는 둘의 대화를 따라갈 수가 없었다. 동아가 설명했다.

---

† 　　김기진(金基鎭, 1903.6.29.~1985.5.8), 일제강점기의 시인이자 평론가. 이름 대신 호인 팔봉(八峰)이라고도 불렸다. 사회주의 성향의 문인으로 카프의 창립에 기여했으나 중일전쟁을 전후하여 조선총독부의 정책과 태평양전쟁에 찬동하는 친일 행보를 보였다.

†† 　김기진, 《신여성》, 1924.11, 50면.

"그건 김기진의 호가 '팔봉(八峯)'이기 때문입니다. 본인 일본식 이름도 원래 이름을 변형한 것이잖습니까. 김(金)에 마을 촌(村) 자를 붙여 가네무라(金村), 팔봉(八峯)을 일본식으로 읽어 야미네(八峯)라고요. 그리고 소설의 주인공은 '가네무라'에 김기진의 호 일부를 따다 붙인 '김촌봉(金村峯)'이고요. 김팔봉, 김촌봉. 말장난을 모른다고 해도 애초에 비슷하군요."

"김기진이라는 문인이 소설 속 김촌봉과 유사한가요?"

"전혀 다르외다. 가네무라 상께서는 화학이 아니라 문학을 공부했고 회사원이 아니라 언론인이며 결혼도 그리 잘하지 않았소. 요릿집을 드나든 적도 없소. 우리가 그를 싫어하는 건 사회부 부장까지 올라간 놈이 총독부 꽁무니를 졸졸 따라다니며 용비어천가를 지어다 바치고 있어서요."

그러면 김기진의 친일 행위를 비판하고자 김촌봉이 사치한다는 이야기를 지어 넣는 건 이상했다. 그것은 비판도 조롱도 아닌 험담이 될 것이다. 문학을 잘 아는 건 아니지만 뭔가 어색했다. 경애는 손으로 조심스레 활자를 쓸어내렸다. 우둘투둘한 종이의 표면이 손끝에 걸렸다. 김촌봉(金村峯), 일본식 개명, 가네무라, 풍자, 통속소설, 화학과, 오자 '峯'…. 불현듯 복잡한 퍼즐이 맞춰지며 깨달음이 찾아왔다.

"무라야마 미네(村山峰)?"

선아가 峯을 잘못 쓴 게 아니라면 이것은 어구전철, 이중으로 꼬아 놓은 말장난이 아닐까? 소설 속에서 주인공은 계속 이름으로만 불리고 있었다. 성을 제외한 이름만 본다면, 뫼 산(山)을 떼어 앞의 촌(村)에 붙이면 '무라야마(村山)'이고 뒤에 남은 봉우리 봉(峯)을 일본식으로 쓰고 읽으면 미네(峰)라는 이름이 된다.

무라야마 미네. 경애는 그를 알았다. 경진의 회사 창립 기념일 축하연에 왔던 일본제약 이사 중 한 명으로 소설 속 촌봉처럼 일본의 명문 대학에서 화학과를 졸업한 뒤 장인의 회사에서 일하고 있었다. 그래서 경애가 계속 뭔가 생각날 듯했던 것이다.

"아가씨가 그 이름을 어떻게 아는 거요?"

"오라버니의 지인이에요. 아는 사람인가요?"

"아니, 모르오. 그런데 문예지 배포 목록에 그런 이름이 있었소."

한일은 주머니를 뒤져 작은 공책을 꺼냈다. 명단이 수기로 적혀 있었다.

"일본인에게도 문예지를 배포하나요?"

"그들 중에도 우리 사상 동지들이 있으니 이상한 일은 아니오."

무라야마 미네라는 이름 옆에 주소지가 적혀 있었다. 남촌, 일본인 거주 구역이었다.

*

남촌 거리는 어두웠다. 무라야마 미네의 집은 번듯한 이층 집이었고 사용인들은 아직 잠들지 않았다. 대문으로 다가갔을 때 경애는 희미한 인영이 2층 창문에서 어른거리다 황급히 사라지는 것을 보았다. 하인은 한일의 허름한 옷차림을 연신 흘끗거렸지만 경애와 동아의 심부름꾼 정도로 생각한 듯 아무 말도 하지 않았다. 동아는 거실을 둘러보다가 탁자에 놓인 무라야마의 사진을 발견했다.

"얼굴을 보니 기억나는군요. 제가 도쿄제대 의학부에서 공부하던 시기 화학과에 재학하던 자였습니다."

"어떤 사람이었나요?"

"일본인이고 다른 학부여서 그리 잘 알지는 못합니다만 줏대 없고 계산적인 자로 유명했습니다. 그런 주제에 명문가 여식이랑 소위 자유연애라는 걸로 맺어져 순식간에 팔자가 폈다는 것도요."

한일은 콧방귀를 뀌었다.

"웃기는 놈이군. 자유연애란 사적 수단을 공적으로 전유하여 봉건사회의 억압에서 여성들을 해방시키는 장치지, 그 반대가 아닌데."

"그게 사회주의의 입장인가요?"

"꼭 그런 건 아니오. 여성관에 대해선 보수적인 동지들도 많소. 이건 선아가 자주 하던 말이라오. 우리끼리 농담 삼아 '엥겔스 레이디'라고 부르곤 했지."

경애는 멈칫했다.

"엥겔스 레이디?"

"아가씨는 모르시겠군. 우린 여성 동지들, 특히 남성 동지들과 자유연애를 하는 신여성 동지들을 종종 그렇게 불렀소. '맑스 걸'이나 '엥겔스 레이디'라고. 나쁜 의도로 사용하는 놈들도 간혹 있었지만… 선아는 면전에서 웃어넘기며 아예 자길 그렇게 부르라고 말하고 다녔소. '그래, 활동 자금도 보석금도 전부 내주니 내가 과연 엥겔스 아니냐. 그러니 너희도 맑스 반만이라도 해 봐라' 하고 말이오."

우스꽝스러운 별명이었다. 동시에 지독하게 익숙하기도 했다. 명명의 시작은 어떠했든, 한일이 '엥겔스 레이디'라는 단어를 발음하는 방식에선 어떤 애정이 느껴졌다.

"선아 씨를 정말 사랑하셨나 보군요."

"그래요. 사실… 아직도 실감 나지 않습니다. 이 모든 게 그냥 질 나쁜 농담 같소. 지금이라도 그 집에 가면 문을 열고 맞아 줄 것 같아요…. 젠장… 정말 강인하고 의지가 되는 여인이었소."

한일의 표정이 어둡게 가라앉았다. 경애는 선아가 최근 주변인들에게 돈을 빌렸다는 사토 경부의 이야기를 떠올렸다. 조선이나 일본의 사정을 그리 잘 알지는 못했지만, 근래 전 세계에서 사회주의에 대한 반발이 조금씩 심해지고 있다는 것은 알았다. 동지들을 위해 돈이 급히 필요했을까?

무라야마의 사용인이 2층에서 내려왔다. 경애를 맞이할 때와 딴판으로 딱딱하게 굳은 얼굴이었다.

"실례지만 무라야마 님께서 이런 사소한 일로는 만나지 않으시겠다 하십니다. 늦은 시각에 약속도 없이 불쑥 찾아오는 것이 조선의 예의냐고도 전하라 하시는군요."

한일의 얼굴이 험악하게 일그러졌다.

"가지가지 하는군."

그는 당황한 사용인을 밀치고 막무가내로 계단을 올랐다. 사용인은 이게 무슨 짓이냐 외치면서도 건장한 체격의 한일을 차마 붙잡지 못하고 자기 대신 나서 달라는 듯 경애와 동아를 돌아보기만 했다. 경애는 한일을 말리는 대신 따라 올라갔다. 동아는 잠시 망설이다 뒤를 따랐다.

무라야마의 방문은 단단히 잠겨 있었다. 한일이 문을 거칠게 두드려도 대답은 돌아오지 않았다. 경애는 문에 귀를 가져다 댔다. 부스럭거리는 소리와 인기척이 들렸다.

"안에 있습니까?"

동아의 물음에 경애는 고개를 끄덕였다. 동아는 주위를 둘러보다가 복도에서 바깥쪽으로 난 창을 발견하고 겉옷을 벗었다.

"뭐 하는 거요?"

"아까 들어올 때 방에 창이 있는 걸 봤소. 그리 들어갈 수 있을 거요."

"여긴 2층이오."

"그러니 떨어져도 죽을 일은 없겠지."

한일은 동아를 빤히 쳐다보다가 픽 웃었다.

"웃기는 양반이구만."

경애는 조마조마한 마음으로 동아가 벽을 따라 기어가는 것을 지켜보았다. 벽 모퉁이를 돌아가자 동아의 모습이 보이지 않았다. 몇 분 후 요란하게 창문이 깨지는 소리가 들리고 문 안쪽에서 비명 소리와 몸싸움 소리, 무언가 무거운 것이 바닥에 쓰러지는 소리가 들렸다.

"문을 부숴요!"

한일이 욕설을 지껄이며 문을 발로 찼지만 쉽게 부서지지 않았다. 사용인은 이제 머리를 감싸 쥐고 일본어로 뭐라 중얼거리고 있었다. 경애는 급히 주변을 둘러보았다. 작은 철제 의자가 눈에 띄었다. 경애는 의자를 집어 들고 문고리를 내리쳤다. 몇 번의 헛손질 끝에 고리가 부러져 문에서 떨어져 나갔다. 한일이 문을 벌컥 열었다.

날이 추웠음에도 방 안은 후덥지근했다. 시뻘건 숯이 가득한 화로가 바닥에서 타오르고 있었다. 화로 안에는 새까맣게 탄 종이가 가득했고 그 옆엔 작은 함이 열린 채 쓰러져 있었다. 동아는 머리가 헝클어지고 얼굴에 생채기가 난 채 창백한 남자를 바닥에 짓눌러 제압하고 있었다. 경애는 떨리는 손으로 함을 잡았다. 자개로 장식된 함에는 매미 모양으로 엮은 장식용 끈이 매달려 있었다.

'은비녀 두 개, 옥가락지 하나, 은가락지와 금가락지 대여섯 개랑 서양제 손목시계 작은 것, 시집 한 권이랑 자개함과 거기에 달려 있던 매미 장식 끈. 그리고 현금 80원이요.'

현장에서 사라진 물건의 목록을 읊던 지성의 목소리가 귓가에 울리는 듯했다. 경애의 생각을 뒷받침해 주듯 한일이 멍하게 중얼거렸다.

"선아의 물건이오. 서류를 보관하던…."

무라야마가 터져서 부어오른 입술로 더듬더듬 일본어를 내뱉었다.

"잠깐만… 내가 설명할, 설명할 수 있소…!"

동아는 사나운 얼굴로 무라야마의 손목을 더 세게 눌러 등 뒤로 꺾었다. 윽 하고 애처로운 신음이 터져 나왔다.

"설명은 필요 없을 것 같군요. 경찰을 부르죠."

동아의 말에 무라야마의 얼굴이 희게 질렸다.

*

경찰서 뒷방은 어두웠지만 쾌적하고 서늘했다. 살인 용의자에겐 과분한 방이었다. 삐걱하고 문을 열고 들어서자 머리를 감싸 쥔 채 자리에 앉아 있는 무라야마 미네가 보였다. 가뜩이나 창백하던 남자의 얼굴은 뒷방의 그림자 아래에서 마치 시체처럼 보였다.

무라야마 미네의 사용인은 경찰이 들이닥치자 지레 겁을 먹고 15일 사건이 일어난 날 밤, 새벽쯤에 사람 머리통만 한 무언가를 보자기에 싸 들고 "자기 집에 마치 도둑놈처럼 살금살금 기어들어 오는" 주인을 보았다고 털어놓았다. 경찰은 그 증언과 무라야마의 방에서 발견된 선아의 자개함을 증거로 그를 체포했다. 하지만 무고하게 잡아들인 조선인이나 잡범처럼 감옥에 처넣는 대신 창고로 쓰던 방을 비워 수갑도 채우지 않고 가두어 두었다. 동아는 경애가 무라야마와 단둘이 대면하겠다 하자 격하게 반대했다.

"너무 위험해요! 그자가 무슨 짓을 할 줄 알고요?"

그러나 사토 경부가 마지못해 허락해 준 면회 인원은 한 명뿐이었다. 경애는 잔뜩 화가 난 동아를 뒤로하고 방으로 들어갔다. 무라야마는 머리를 감싼 채 경찰이 넣어 준 걸상에 가만히 앉아 있었다. 경애는 조심스럽게 그를 관찰했다. 동아와 비슷한 나이로 보였다. 좀 더 마르고 키가 작았는데 그래도 선아의 집 담벼락 정도는 충분히 넘을 수 있는 덩치였다. 손가락에는 펜을 잡아 생긴 굳은살이 박여 있었다.

힘을 쓰는 사람처럼 보이지는 않았다. 그러나 선아는 등 뒤에서 노끈으로 목이 졸려 죽었다. 큰 힘이 필요하지 않은 살해 방식이었다. 각도만 잘 잡으면 어린애도 할 수 있었다. 경애는 무라야마의 맞은편에 앉았다.

"선아가 쓴 소설 속 인물이 당신이었죠?"

무라야마는 조심스럽게 눈동자만 움직여 경애를 쳐다보았다. 경애가 그를 관찰하는 것처럼, 그 역시 경애를 관찰하고 있었다. 경애는 계속 말을 이었다.

"조선 땅까지 건너와서 횡령에 사치에… 고작 그걸 덮으려고 사람을 죽였나요?"

마침내 무라야마가 떨리는 목소리로 입을 열었다.

"내가 죽이지 않았습니다."

"당신이 한 게 아니라면 살인 현장에서 없어진 물건이 당신 방에 있을 이유가 뭔가요?"

무라야마는 한참을 머뭇거리다가 눈을 질끈 감고 마치 고해하듯 내뱉었다.

"그야… 내가 그날 밤 거기 있었던 건 사실이기 때문이오."

경애는 손가락으로 톡톡 탁자를 쳤다.

"이걸 자백으로 생각해도 되나요?"

"아니오."

"하지만 방금 한 말은 사실상 자백이나 다름없는데요."

"한 선생, 나, 난 결백하오. 우리는 친분이 있지 않소. 강성철강 창립 기념일 파티에서 뵀었죠. 장인께서 내가 얼마나 한심스러운 사위인지 말할 때마다 들먹이는 이름이 있소. 나 대신 당신 사위가 되길, 아니, 가진 적 없는 아들이 되어 주길 바라는 이름들 말이오. 거기에 거론되는 이름은 조선인으론 당신 오라버니가 유일했소. 그런데 희한하게도 한경진이란 이름 뒤엔 한경애라는 이름이 늘 따라붙었소. 장인께서 당신에 대해 뭐라 말했을지 궁금하지 않소?"

전혀 궁금하지 않았다. 하지만 경애는 침묵으로 무라야마가 계속 떠들게 내버려두었다. 한번 시작한 말에는 관성이 있기 때문이었고, 그에게서 들어야 할 말이 있기 때문이었다. 무라야마는 대단한 말이라도 되는 양 뜸을 들였다 입을 열었다.

"당신이 만약 남자였고, 그렇게 자기 나라에서 도망치지만 않았다면 당신 오라버니보다도 뛰어난 인재가 되었을 거라고 했소."

경애는 웃음을 참지 못했다. 경애가 소리 내어 웃자 무라야마의 얼굴이 터질 듯 붉어졌다. 경애는 눈물을 닦아 내는 시늉을 했다.

"와우, 그것 참 대단한 칭찬이시네요."

"나는… 내가 하려는 말은 당신 능력을 높게 평가한다는 말이었습니다. 한 선생, 내 부탁을 들어주면 섭섭지 않게 사례하겠소."

"필요 없어요."

"필요할 텐데. 우리 일본제약은 군에 모르핀을 납품하고 있소. 내가 알기로 강성철강도 군과 추가 계약을 맺으려 애쓰고 있다지? 하지만 조선 회사로는 힘든 일일 거요. 누가 도와주지 않는 한."

"그건 오라버니 관심사지, 내 관심사가 아니에요."

경애의 차가운 대꾸에 무라야마는 조급해진 것 같았다.

"강성철강이 계약을 따내면 선생이 집안을 통해 간접적으로 보는 이득만 어마어마할 거요. 만주에서 조만간 전쟁이 일어나리라는 건 공공연한 비밀 아니오!"

"내 알 바 아니죠."

경애는 팔짱을 끼고 아무것도 하지 않았다. 무라야마는 누구에게 주도권이 있는지 깨달을 필요가 있었다. 남자들이란, 그것도 지배계층 남자들이란 이렇게 노골적으로 드러내 주지 않으면 도통 알아먹을 생각을 하지 않았다. 마침내 무라야마가 굴욕적이라는 표정으로 고개를 수그렸다.

"나… 날 도와주면 선생이 원하는 대로 뭐든 하겠소. 말만 하시오."

앞으로 일이 어떻게 흘러갈지 알 수 없었지만 당장 일본인에 부자이기까지 한 남자가 눈앞에서 고개를 숙이는 걸 보니 기분이 나쁘지 않았다. 경애는 잠시 생각하는 시늉을 했다.

"말해 보세요."

무라야마의 얼굴에 망망대해에서 배를 발견한 조난자나 보일 법한 생기가 돌았다. 그는 더듬더듬 말했다.

"서, 선생이 내 무고를 증명해 주었으면 하오."

경애는 대답하지 않았다. 무라야마는 그러고도 한참을 망설인 끝에야 이야기를 시작했다.

"청희, 그러니까 선생이 선아라고 부르는 그 여자와는 안면이 조금 있었소이다. 모르핀 생산 때문에 조선 땅에 오래 머무르면서 필연적으로 아내와 오래 떨어져 있었고, 이곳 사람들과 사귀게 되며 연결점이 조금 생겼소. 이, 이름은 말할 수 없지만 친분이 생긴 집 딸이 내지 유학을 준비하고 있다 하여 도와주며 알게 된 것이오. 유학 준비를 도와주며 그 여식과 조금 친밀해져서, 우리 회사 일도 조금 이야기했는데, 젠장, 회사 얘기를 못 알아들을 거라 생각했는데⋯. 무, 물론 내가 진짜 횡령을 했다는 것은 아니오. 곡해해 들은 것이지.

청희는 그 여식과 아는 사이라 몇 번 본 적이 있었소. 내게 정확히 설명하진 않았지만 둘이 동무라 하더군요. 무슨 독서 모임에서 만났다 했는데⋯. 아무튼 청희는 그 사실을 어떻게 전해 듣고 그걸 빌미로 내게 도, 돈을 요구하기 시작했소. 터무니없는 중상모략이었소. 나는 당연히 거절했지만 그러자 그 삼류 문예지에 해괴망측한 소설을 써서 내게 보내기 시작한 거요. 물론 결백하면 무엇이 문제냐 싶겠지만 하, 하필 장인어른께서 일이 잘 진행되는지 보러 조만간 건너오겠다 하신 참이었단 말이오. 그것 때문에 요사이 정신적으로 몰린 상태였는데 그렇게 계속 긁어 대니 미칠 지경이었소.

그 여자는 문예지를 매달 말일 보내왔는데, 이번 달에도 날짜가 다가오자 이젠 화까지 나더이다. 그래서 그날 저녁 혼자 술을 마시다 밤이 되자 문득 답답해 밤 산보를 나갔소. 정처 없이 걷다가 정신을 차려 보니 그 여자가 사는 동네더구려. 솔직히 그다음에 일어난 일은 입이 열 개라도 할 말이 없소. 왜 그랬는지 나도 모르겠소. 술기운에 욱해서 그랬는지 어둠을 틈타 몰래 그 여자 집에 들어갔어요. 문단속을 깜빡했는지 쪽문이 잠겨 있지도 않더구려. 그래서 잘되었다, 그 망할 소설 원고나 찾아 불태워 버리자 하는 생각에 집 안을 뒤지다가 오른쪽 방에서 그 여자의 시체와 마주쳤소.

지금 생각해도 용케 비명을 안 질렀다 싶군. 어떻게 해야 할지 몰라 허둥대고 있는데 어질러진 방 안에 서류 비슷한 것이 들어 있는 함이 보여 충동적으로 집어 왔소. 다음 날 눈을 뜨자마자 얼마나 후회했는지 모르오. 살인 사건은 기사에 실리고 사람들은 떠들어 대고 경찰은 수색에 심문에… 이렇게 될 줄 알았으면 그냥 두고 오는 거였는데."

무라야마는 억울해 죽겠다는 듯 한숨을 푹 내쉬었다. 경애는 미간을 찌푸렸다.

"우발적으로 한 것치곤 아주 본격적이셨는데요. 문을 걸어 잠그고 서류를 태우질 않나, 동아 씨를 공격하질 않나."

"그건 그저 겁을 먹었을 뿐이외다. 선생이 그 여자와 교제하던 남자를 데리고 들이닥치는 걸 보고 서둘러 손을 써야겠다 싶었소. 그리고 김동아 선생에 대해서라면 나도 할 말이 있습니다. 아무리 내가 의심스럽다지만 창밖에 매달려서 그렇게 무서운 얼굴로 쳐다보는데 비명을 안 지를 사람이 어디 있겠소? 그러곤 다짜고짜 창문을 깨고 들어오고…. 무, 물론 서류를 태우고 있는 걸 지켜봤다면 수상하기야 했겠지만 내 나름대로는 정당방위였단 말이오."

"그래서 지금 저한테 결백을 증명해 달라는 건가요?"

경애의 차가운 목소리에 무라야마는 기가 찬다는 듯 웃어 보였다.

"살인을? 아니, 아니오. 그건 내 관심사가 아니라오."

"아니라고? 지금 당신 상황을 알고는 있는 거죠?"

"알고 있소…. 하지만 설령 재수 없게 살인죄를 뒤집어써도 형량이 그리 무겁진 않을 거요. 장인께선 총독부 법관들도 많이 알아요. 그러니 내가 걱정하는 건 다른 문제요. 내 비록 조선어 읽는 속도가 느리지만 며칠 동안 함에 있던 것을 다 확인했소. …이상한 서류만 잔뜩 있고 정작 내가 찾던 원고는 없더이다. 머지않아 장인께서 건너오실 겁니다. 원고 자체는 별것 아니지만 그분은 살인보다도 내가 당신 회사에서 부정을 저질렀다는 헛소문에 노여워하실 거요. 한 선생. 부디 그걸 찾아주시오. 내겐 그걸 받을 권리가 있소. 선생께서 필요한 일이라면 내 뭐든 하겠소."

"원고라고요."

한숨이라도 쉬고 싶었지만 감정을 드러내고 싶지 않아서 참았다. 이 남자에겐 전혀 상관없는 사건인 것이다. 선아의 죽음조차 무라야마의 터럭 한 올 상하게 하지 못한다. 경애는 문득 서글퍼졌다.

"그렇게 절박하면 그냥 돈을 주고 사지 그랬어요."

살인죄를 뒤집어쓰는 것보다 중한 일이라면, 대체 왜 돈을 주지 않았단 말인가. 돈이 없는 것도 아니었을 텐데, 조선 계집의 협박에 굴복하는 게 그리 수치스러웠을까? 무라야마는 이상할 정도로 입을 꾹 다문 채 경애의 눈치를 살폈다.

"몇 가지 물어볼 게 있어요."

"내 부탁을 들어주면 뭐든 대답해 드리리다."

"알았어요. 원고를 찾으면 연락드리죠."

무라야마의 얼굴이 밝아졌다. 경애는 자신이 연락을 주겠다고 했지, 원고를 적극적으로 찾겠다고 말한 적이 없고, 심지어 돌려주겠다거나 없애 주겠다고도 하지 않았다는 건 굳이 설명하지 않았다.

"당신이 시체를 발견했을 때 현장은 어땠나요?"

"워낙 당황해서 잘 기억은 안 나지만 그 여자가 텅 빈 눈깔로 바닥에 쓰러져 있었던 건 기억이 나오. 목에는 검푸른 멍자국이 선명히 남아 있었고 방 안은 온통 난장판이었다오. 난 강도가 들었다 생각했소."

"벌들은 어땠나요?"

"벌?"

"그래요. 현장의 벌들은 어떤 모습이었나요. 뭉쳐 있던가요, 퍼져 있던가요, 아니면 어딘가에 몰려 있던가요? 물론 비전문가이니 잘은 모르겠지만, 그래도 이상한 점은 없던가요?"

무라야마는 그 순간 혼란스러운 표정을 지었다. 얼핏 드러
난 그 감정이 너무나 순수해서, 경애조차 잠시 그가 진실을 말
하고 있는 것일지도 모르겠다 생각했다.

"나는… 사, 사실 다들 무슨 소리를 하고 있는지 도통 모르
겠소. 내가 갔을 때 거기에 벌 같은 건 없었소. 그런 게 있었다
면 진즉 도망쳐 지금 이런 꼴이 되지도 않았겠지."

*

잔뜩 불편한 표정의 두 남자가 바깥에서 경애를 기다리고
있었다. 한쪽은 서양식 외투를, 다른 쪽은 일본 경찰복을 입
고 있었다. 실은 둘 다 조선인이라는 게 우스웠다. 사토 경부가
경애에게 턱짓했다.

"따라오시오."

그가 경애와 동아를 데려간 방은 증거품 보관실이었다. 살
인 사건 증거품이 그곳에 모여 있었다. 살인 도구, 벌과 여왕벌
표본, 천장 위에서 발견한 작은 밀랍 조각, 아편이 섞인 약병과
무라야마의 방에서 발견된 함. 그중 경애가 처음 보는 것이 있
었다. 사토 경부는 가죽 장갑을 낀 채 어린애 머리통만 한 나
무 상자를 들어 올렸다. 양봉에 쓰이는 벌통이었다. 네 개의
벌통이 책상 위에 주르르 놓였다.

"피해자 집 근처 뒷산을 수색한 순사들이 찾아낸 거요. 그리고 이것들도—."

사토 경부가 가리킨 것은 선아의 집에서 사라졌던 귀중품들이었다. 흙이 묻은 비녀와 금, 은, 옥 가락지가 널브러져 있었다. 경애는 엎어 놓은 작은 책 한 권을 손수건으로 집어 올렸다. 물에 젖어 운 표지가 드러났다.

'白石(백석)',《사슴》, 1936.

"충분히 보았소?"

사토 경부가 퉁명스럽게 말했다.

"손목시계가 없군요."

지성이 말한 목록 중 시계가 보이지 않았다. 신여성들이 흔히 차는 작은 손목시계.

"그리고 현금도요."

현금 80원이 창고에서 사라졌다고 했다. 결코 적은 돈이 아니었다.

"이 물건들은 개울 근처에서 발견되었소. 아마 무라야마 씨가 단순 절도로 위장하려는 목적으로 가지고 나와 도주하던 길에 버린 거겠지. 시계는 가볍고 크기가 작아 물살에 쓸려 간 것 같소. 현금이야 뭐 추적이 되는 것도 아니니 적당히 써 버리지 않았겠소."

"이것들이 전부 같은 자리에서 발견되었나요?"

사토 경부가 얼굴을 와락 찡그렸다.

"여기서 더 참견할 생각이라면—."

"내게 대답해야 할 이유가 있을 텐데요."

사토 경부는 경애를 한참 노려보다 죽지 못해 답한다는 투로 말했다.

"아니, 귀중품은 개울가에서, 벌통은 대로와 더 가까운 기슭에서 발견되었소."

경애는 시집을 도로 증거품 사이에 내려놓았다.

"이제 나가시오. 둘 다."

사토 경부가 둘을 밖으로 몰아냈다.

늦은 밤이었다. 공기는 차가웠고 별빛이 희미하게 거리를 비추고 있었다. 대로변에는 인적이 드물었고 걷는 동안 경애와 동아는 서로의 발소리와 숨소리밖에 듣지 못했다.

경애는 동아가 화났다는 걸 알았다. 조언을 무시하고 무라야마와 독대한 것이 어지간히 마음에 들지 않은 모양이었다. 물론 그 전에 동아에게 이야기하지 않고 위험한 일에 휘말린 것도 문제이긴 했다. 동아가 먼저 입을 열었다.

"목적은 다 이루었습니까?"

동아의 목소리는 약간 딱딱하고 불만스럽게 들렸다. 경애는 짧게 대답했다.

"아뇨."

세상에 영원한 건 없다는 걸 경애는 알았다. 동아의 인내심도, 사랑도 언젠간 바닥나고 말 것이다. 그러나 경애는 지금 생각을 멈출 수 없었고, 따라서 동아에게 부드럽게 답하거나 그의 기분을 달랠 여력이 없었다. 결국, 이번에도 먼저 물러선 쪽은 동아였다. 동아는 한숨과 함께 아주 약간 부드러워진 목소리로 말했다.

"기분이 나아졌다면 좋겠습니다. 어쨌든 살인범이 잡혔으니까요."

"잡혔다고요?"

그렇게 말한 것은 반론이나 의문을 제기하려는 의도가 아니었다. 생각의 흐름에서 자연스럽게 튀어나온 말이었다. 그러나 경애의 머릿속을 알 리 없는 동아는 의아해했다.

"무라야마가 범인이잖아요. 청희가 자신을 모욕한 것에 분노해 찾아가 살해한 거잖습니까. 시신을 모욕할 의도로 현장에 벌을 풀어놓았고요. 일본제약에서 천일약방 강장제를 흉내 내서 벌꿀을 넣은 약을 개발하고 있는 중이니 회사에서 벌통 하나 가져오는 건 어렵지 않았을 겁니다."

경애를 기다리며 경찰들에게 이것저것 주워들은 모양이었다. 경애는 경찰이 그 짧은 시간에 산산이 흩어진 사실을 이리저리 꿰어, 모르는 사람에겐 꽤 그럴듯하게 들릴 각본을 만들어 냈다는 것에 감탄했다. 그것도 능력이라면 능력이다.

"모욕이라…."

경애는 나직하게 중얼거렸다. 그러나 경찰들은 이야기를 다시 만들어야 할 것이다. 일본제약 사장이 무라야마를 버리지 않는다면 그를 기소하기 힘들 테니까. 기소에 성공하더라도 절대다수가 일본인인 법관과 배심원들은 고작 천한 여자 하나가 죽은 일로 앞길 창창한 일본 청년을 처벌하려 들지 않을 것이다. 경애가 불쑥 말했다.

"한심한 남자더라구요."

"무슨 뜻입니까?"

"무라야마 미네 말이에요. 사치에 낭비에 횡령이라. 거기다 내게 부탁한다고 늘어놓은 말은 거짓말투성이였어요. 내가 그렇게 멍청해 보였는지."

"그가 무슨… 그에게 무슨 이야기를 들으신 겁니까?"

경애는 경찰서 뒷방에서 무라야마가 어떤 이야기를 늘어놓았는지, 또 어떤 제안을 했는지 간단히 설명해 주었다.

"무라야마가 그 집에 술기운에 우연히 갔다는 건 뻔한 거짓말이에요."

무라야마의 사용인이 이미 증언했다. 사건이 일어난 날 밤에 무라야마의 장인이 조선에 건너오기로 되어 있었다. 장인은 경인선 마지막 열차를 타고 경성으로 오기로 되어 있었고, 따라서 사용인들은 전부 그날 저녁부터 분주하게 움직였다고 했다. 무라야마 미네 본인이 잔뜩 긴장하고 있었음은 두말할 필요 없었다.

"그자가 아무리 얼간이라도 집안의 큰어른이자 불편한 상사가 찾아오기로 되어 있는 날에 취하도록 술을 마셨다니 어색하지 않나요."

무라야마는 증언을 한 사용인과 함께 자정까지 경성역에서 기다렸다. 사실 건강상의 문제로 일본에 남은 장인 대신 건너온 지원은 철도 쟁의로 운행이 취소된 마지막 열차 대신 그 앞차를 타고 진즉에 도착해 있었지만 자정이 될 때까지 무라야마에게 어떤 기별도 넣지 않았다. 장인의 지시 때문이었을 거라고 경애는 막연히 추측했다. 무라야마는 정말 미움을 받고 있었던 모양이다. 그래서 밤늦게까지 멍하니 텅 빈 역사에서 기다리던 무라야마는 나중에야 그 소식을 듣고 분을 참지 못했다고 한다.

"그 후에 술집으로 갔을 수도 있지 않습니까."

동아가 조심스럽게 의견을 제시했다. 그러나 경애는 고개를 저었다.

"무라야마의 사용인은 그가 자정에 '머리를 식히고 집으로 돌아가겠다'라며 혼자 역을 떠났고, 새벽 2시가 조금 넘어 집으로 돌아왔다고 증언했어요. 사건 현장인 선아의 집은 가회정, 무라야마 씨의 집은 청계천 바로 밑의 남촌. 걸어간다면 한 시간 정도 걸리는 거리죠. 경성역에서 선아의 집까지도 헤매지 않았다면 그 정도 걸렸을 거예요.

무라야마는 바로 선아의 집으로 직행했다가 곧바로 집으로 돌아왔을 거예요. 다른 곳에 들를 시간이 없었어요. 아마 밤을 틈타 협박하거나 거래를 제안하러 갔겠죠. 내 생각엔 선아가 갖고 있었던 건 소설 원고가 아니라 횡령에 대한 결정적인 증거나 정황이었을 것 같아요."

"그렇다면 더더욱 그자가 범인 같은데요?"

그래, 그렇게 보일 것이다. 가슴이 무거운 것에 짓눌린 듯 답답해 눈을 하늘로 돌렸다. 광활한 밤하늘에 펼쳐진 별들이 반짝였다.

저 별들 사이에 있으면 속세의 일이 모두 덧없는 티끌처럼 느껴지겠지. 경애는 잠시나마 현미경으로 곤충을 관찰하던 순간으로 돌아간 것 같았다. 사바세계와 무관한, 무결한 자연의 질서에서 느껴지는 일말의 안정감. 보이는 것은 밤하늘의 달과 별뿐이고, 날아드는 것은 나방과 하루살이뿐이다. 그들은 죽은 여인의 집을 헤집는 일본인 순사나 힘겹게 살아가는 시골 출신 소녀, 기생들의 수입을 빼돌리는 권번의 사장, 신여성을 경멸하는 여류 화가와 젊은 사회주의자 청년, 심지어 딸 같은 아이의 죽음에 슬퍼하는 노인에 대해 전혀 모르고, 알 수도 없을 것이다.

경애는 눈을 한 번 느리게 감았다 뜨고, 다시 현실로 돌아왔다.

"무라야마 미네는 범인이 아니에요."

경애가 말했다.

"별 때문입니까?"

"그 이유도 있어요."

무라야마는 굳이 벌 떼가 현장에 없었다고 주장했다. 이미 잡힌 마당에 판결에 별 영향을 미치지 못할 사소한 정황과 관련해 거짓말을 할 이유가 무엇일까? 무라야마가 범인이라면 경애가 이 사건에 휘말린 가장 큰 이유가 설명되지 않았다.

"경애 씨. 세상은 책처럼 간단명료하지 않습니다. 현장에 벌 떼가 있는 것에 논리적인 이유가 없을 수도 있습니다."

"난 딱 맞아떨어지는 답 따위를 원하는 게 아니에요. 정답을 원하는 거지. 이선아를 죽인 진짜 범인을."

경애가 딱딱하게 말했다. 세상이 간단명료하지 않다는 건 경애도 알았다. 경애는 곤충학자, 크게 보자면 생물학자였다. 생물의 세계는 복잡하다. 하나의 현상이 언제나 하나의 해석으로 귀결되지는 않는다.

경성역, 선아의 집, 무라야마의 집. 차례로 방문한다면 도보로 두 시간이 조금 더 걸린다. 사용인과 무라야마 본인의 증언에서 적어도 시간상 허점은 없었다. 전차는 끊어진 시간이었고 무라야마는 자동차를 소유하지 않았으며 장인을 위해 특별히 예약했던 야간 택시는 경성역에서 바로 돌려보낸 기록이 택시회사에 남아 있었다. 그날 밤 그는 걸어갈 수밖에 없었다. 무라야마는 새벽 1시경에 선아의 집에 도착했고, 본인 말에 따르면 선아의 시체를 목격했다.

그러나 문제는 새벽 2시에 옆집 남자가 선아가 살아 있는 것을 목격했다는 점이었다.

무라야마는 대체 무엇을 본 것인가?

무라야마가 선아를 죽인 다음 거짓으로 증언했다고 해도 말이 되지 않았다. 옆집 남자가 선아를 보았을 시각에 무라야마는 이미 남촌의 집으로 돌아가 있었다. 무라야마의 사용인들이 공통적으로 증언한 사항이다.

경애는 중요한 것을 놓치고 있는 기분이었다. 대체 이 불쾌함은 어디서 비롯했을까? 그것만 알아내면 문제를 해결할 수 있을 것 같았다. 그것만 안다면… 경애는 손으로 이마를 감싸 쥐었다. 맞지 않는 것이 있었다. 이 사건에선 내내 그런 점이 느껴졌다. 대체 무엇일까? 경애가 놓친 것은. 어떻게 해야 답을 찾을 수 있을까….

그때 어떤 손이 경애의 손을 부드럽게 붙잡았다. 동아가 걱정스러운 눈으로 경애를 바라보고 있었다. 그는 차갑게 식은 경애의 손을 제 손안에 품었다.

"경애 씨가 여기서 행복한 것을 본 적이 없는 것 같습니다."

경애는 얼굴을 찌푸렸다.

"이 일 때문에요?"

"아니요, 경애 씨. 이 조선 땅에서 말입니다. 솔직하게 말하자면 제가 경애 씨를 알게 된 이후로 당신이 진정으로 행복한 모습을 본 것이 손에 꼽아요. 그나마 미국에 계실 땐 기운을 차린 것 같았는데, 그나마도 편지로 본 것이라 확실하지가 않군요."

그는 경애의 손을 쥐고 있다가 불쑥 말했다.

"전 경애 씨를 좋아합니다."

그림자 속에서도 동아의 얼굴에 떠오른 옅은 홍조가 보였다.

"미래를 약속한 사이에 새삼스럽지만, 너무 늦기 전에 말해야 할 것 같습니다. 저는… 경애 씨에게 도움을 드릴 수 있길 바랍니다. 가진 게 많지 않은 남자라, 해 드릴 수 있는 게 별로 없습니다. 하지만 언제나 경애 씨를 위하겠다고 약속하겠습니다. 이번에 미국으로 돌아가기 전에 결혼식을 올리지 않으시겠습니까?"

동아와의 결혼은 분명 많은 문제를 해결해 줄 것이다. 먼저 경진이 경애의 상속분을 묶어 둘 명분이 없어질 것이다. 게다가 혼인하지 않은 것을 두고 사람들이 수군거리는 것도 그치리라. 경애는 대답 없이 가만히 '돌아간다'라는 단어를 되뇌었다. 동아는 굳이 그렇게 말했다. 미국으로 돌아간다고. 마치 고향이 아닌 그곳으로 가는 게 당연하기라도 한 것처럼, 마치 경애의 마음을 읽은 것처럼. 사랑을 고백한 것보다 그 단어를 사용한 것이 경애의 마음을 움직였다.

이기적인 년. 누군가가 마음속에서 속삭였다. 나도 알아. 경애는 생각했다.

"안 될 이유는 없… 아니, 그래요. 저도 좋아요."

그렇게 답하는 자신의 목소리가 마치 남의 것처럼 느껴졌다. 그러나 활짝 미소 짓는 동아가 진실로 기뻐 보여 이런 와중에도 어쩐지 위안이 되었다.

둘은 밤길을 느리게 걸어 여관 앞에 도착했다. 동아가 경애에게 조심스레 입을 맞추고 안녕을 고할 때까지 경애는 그저 생각에 잠겨 있었다. 옥화의 방문 앞을 지날 때, 안에서 고르고 낮은 소녀의 숨소리가 들려왔다. 경애는 문 앞에서 잠시간 가만히 서 있다가 방으로 올라갔다.

다음 날 경애는 일어나자마자 전옥엽의 집으로 향했다. 경애의 말이 끝나고 옥엽은 조용히 고개를 돌렸다. 경애는 그 순간 옥엽이 울고 있다고 생각했다. 그러나 잠시 후 다시 돌아선 옥엽의 주름진 얼굴은 평소처럼 건조하기만 했다.

"그렇구나. 고맙다. 수고가 많았어."

경애는 옥엽이 자신의 설명을 이해하지 못했다고 생각했다. 무라야마는 범인이 아니었다. 무라야마가 범인이라는 명제를 수용하면 말이 안 되는 부분이 많고 벌의 존재도 설명되지 않았다. 경애는 사건을 해결하지 못했다. 옥엽은 경애에게 고마워할 이유가 하나도 없었다.

"하지만 할머니…."

그러나 옥엽은 그만하라는 듯 고개를 내저었다.

"범인이 잡혔다. 죽음이 설명되었다. …이 정도면 충분해. 이제 처벌이 제대로 이루어지도록 힘쓸 건데, 그 부분은 네가 신경 쓸 필요 없다."

"하지만 무라야마 미네는 진범이 아니에요. 이해를 못 하시겠나요?"

옥엽은 나지막하고 단호하게 말했다.

"무라야마 미네라는 남자가 범인이야. 그거면 충분하다. 그 밤에—"

누군가가 밖에서 "어르신. 손님이 오셨습니다" 하고 말했다. 옥엽이 말을 멈춤과 동시에 하인이 장지문으로 얼굴을 들이밀었다.

"내가 아무도 들이지 말라 하지 않았더냐."

주인이 인상을 찌푸리며 꾸짖자 하인이 곤란한 표정으로 연신 머리를 숙였다.

"죄송합니다. 하지만 최 변호사님이 오셔서…. 지금 뵈어야겠다고 하십니다."

말쑥한 중년 남자가 마당에 서 있었다. 매끄럽게 광택이 흐르는 양장을 입고 손에는 갈색 가죽 가방을 든 채였다. 옥엽은 당황한 기색으로 장지문 너머로 보이는 최 변호사와 방 안의 경애를 번갈아 가며 쳐다보았다. 그는 결국 경애에게 고개를 돌렸다.

"경애야, 잠시 밖에서 기다리겠느냐."

경애는 자신이 또 할머니의 우선순위에서 밀렸음을 깨달았다.

한참을 마당에서 기다렸다. 그러나 아무리 시간이 지나도 옥엽은 경애를 다시 부르지 않았다. 경애는 시간을 때우기 위해 걷다가 최 변호사의 수행원이나 비서로 보이는 젊은 남자 둘이 대문 밖에서 두런두런 말을 나누는 모습을 발견했다.

"선생님이 이번에 꽤 급박히 움직이셨군."

"유산 액수가 적지 않으니, 당연한 일이야."

"내 생각엔 금액보단 그 젊은 여자가 유언장 집행에 괴상한 조건을 걸어서일 것 같아. 골치 꽤나 썩이셨으니 빨리 처리하고 싶으신 거겠지."

경애는 조심스럽게 매무새를 정돈하고 주위를 둘러보았다. 하인의 모습은 보이지 않았다. 경애는 재빨리, 그러나 흠잡힐 일 없이 얌전한 걸음걸이로 문가로 다가갔다.

"최 변호사님이랑 같이 오셨나요?"

경애가 나타나자 남자들은 급히 벽에 기대고 있던 몸을 일으켜 목례를 했다. 남자들은 경애의 차림새를 보고 식모이거나 객식구일 리는 없다고 생각한 것 같았다.

"그렇습니다. 이 댁…."

"손녀예요. 혹시 최 변호사님이 무슨 일로 오셨는지 아시나요? 아까 방에서 변호사님이 잠깐 설명을 해 주셨는데 너무 어려워서 무슨 말인지 모르겠지 뭐예요. 그래서 그냥 밖에서 기다리겠다고 했어요. 청희… 아, 그러니까 선아 씨가 할머니께 유산을 남겼다는 건 알겠는데… 그 외엔 도통……."

경애가 고개를 갸웃거렸다. 굳이 숨길 일이 아니라고 생각한 듯 한 명이 어깨를 으쓱하며 입을 열었다.

"저희도 사무 보조라 잘 알지는 못합니다. 그래도 필요하시면 설명 정도는 해 드리죠."

남자의 말에 따르면 최 변호사는 선아의 자필 유언장을 보관하던 변호사로, 유산 상속 설차를 위해 찾아왔다고 했다. 선아는 만약 자신이 살해당한다면 범인이 잡히기 전엔 유언장을 집행하지 말고 범인으로 판명 난 사람은 유증에서 제외해 달라고 부탁했다는 것이다.

"유증 제외는 별문제가 되지 않습니다. 현재 총독부 상속법은 조선의 관습을 따르는데, 살인자가 직접적이든 간접적이든 상속 대상이 되지 못하는 건 당연한 일이거든요. 문제는 범인이 특정된 후 유언장을 집행하라는 부분이죠. 증여자가 법률에 그리 밝지는 못했는지 범인이 밝혀지기까지의 유산 관리를 전혀 명시해 놓지 않았거든요. 최악의 경우는 사건이 미제로 남는 거죠. 가족도 친지도 없는 여자라, 재산이 완전히 공중에 떠 버릴 수도 있어요. 그러면 관리 비용은 비용대로 나가고 정작 재산에는 손가락 하나 댈 수 없는, 그야말로 골칫거리가 되는 거죠."

최 변호사는 선아의 걱정을 젊은 여성 특유의 신경과민이라 여기고 고객을 달래 주려는 요량으로 그 조건을 받아 주었다가 진짜로 선아가 살해당하는 바람에 꽤 진땀을 뺐다고 했

다. 남자의 말에 따르면 그는 '예전 선비들처럼 대쪽 같은 성품'
의 남자로, 고인과의 약속을 어기는 것을 상상도 하지 못했다.
무라야마가 정식으로 체포된 지 고작 사흘밖에 지나지 않았
지만, 최 변호사는 친분 있는 법관에게 소식을 전해 듣고 골칫
거리를 해결하기 위해 재빨리 달려온 거였다.

"주변 사람들에게 조금씩 나누어 주고 채무자의 빚을 전부
탕감해 준다는 항목이 있긴 하지만, 제가 알기로 유산 대부분
이 할머님께 갔을 겁니다. 이 집 어르신이 계속 변호사님께 유
언장 공개를 요구하기도 했습니다."

"유증 금액이 꽤 큰가 보네요."

남자들이 금액을 말했다. 평생 부잣집 아가씨로 산 경애조
차 움찔할 금액이었다.

경애는 남자들에게 대충 고맙다는 말을 남기고 밖으로 나
왔다. 선아가 돈 때문에 무라야마를 협박했다는 말을 듣고 재
정 상황이 좋지 않았으리라 생각했다. 하지만 완전히 틀렸다.
사건에 새로운, 그리고 가장 큰 변숫값으로 피해자의 유산을
고려해야 할 정도였다. 경애는 주택가를 정처 없이 걸으며 생
각을 정리했다.

한참이 지난 후에야 경애는 자신이 같은 장소를 계속 돌고
있다는 걸 깨달았다. 사색에 잠겨 어디로 향하는지조차 신경
쓰지 않고 있었다. 마지못해 옥엽의 집으로 걸음을 옮기려던
찰나 거리에 낯익은 사람이 서성거리고 있는 모습이 보였다.

그 사람은 걸음을 멈춘 경애를 발견하고 서둘러 달려왔다. 남 부인이었다.

"경애 양! 할머니 댁에 간다더니 어디 있었던 거예요? 한참을 찾았잖아."

남 부인의 난처한 표정을 보고 경애는 혹시 경진이 이번 달 방값을 보내지 않은 것인가 생각했다. 그러나 남 부인이 예상치도 않았던 말을 꺼냈다.

"옥화 부모님이 찾아왔어요. 아버지가 화가 많이 난 것 같아요. 옥화가 경애 양을 불러 달라고 했어요."

경애는 굳건히, 오래된 패물처럼 혜화 한가운데 버티고 있는 옥엽의 집을 잠시 쳐다보았다. 하지만 경애의 머뭇거림은 길지 않았다.

배화여자고등보통학교

5

경애가 동대문의 여관으로 돌아왔을 때 옥화를 조금씩 닮은 중년 남녀가 잔뜩 화난 표정으로 옥화의 방문을 두드리고 있었다. 물론 엄밀히 말하자면 둘이 옥화를 닮은 것이 아니라 옥화가 둘을 닮은 것이며, 잔뜩 화난 쪽은 남자이고 여자는 어두운 표정으로 옆에 서 있기만 했다고 하는 편이 옳을 것이다.

"내가 들어가면 다리 몽둥이를 부러트려 버릴 줄 알아라! 어디서 배워 먹은 버르장머리냐?"

경애는 채집을 위해 산을 쏘다닐 때와 같은 큼직한 걸음으로 성큼성큼 복도를 가로질렀다. 발소리에 옥화 아버지가 고개를 돌렸다.

"당신…."

그는 경애를 사납게 노려보았다. 경애는 짜증스럽게 말했다.

"실례지만 누구신가요?"

옥화 아버지가 얼굴을 찌푸렸다.

"누구냐고? 당신이 납치해 데리고 있는 계집애 아버지 되는 사람이오."

기어이 찾아냈구나. 경애는 대체 어떻게 들켰는지 궁금했다. 여관 근처까지 따라온 몇몇 구경꾼을 내버려둔 게 실수였을까. 아니면 사건 때문에 부득이하게 드나들던 심부름꾼과 사토 경부의 부하들이 밖에 말을 흘렸을까.

배화여자고등보통학교의 입학일은 4월 5일이었다. 옥화는 입학시험도 훌륭한 성적으로 통과했다. 경성에 살며 남편과 무역업을 하는 고모가 교육비를 내주겠다고 나서서 돈 걱정도 없었다. 모든 게 완벽했다. 지금 눈앞에 서 있는 이 남자만 빼면.

"여보—."

옥화의 어머니는 흥분하지 말고 진정하라 말하려 했을지도 몰랐다. 아니면 옥화는 고모가 맡긴 것이니 '납치'라고 화를 내는 건 사리에 맞지 않는다 말하려 했을지도 몰랐다. 그러나 옥화 아버지가 쓥, 소리를 내며 노려보았고 어머니는 얌전히 입을 다물었다. 경애는 그가 무어라 말했을지 영영 모르게 되었다.

"납치라. 대낮에 남의 집에 들어온 강도에게 듣고 싶은 말은 아니네요."

경애는 옥화의 방문으로 보란 듯이 시선을 돌렸다. 문짝이 보기 흉하게 파여 있었다. 방문을 열라고 옥화와 신경전을 벌이다가 아버지가 제 분을 못 이겨 걷어찬 듯했다.

"강도라니. 나는 내 딸을 보러 왔을 뿐이오. 당신은 부모도 없소?"

"이봐요! 그게 무슨 경우 없는 말이에요!"

옆에 서 있던 남 부인이 울컥해서 소리를 질렀다. 옥화 아버지는 몸을 움찔했다가 기가 죽은 게 창피한지 얼굴이 다시 분노로 시뻘겋게 달아올랐다. 경애는 딱딱하게 말했다.

"나가세요. 그러지 않으면 순사를 부를 거예요."

도박, 사실 허세에 가까운 말이었다. 가장 가까운 종로 경찰서의 사토 마시타케에게 밉보일 만큼 밉보였다. 아무리 협박이 무서워도 사토 경부가 이런 사소한 일에 순사를 보내 줄 리 없었다. 여태껏 경진 몰래 벌인 일이 있으니 집안에 도움을 요청할 수도 없었다. 결국 사람들이 자신에 대해 떠들어 대던 말이 맞긴 한가 보다 하고 경애는 쓰게 생각했다. 가진 게 많은 양 굴었지만 실은 어느 것 하나 제 것인 게 없었다.

"부르려면 불러 보시오. 왜경 놈들이 아무리 피도 눈물도 없어도 다 한 집안의 아들이고 누군가의 아비일 텐데, 자식 보러 온 아비를 강도로 몰아 끌어낼지 한번 봅시다."

옥화 아버지 역시 허세를 부리기 시작했다. 일본 순사들이 그따위 이유로 봐줄 리가 없는데도. 경애는 이 복도에서 일어나는 일이 참으로 재미없는 놀이요, 형편없는 연극에 불과하다고 생각했다. 둘 다 순사들이 자기편을 들어 주지 않으리라는 것을 안다. 서로가 그 사실을 안다는 것도 안다. 그런데도 물러서지 않고 허풍을 치며 상대를 위협하고 있다. 어처구니없는 일이었다.

옥화의 아버지가 희끗희끗한 머리카락을 쓸어 넘기며 한 발짝 물러났다. 그는 긴 한숨을 푹 내쉬더니 호소하는 투로 목소리를 바꾸었다.

"이보시오. 이해 안 될지 모르겠지만, 난 딸을 생각해서 온 거요. 보통학교까지 나왔으면 됐지 계집이 고등보통학교라니? 시집도 제대로 못 갈 거고, 간다고 해도 시댁에서 배워 먹은 여자를 좋아하겠소? 겉멋만 들어서 딸 신세 망치는 꼴, 나는 못 보오."

그 말에는 진심이 담겨 있었다. 딸이 살아갈 세상을 누구보다 자신이 더 잘 안다는 확신. 그것이 아까 문을 걷어차며 고함을 지르던 모습보다 더 추해 보였다. 경애는 단호하게 말했다.

"아까부터 뭐라고 하시는지 모르겠네요. 여긴 나 혼자 머무는 곳이에요. 남 부인이랑 나 말고는 아무도 없다고요."

"그럼 내가 아까 허깨비랑 이야기했다는 거요?"

서로 소리를 지르는 것도 이야기라 할 수 있다면 잠긴 문 너머로 방금 전까지 옥화와 이야기를 나누었을 그 남자는 와락 인상을 구겼다.

"부인. 열쇠 좀 빌려주시겠어요?"

남 부인은 머뭇거리다가 경애에게 눈짓으로 재촉을 받고 나서야 마지못해 주머니에서 청동색 열쇠를 꺼냈다. 경애는 문을 열기 직전, 옥화 아버지를 보란 듯 한 번 쳐다보았다. 철컥하고 잠금장치가 풀리는 소리가 나고 문이 태연스럽게 열렸다. 방 안은 텅 비어 있었다.

옥화 아버지는 믿을 수 없다는 듯 침대 밑을 들여다보고 열리지 않게 설계된 창문을 몇 번이나 떠밀어 보았지만 방이 텅 비어 있다는 사실은 변하지 않았다. 경애는 방구석에 서서 팔짱을 끼고 있다가 "그러게, 허깨비랑 대화하셨나 보죠"라고 비아냥거렸다. 옥화 아버지가 분노한 채로 아내의 손에 끌려 떠난 후 경애는 간단한 요깃거리와 당과를 들고 연구실로 들어갔다. 옥화는 경애가 겨울밤을 나는 동안 몸에 두르는 낡은 숄을 머리끝까지 뒤집어쓰고 구석에 앉아 있었다.

남 부인이 지금 여관으로 개조한 이 집은 본래 한 조선인 사업가가 지은 주택이었다. 무리해서 금광에 투자했다 재산을 모조리 잃고 헐값에 이 집을 팔아야 했던 그 사업가는 이 집을 지을 당시 저렴한 문화주택으로 만족하지 못했다. 그는 철저히 제 취향에 맞는 집을 설계해 달라 건축사무소에 의뢰했다. 완공된 저택에서 가장 큰 방은 사업가 본인이 쓰던 침실이었는데, 사실 그건 한 사람이 쓰기엔 지나치게 컸다. 남 부인은 여관업을 위해 집을 인수하며 침실 중간에 가벽(假壁)을 세워 두 칸으로 만들었다.

그러니 가벽 끝에 어린애 하나가 지나갈 틈이 있었다는 게 뭐 그리 신기한 일이겠는가. 경성에 머무는 내내 아버지의 눈을 피해 여관 안에서만 지냈던 옥화는 커튼 뒤에서 틈을 발견하고 경애에게 알렸다. 경애는 남 부인에게 후일 수리하는 게 좋겠다고 넌지시 일러두었다. 틈이 있다는 것 자체는 대단할 것 없었다. 대단한 것은 밖에서 들려온 대화만 듣고 커튼으로 가려진 틈을 통해 재빨리 경애의 연구실로 넘어간 옥화의 기지였다.

"배고프지 않니?"

옥화는 대답하지 않았다. 옥화는 구석에 앉아 입을 꾹 다물고 있었다. 경애가 당과와 차를 몇 번 더 권했지만 고개만 흔들 뿐이었다. 옥화는 슬퍼 보였다. 경애는 그 심정을 어렴풋이 이해할 수 있었다.

빼앗긴 기분이겠지. 경애는 생각했다. 더 나쁘게는, 쫓겨난 기분일 것이다. 가질 수 있었다 믿은 것을 코앞에서 빼앗길 때의 절망감은 이미 소속되어 있다고 믿은 곳에서 쫓겨나는 고통에만 비견될 수 있다. 옥엽이 자신을 애정한다고 믿었지만, 실은 그 우선순위 저 아래 처박혀 있었던 것처럼. 할머니를 떠올리자 경애의 가슴팍이 시큰거렸다.

옥화를 설득해 꿀을 넣은 차를 마시게 하는 데 성공했다.

그 외엔 무얼 권해도 도리질만 치다가 결국 제 방으로 돌아가 버렸다. 경애는 의자에 털썩 쓰러지듯 주저앉았다. 조선으로 돌아오며 이곳에서의 일정이 힘들 거라 예상했었다. 하지만 경애가 생각했던 고난은 여자 혼자 몸으로 팔도를 돌아다니는 여정과 수없이 많은 곤충들을 채집하고 분류하는 일, 그리고도 제대로 된 성과를 얻지 못할 수도 있다는 불확실성이었지 이런 게 아니었다. 굳이 난도를 높여 보자면 경진의 방해까진 예상했었다.

그 모든 일에 더해 전옥엽까지 나타나다니. 할머니는 하필 경애에게 최악의 시기에 나타났다. 경애는 앓는 소리를 내며 의자에 눕듯이 기댄 채 양손으로 얼굴을 가려 빛을 차단했다. 실핏줄이 비치는 불그스름한 어둠 속에서 사람들의 얼굴이 떠다녔다. 죽은 선아의, 사토 마시타케-김한영의, 동아의, 그리고 무엇보다 옥엽의 얼굴이 마치 비웃듯이 잡힐 듯, 잡히지 않을 듯.

범인은 잡히지 않았다. 경애는 속으로 되뇌었다. 다른 누구도 아닌 스스로를 설득하기 위해서였다. 전옥엽이 그 사실을 믿든 믿지 않든 중요하지 않았다. 실은 옥엽이 선아에게 보인 애정이 어린 경애에게 주었던 그것처럼 한없이 가벼운 것이라고 해도, 중요한 점은 옥엽이 경애와 다른 생각을 하고 있었다는 것이다. 그것이 딴마음을 품어서이든 경애가 모르는 다른 것을 알고 있었기 때문이든, 이제 경애는 그것을 알아내야 했다.

선아를 목 졸라 죽인 그자가 아직 멀쩡히 거리를 활보하고 있었다.

그러나 그 전에 해야 할 일이 있었다. 살인자를 잡는 것만큼이나 중요한 일. 경애는 옥화의 방 쪽을 흘끗 보고 책상에 앉아 종이를 끌어당겼다. 그리고 편지를 쓰기 시작했다.

1937년 3월 31일 아침

전날에 옥화가 마지막으로 본 것은 제 방 천장이었다. 물기에 젖어 마치 파도처럼 일렁거리던 천장. 눈을 뜨자 옥화는 자신이 잠들었다 깨어났음을 깨달았다. 해는 중천에 뜬 지 오래였다. 옥화는 울어서 부은 눈을 비볐다.

아버지가 찾아왔을 때, 처음부터 분노한 상태는 아니었다. 그는 옥화를 걱정하고 있었으며 경성의 모든 소식통을 수소문한 끝에 동대문의 여관에 비슷한 아이가 머물고 있다는 소문을 들었다고 말하며, 집으로 돌아가자 타일렀다. 그런 아버지에게 왜 학교에 보내 주지 않느냐 화를 내고 투정을 부린 것은 옥화 자신이었다. 그때부터 상황이 나빠졌다.

모든 게 자신의 잘못이라 생각하자 죄책감이 가슴을 파고들어 견딜 수가 없었다. 침착하게 아버지를 설득했으면 마음을 돌려놓을 수 있었을지도 몰랐다. 어제야 선생님 덕분에 넘겼지만 이젠 어떻게 해야 할지 옥화는 알지 못했다. 학비야 고모가 어떻게 대 준다고 해도, 입학식까지는 무사히 참석한다고 해도 화가 난 아버지가 기숙사까지 와서 자신을 끌고 가려 할지도 몰랐다. 소동이 일면 학교에서 퇴학당할지도 몰랐다. 아니, 분명 쫓겨나고도 남을 것이다. 모든 학교에는 학생은 품행이 단정해야 한다는 조항이 있었다.

아, 이제 학교엔 못 가겠구나.

그렇게 생각하자 옥화는 조금 죽고 싶어졌고, 주책스럽게도 다시 눈앞이 찌르르 흐려졌다.

누군가가 문을 두드렸다. 훌쩍거림을 삼키고 있는데, 경애가 대답을 기다리지 않고 문을 열고 들어왔다.

"일어났니?"

옥화는 급히 눈물을 훔쳤다. 경애는 잠시 기다렸다 말했다.

"옷 입으렴. 같이 나가자."

그러고 나서 옥화가 전혀 예상하지 못했던 하루가 펼쳐졌다. 거실로 나가니 남 부인이 차려 놓은 점심 식사가 보였다. 노릇하게 구운 전어며 먹음직스러운 빛깔의 장조림, 진한 토란국까지 모두 옥화가 좋아하는 음식들이었다. 마지막엔 달착지근한 감로차까지 내주어 옥화는 입맛이 없다고 생각한 것이 무색하게 그릇을 깨끗이 비웠다.

식사를 마치자 경애는 옥화를 근처 극장으로 데려갔다. 500석이 넘는 대형 극장이었다. 옥화는 자신이 숨어 있는 내

내 이런 곳이 지척에 있었다는 사실에 놀랐다. 높은 천장과 널따란 좌석들을 흘끔흘끔 둘러보며 영화보다도 이 건물이 더 놀라운 것 같다고 생각하던 옥화였지만, 막상 영사기가 켜지자 그런 생각이 말끔히 달아났다. 콧수염을 단 미국인 남자 배우의 연기를 보며 한 시간 동안 실컷 웃고 나자 기분이 훨씬 나아졌다.

이어 향한 곳은 미쓰코시 백화점이었다. 경애는 그곳에서 옥화에게 옷을 몇 벌이나 사 주었다.

"선생님. 우리 여기엔 왜 온 건가요?"

옥화는 백화점 1층 식당에 앉아 서양식 과자를 앞에 두고 머뭇머뭇 물었다. 경애 앞에는 뜨거운 커피 한 잔이 놓여 있었다. 백화점을 돌아다니는 손님들은 대부분 부유한 부인이었고 또 반절 이상이 일본인이었다. 부인들이 데려온 아이들이 조잘거리는 소리가 간간이 들려왔다.

"아무리 기숙사라고 해도 휴일은 있을 테니까 돌아다니면서 어떻게 노는지는 알아 둬야지. 너도 여기서 동무들이 생길 텐데 나올 때 입을 옷도 필요할 거고."

경애는 너무나 당연하게 자신이 기숙학교에 입학하리라는 듯 말하고 있었다. 옥화는 차마 자신은 경애처럼 끝까지 공부할 자신도, 아버지의 허락을 얻어 낼 용기도 없다고 말하지 못하고 과자만 소심하게 깨작거렸다. 경애는 슬쩍 시계를 들여다보았다.

"약속 시간까지 시간도 때울 겸."

"시간이요?"

"그래, 누구 말에 따르면 요즘은 조선 땅에선 시간을 잘 지키는 게 참 중요하다고 하더라."

그날 하루의 이상한 여정이 끝난 곳은 배화여자고등보통학교였다. 옥화는 정문 앞에서 우물쭈물하다가 경애의 재촉을 받고서야 걸음을 옮겼다. 수위는 경애의 말을 듣고 공손히 문을 열어 주었다.

학기 중이 아니었지만 교정은 입학식을 준비하는 사람들로 분주했다. 미리 학교에 온 학생들도 있는지 기숙사 창문에도 이리저리 돌아다니는 그림자가 비쳤다. 체육관 앞을 지나는 동안 옥화는 함성 소리를 들었다. 운동을 하는 학생들이 있는 것 같았다. 그러고 보니 이 학교의 농구팀이 유명하다고 들었다. 체육관 안에서 들려온 요란스러운 소리에 옥화는 저도 모르게 가슴이 두근거렸다.

본관 사무실은 깔끔했다. 손님용 의자 여분이 벽에 놓여 있는 것으로 보아 손님을 자주 맞이하는 공간 같았다. 뜻밖에도 경애는 옥화를 혼자 사무실로 들여보냈다. 옥화는 쭈뼛쭈뼛 안으로 들어가 마련된 의자에 조심스럽게 앉았다.

"네가 이옥화구나."

맞은편에 앉은 학교 선생님은 옥화의 어머니뻘이었다. 옥화는 우물쭈물하다가 고개만 주억였다.

"너 오기 전에 지원 서류는 다 보아 두었단다. 그래, 경남 출생이구?"

"네, 맞아요."

"흐음, 입학시험 성적이 아주 좋았네. 한 선생님 추천장도 훌륭하고."

그가 말하는 한 선생님이란 경애가 아니라 경애의 숙부를 말하는 것이었다. 옥화가 보통학교를 마칠 수 있도록 도와주고 고등보통학교 진학을 권유한 사람이기도 했다.

"제가 무어 잘못한 게 있나요?"

옥화는 조금 초조해져서 물었다. 이 자리가 입학 전 결격 사유를 밝히기 위한 자리인지 문득 걱정되었다. 그렇다면 자신은 통과하지 못할 것이다. 선생님은 뜻밖의 말을 들었다는 듯 눈을 휘둥그레 떴다.

"아니! 왜 그런 생각을 하니. 입학 제한 나이에 딱 맞춰서 지원했는데 이렇게까지 성적이 좋은 아이는 드물단다. 선생으로서 욕심까지 나는걸."

"그럼 저는 왜 여기 있나요? 어, 어차피 못 올 수도 있어요."

말꼬리가 힘없이 흐려지자 선생님은 옥화를 안심시키려는 것처럼 부드럽게 말했다.

"그게 걱정이 되니. 하기야 내가 공부할 때도 딸이 학교에 입학하는 걸 결사반대하는 부모님이 많았지. 양반집 자제들은 외간 사람 눈에 안 보이려고 가마에 꼭꼭 태우고 나서야 겨우

등교를 시키고, 밖에서 훌륭한 연구자를 모셔 왔지만 남자라고 항의가 들어와서 천장에 천을 걸어 눈이 마주치지 못하게 한 다음에야 수업을 할 수 있었던 적도 있었단다. 벌써 강산이 바뀌어도 몇 번이 바뀌었는데 여자가 아직도 공부를 시작도 못 할까 걱정해야 한다니. 이렇게 억울할 수가 있나."

자상하지만 아주 단호한 목소리였다. 옥화는 고모가 떠올랐다. 선생님은 들고 있던 서류를 책상에 도로 내려놓았다.

"널 부른 건 한경애 선생님이 어제 찾아왔기 때문이야. 네 상황을 설명하고 도와줄 수 있냐 했는데, 나는 당연히 네가 무사히 입학할 수 있도록 봐줄 테니 걱정 말라 했지. 그런데 네 선배들이 글쎄 사정을 듣더니 후배를 위해 하루라도 빨리 학교를 소개해 주고 싶으니 너를 초대하면 안 되냐지 뭐냐. 그 애들은 문집 제작을 위해 기숙사로 먼저 돌아왔거든. 같이 가 보지 않으련?"

선생님은 옥화가 학교에 다닌다는 사실이 의심하거나 걱정할 필요조차 없는 당연한 명제인 양 굴었다. 이번에 옥화는 울지 않았다. 울 일이 아니었다.

*

옥화를 교무실로 올려 보내고 경애는 교정에 남았다. 본관은 선교사들이 지어서인지 서구적인 느낌의 벽돌 건물이었다.

과거 조선의 계몽과 교육, 특히 여성의 교육은 선교사에게 빚진 부분이 많다 느끼며 경애는 뜻 모를 쓴웃음을 지었다.

본관 1층에는 과학 수업용 교재를 기르는 식물배양실이 있었는데 문이 잠겨 있지 않았다. 배양실에 있는 것은 주로 열대에서 자라는 식물들이었다. 경애는 남쪽 벽과 지붕을 유리로 만든 것을 눈여겨보았다. 온도를 높이기 위해 의도된 배치였을 것이다. 그 어떤 최신식 난방 기구도 해가 직접 덥히는 것만큼 효율적이진 않다. 문득 든 생각에 경애는 배양실 한가운데에서 걸음을 멈추어 섰다.

"한경애 선생님?"

고운 한복을 입은 여자가 문가에 서 있었다. 경애보다 몇 살 많아 보였다. 자신의 이름을 부르지 않았더라면 경애는 그가 딸을 방문하러 온 어머니라고 생각했을 것이다. 여자고등보통학교의 입학 제한 연령은 열두 살. 보통 열네 살이 넘어 입학한다. 경애와 비슷한 연배라면 그만한 딸이 있고도 남았다. 경애는 진즉에 어머니가 되었어야 하는 나이였다.

여자가 헛기침을 했다. 경애는 너무 오래 대답하지 않았음을 깨닫고 볼을 살짝 붉혔다.

"죄송해요."

"괜찮아요. 구경하시는 걸 방해했네요. 어떤가요? 물론 미국 대학만 못하겠지만, 그래도 저희는 학생들이 최대한 다양한 학문 분야를 접할 수 있게 돕고자 한답니다."

여자는 교사인 모양이었다. 여학교이니 상당수 교사가 여성일 터였다.

"이 정도면 그래도 나쁘진 않네요."

빈말이 아니었다. 열악한 조선 땅에서는 이 정도 설비를 갖추기도 쉽지 않았다.

"한 선생님이 오늘 오신다는 말을 듣고 뵙고 싶어서 기다렸어요. 한 선생님에 비하면 한참 부족하지만 저도 조선박물연구회 회원이랍니다. 동식물에 대한 공부를 계속하고 있죠. 괜찮다면 과학실로 자리를 옮길까요?"

과학실은 화학실과 박물표본실을 합쳐 놓은 듯한 공간이었다. 과학실 한쪽 구석 햇빛이 들지 않는 자리에 커다란 철제 가구가 설치되어 있었다. 곤충표본 상자를 넣어 두는 표본장이었다. 바로 옆 넓은 탁자에는 표본 상자보다 크기가 작아 표본을 낱개로 분류하는 데 쓰는 유닛 트레이가 쌓여 있었다. 탁자 가운데 반쯤 채워진 큰 표본 상자가 놓여 있는 걸 보니 유닛 트레이에서 표본 상자로 옮기던 중 같았다. 투명한 유리 뚜껑 너머로 보이는 것은 대부분 흰 나비와 거저리✦였다.

"표본 정리 중이셨나 보죠?"

"네, 자연사박물관으로 보낼 거랍니다."

뜻밖의 대답이었다. 경애가 떠날 때까지만 해도 조선에는

✦   딱정벌레목의 곤충.

자연사박물관은커녕 변변찮은 박물관 하나 없었다. 대전에 은 사기념과학관이 있긴 했지만 천황을 기념한다는 이름에 걸맞게 일본의 '위대한' 과학기술을 선전하는 용도였다. 조선의 곤충을 전시하는 용도가 아니라.

"스페인 발렌시아 대학 박물관이요. 에스페란토✦ 협회를 통해 저희에게 곤충표본 기증을 요청했어요."

그러면 한결 말이 되었다. 발렌시아 대학 박물관은 몇 년 전 큰 화재가 나서 보관하고 있던 생물 표본 대부분을 잃었다. 필그림 교수도 표본 기증 요청을 받았다. 그는 답하지 않았지만, 다른 나라에선 응한 곳이 몇 군데 있었다 했다. 선생님은 양해를 구하고 탁자에 앉았다. 경애는 세상이 참으로 좁아졌다 느꼈다. 낙후된 지역인 조선에서도 지구 반대편과 교류하며 미국에서처럼 정보를 얻을 수 있었다. 옛날이라면 상상도 못 했을 일이었다.

"어떤가요?"

표본 상자 안에 든 곤충들은 경애가 미국에서도 본 흔한 종류도 있었고, 조선에서만 자생하는 것으로 보이는 독특한 종류도 있었다. 몇몇 낯선 종류는 밑에 학명도 붙어 있지 않았다. 어쩌면 이 선생님이 처음으로 발견한 종일지도 몰랐다.

✦　1887년 폴란드의 학자 자멘호프가 만든 인공 국제어. 언어가 다른 민족 간의 상호이해를 목적으로 하는 에스페란토 운동으로 이어 졌으며 민족해방, 반(反)차별, 평화를 추구했다.

"깔끔하네요."

상자는 충격에 강한 단풍나무 목재를 사용했고 안에 든 표본은 부서지거나 떨어진 데 하나 없이 코르크판에 잘 붙어 있었다. 전문가의 솜씨가 느껴졌다. 박물관에서 전시에 사용하기 무난한 딱정벌레와 나비를 고른 것도 사려 깊은 선택이었다.

"이걸 보여 주려고 부르신 건가요?"

"그건 아니에요."

경애는 곤충학에 대한 조언이나 유학에 대한 이야기를 들려 달라는 요청이리라 생각했다. 그러나 선생님은 다른 이야기를 꺼냈다.

"학위를 마치고 고향으로 돌아오신 거라 들었어요."

"오해예요. 전 그저 채집 여행차 조선에 들른 것일 뿐 다시 미국으로 돌아갈 겁니다."

경애는 필요 이상으로 방어적으로, '미국으로 돌아간다'라는 부분에 힘을 실었다. 선생님은 대수롭지 않게 물었다.

"그러면 완전히 귀국하시는 건 언제죠?"

"아직 귀국 계획은 없어요."

"하지만 언젠간 돌아와야 하지 않겠어요."

"그 문제에 대해선 우리 의견이 일치하지 않는 것 같군요."

선생님은 잠시 말을 멈췄다가 입을 열었다.

"사실 우리가 평양에 여성 고등교육기관을 새로이 세우려 해요. 여성 교사를 선호할 텐데, 자연과학을 공부한 여성은 어디든 부족하거든요. 그래서 여쭌 것이에요."

경애는 여학교 교사나 하기 위해 밤을 새워 공부한 것이 아니었다. 눈앞에 있는 사람이 바로 그 여학교 교사라는 점 때문에 차마 입 밖으로 말을 꺼내진 못했지만 선생님은 경애의 얼굴에서 드러나는 희미한 불쾌감만으로 어떤 상황인지 이해한 게 분명했다.

"본인이 학교 교사나 할 사람이 아니라고 생각하시나요?"

선생님이 끈질기게 말했다.

"평양에 세우려는 기관은 고등보통학교가 아니라 그다음에 진학하는, 진짜 고등학교예요. 이 기관이 있으면 조선 여성들도 총독부가 제시한 교육 기간을 충족하고 대학에 진학할 수 있어요. 지금 우리에게 꼭 필요한 기관이죠."

"훌륭한 계획이군요."

"오늘 예비 학생을 견학차 데려오셨더군요. 지금 조선에 남학생은 백 명 중 한 명꼴이요, 여학생은 더 적지요. 이 땅에 '이옥화'가 몇 명이나 될까요?"

그것은 자신이 알 바 아니라고, 경애는 애써 생각했다. 경애는 오직 옥화만 신경 쓸 뿐이었다. 책임지기로 약속한 아이였으니까. 그것은 설령 옥엽을 의심하고 추궁하는 일이 있더라도 범인을 잡기로 결심한 것과 같은 맥락이었다. 그래야만 어떤 가책도 없이 미국으로 돌아갈 수 있었다. 그런 경애의 마음을 아는지 모르는지 선생님은 꿋꿋하게 말을 이었다.

"교사라는 자리에서 생각보다 많은 일을 할 수 있답니다."

"난 선생님과 달라요."

"우리 둘의 집안은 확실히 아주 다르죠."

그 말에 아주 희미하게 비꼼이 섞여 있는 것만 같았다. 경애는 속이 울렁였다. 토기(吐氣)였다. 그러나 그 감각은 선생님 때문이 아니었다. '집안'이라는 단어 때문이었다.

집안, 큰어르신이 호조참판까지 지낸 그 뼈대 있는 집안. 아주 빌어먹을 집안이었다. 할아버지의 유언이 아니었다면 진즉에 자신을 조선으로 끌고 와 적당한 남자에게 출가시켜 버렸을 집, 총독부와 일본 정부에 지원과 아부를 아끼지 않는 집. 경애의 기억 속에서 어머니는 언제나 신경증 환자였으며 아버지는 협잡꾼이었고 오라버니는 폭력배였다. 명문가는 얼어 죽을. 경애는 조금이라도 그들에게서 멀어지고 싶었다.

경애는 그제야 제 마음을 직시했다. 새로 알아차린 것이 아니었다. 언제나 알고 있었지만 모른 척하고 있었던 것이었다. 경애는 공부하고 싶어서 미국으로 가려던 게 아니었다.

결국 도망치려던 게 맞았다. 경애를 비판하던 이들은 선택의 이유는 완전히 잘못 짚었을지 몰라도 그 본질을 꿰뚫었던 셈이다. 그래서 그들의 말이 그토록 소름 끼치도록 싫었다. 가장 중요한 것 한 가지만 빼고 전부 다 틀렸기 때문에. 반대로 생각하자면, 전부 다 틀렸지만 가장 중요한 것 한 가지를 맞혔기 때문에.

하지만 그것을 순순히 인정할 수는 없는 노릇이었다.

"조선은 연구하기 적합한 공간이 아니에요. 아까 조선박물연구회 회원이라고 하셨죠. 거기에 조선인은 대체 몇 명이나 있나요?"

"지금은 스무 명 정도예요."

연구회의 규모를 아무리 작게 잡아도 전체 인원의 고작 10퍼센트에서 20퍼센트 정도의 수치일 게 분명했다. '조선박물연구회'인데 말이다.

"나머지는 일본인이겠죠. 그럼 연구회 회원 중 여성은요? 아니, '조선인 여성'은 몇 명이죠? 선생님 혼자 아닌가요?"

"그럼 미국은 조선인 여자 혼자서도 연구하기 좋은 환경이었나요?"

당연히 아니었다. 그랬다면 애초에 경애에게 '옐로우 레이디'라는 별칭 따위가 생기지 않았을 것이다.

"최소한 실험 기구는 잘 갖추어져 있어요."

"그게 박물학을 하는 데 그리 중요한가요?"

"'생물학'을 하는 데요. 그래요. 기구만 중요할까요? 지금 조선 사회가 한가하게 자연과학 연구를 지지해 줄 형편이 아니잖아요. 선생님도 필시 일본 유학을 다녀왔을 터이니 알겠죠. 공부도, 학문도, 우리가 살아 숨 쉬는 것마저도 세상과 별개로 존재할 순 없어요. 어떤 식으로든 영향을 받아요. 평생을 부계 사회에서 살았던 고대의 자연과학자들은 벌집 주인이 왕벌이라고 잘못 보았죠."

"네, 버틀러 전까지는요."

경애의 표정을 보고 선생님은 쓰게 웃었다.

"그렇게 의원가요? 나도 말마따나 유학까지 다녀왔는데, 찰스 버틀러[+] 저서는 읽었답니다. 조선에서도 해외의 책이나 자료를 못 구하는 건 아니에요. 오히려 여기서만 할 수 있는 게 있을지도 모르죠."

"상상이 안 가는군요."

"아시다시피 현재의 박물학은 지역색이 강한 학문이잖아요. 조선의 곤충을 연구하는 게 오히려 성과를 거두는 길일 수도 있죠. 연구회에서도 종종 열악하고 지원도 적은 조선인 학자들이 더 나은 연구 결과를 내놓기도 해요. 아니면 아까 말했다시피 여학생들을 가르칠 수도 있죠."

경애는 자조적으로 생각했다. 아 그래, 참으로 편리한 핑계로군. 어린아이들이라. 조선 자녀들을 키우라, 애국 부인들이여! 우리가 처리하지 못한 문제들을 다음 세대로 넘겨 버리자! 적어도 여교사가 되어서 여기 남으면 동아 씨는 좋아할지도 모르겠다. 경애의 속을

[+]   찰스 버틀러(Charles Butler, 1571~1647). 영국의 작가, 사제이자 연구자. '영국 양봉의 아버지'라고 불린다. 대표 저서로 꿀벌 군집 내에서의 여성벌 생태를 밝힌 《여성 군주국(The Feminine Monarchie)》이 있다. 꿀벌이 밀랍 분비점에서 밀랍을 만드는 것을 관찰했으며 여왕벌이 암컷임을 주장한 최초의 학자 중 한 명이다.

아는지 모르는지, 선생님은 마치 화해의 손을 내밀듯 부드럽게 말했다.

"표본 옮기는 걸 도와주시겠어요?"

경애는 짜증스럽게 고개를 저었다. 선생님은 어깨를 으쓱하고 다시 표본 상자로 몸을 숙였다. 핀셋이 코르크판 위에서 정교하게 움직였다. 경애는 관심 없는 척 작업을 훔쳐보다가 벌 표본이 들어 있는 유닛 트레이를 발견했다.

"봐도 돼요. 표본 곤충을 만지지만 말아요."

선생님은 시선도 주지 않고 말했다. 경애는 머뭇거리다가 박스를 들어 올렸다.

잘 만들어진 표본이었지만 그저 조선의 흔한 양봉꿀벌이었다. 박물관에 기본 표본으로 보낼 생각인 듯했다. 본래는 학생들에게 양봉업과 농업을 설명하기 위해 만들었던 것일지도 몰랐다. 여섯 개의 다리, 세 부분의 몸체, 잔털이 난 다리와 납샘(Wax gland)✦이 보이는 통통한 아랫배. 경애는 저도 모르게 학생들에게 설명할 내용을 머릿속으로 정리하다가 기분이 나빠져서 그만두었다.

밀랍. 경애는 눈살을 찌푸렸다. 찰스 버틀러의 책을 구해 읽은 게 뭐 그리 대수라고 잠시 말문까지 막혔는지 모를 노릇이었다. 그래 봤자 17세기 사람인 것을. 관심이 있으면 구해서

✦　밀랍이 분비되는 기관.

읽었을 수도 있다. 여왕벌, 밀랍, 온도. 연구 주제도 오늘날엔 참으로 뻔한 것들인데. 늦은 오후의 햇빛이 유리판에 반사되며 눈앞에 환한 빛이 번쩍 비추어 들었다. 밀랍, 온도, 햇빛….

경애는 상자를 떨어트렸다. 선생님이 화들짝 놀라 고개를 돌렸다. 천만다행으로 책상에 맞고 한 번 튀어 오른 트레이를 바닥에 떨어트리기 전에 다시 낚아챌 수 있었다. 선생님은 경애의 떨리는 손에서 트레이를 낚아채 표본이 상하지 않았나 확인했다. 선생님은 곤충이 멀쩡하다는 것을 확인한 후 안도의 한숨을 내쉬며 고개를 들었다가 그제야 납처럼 창백해진 경애의 얼굴을 알아챘다.

"한 선생님, 괜찮나요?"

"죄송하지만 먼저 가 볼게요."

"벌써? 옥화가 견학을 끝내려면 조금 남았는데요."

"끝나면 여관으로 돌아오라고 전해 주세요. 아, 아니. 아예 선생님이 데려다주시면 더 고맙고요. 부탁드릴게요. 사례는 할 테니."

"사례는 필요 없어요. 우리 학교 학생이 될 아이니 제가 바래다줄게요."

"고맙습니다."

경애는 그제야 여태 상대의 이름도 몰랐다는 생각이 들었다. 선생님은 손을 내밀었다.

"박루치아예요. 교직 제안을 드린 건 여전히 유효하니 생각 바뀌면 연락 주세요."

*

옥엽의 집에서 경애는 지성과 마주쳤다. 지성은 울었는지 빨갛게 부어오른 얼굴로 눈가를 벅벅 문지르며 부엌에서 나오고 있었다. 경애가 소리쳐 부르자 지성은 깜짝 놀라 펄쩍 뛰었다.

"한경애 선생님? 왜 여기 계세요?"

경애는 대답 대신 굳은 표정으로 말했다.

"너한테 물어볼 게 있어. 솔직하게 대답해."

지성은 침을 꿀꺽 삼켰다. 약간 겁먹은 표정이었다.

"선아 씨가 살해당했던 그날 밤, 할머니가 현장에 있었지?"

지성의 표정을 보고 경애는 자신의 추측이 사실임을 확신했다.

기름과 불꽃

몇 가지 징후가 있었다. 그저 경애가 놓쳤을 뿐.

경애가 충분히 이성적이었다면 옥엽이 경애를 찾아왔다는 사실부터 의심했을 것이다. 경찰조차 현장에 진입을 망설이고 있던 그때, 옥엽은 선아의 사망을 대체 어떻게 알았을까? 경애는 그저 옥엽이 지성의 연락을 받았으리라 지레짐작했다. 지레짐작. 절대 해선 안 되는 행동이었다.

경애에게 옥엽은 언제나 신비한 여인이었다. 옥엽은 한씨 집안의 위계질서에 속하지 않은 듯 행동했기 때문이었다. 그는 가장 높은 사람인 할아버지조차 뜻대로 부릴 수 있으면서, 가장 비천한 하인에게도 무시당할 수 있는 존재였다. 부엌을 마음대로 드나들 수 있지만 부엌일에 얽매이진 않았고, 서재에 출입이 금지되어 있었지만 이미 모든 책의 내용을 알았다. 그게 바로 옥엽이었다.

그러나 이제 경애는 스물여섯이었다. 더 이상 창고에 숨어 지나가는 지네의 다리 개수를 헤아리는 꼬마가 아니었다. 옥엽이 '신비한 여자'였다는 것은 변명이 될 수 없었다. 경애는 그저 태만했을 뿐이다.

찰스 버틀러는 일벌이 배마디의 납샘에서 밀랍을 만들어 내는 현상을 관찰했다. 그들은 배에서 분비한 밀랍을 큰턱으로 씹어 투명하게 만들고 그것을 지지대에 붙여 벌집을 짓는다. 일벌은 보통 생후 열사흘이 지나면 밀랍을 분비할 수 있다. 밀랍 분비는 굉장한 에너지를 소모하는 작업이다. 따라서 그들은 장기적인 생존이 가능하다는 확신이 들 때 작업을 시작한다.

선아의 집에서 발견된 자그만 밀랍 조각은 그들이 집을 짓기 시작했음을 보여 준다. 그러나 사건 당일 밤은 기온이 영하까지 내려갔다. 벌들은 바보가 아니다. 기온이 그렇게 낮은 상태에서 벌통을 떠나 집을 지었을 가능성은 희박하다. 또한 벌들은 뭉쳐 있지 않았다. 한데 모여 날갯짓과 근육의 떨림으로 체열을 모으고 모아야 살아남을 수 있었을 텐데도, 그래야 30도 이상에서만 분비가 시작되는 밀랍이 나올 수 있었을 텐데도.

선아가 죽었던 사랑방은 밤새 불을 때고 있었다. 선아가 머무는 본채와도, 지성이 지내는 곁방과도 완전히 분리되어 따로 장작을 넣지 않으면 난방이 되지 않는 그 별채를 덥힐 이유가 무엇인가? 좀 더 간단한 질문으로 바꿔 보면 이렇다. '조선 사람들은 사랑방에 언제 불을 때는가?' 답은 간단하다. '손님이 찾아오기로 되어 있을 때.'

그러나 지성은 그날 밤 예정된 방문은 없었다고 증언했다. 시골 출신의 지성이 경성에서 아는 사람은 많지 않았다. 아버지는 당시 식당에 붙들려 있었다. 그렇다면 지성이 무시무시한 일본 경찰의 심문에도 발설하지 않을 사람, 선아가 밤중에 기꺼이 맞이할 만한 사람, 그리고 누구보다 먼저 선아의 죽음을 알고 경애를 찾아올 사람은 옥엽밖에 남지 않았다.

"네… 맞아요. 새벽에 아가씨를 찾아오기로 하셨어요."

결국 지성이 입을 열었다.

"만나자고 한 쪽은 아가씨였어요. 급하게 보자고 하셨죠. 저로선 이유를 알 수 없었어요. 마님은 그때 인천에 계셨는데, 일을 끝내고 마지막 열차를 타고 올라오겠다 하셨어요. 아가씨가 저더러 먼저 자라고 해서 불을 봐 두고 잠자리에 들었어요. 사건 다음 날 마님이 찾아와 저를 거두어 주겠다 말씀하시며, 그날 만날 약속이 되어 있었다는 걸 아무에게도 말하지 말라고 부탁하셨어요. 괜한 의심을 받고 싶지 않다고, 어차피 그날 경인선 마지막 열차가 취소되어서 당신은 경성에 없었다고요."

아니다. 경애는 생각했다. 마지막 열차는 철도 쟁의로 하루

전에 취소되었다. 3등석이라면 모를까, 1등석과 2등석 손님들은 미리 공지를 받고 다른 시간대 열차를 탈 수 있었다. 무라야마 미네의 장인 대신 건너왔던 일본제약 직원처럼 말이다. 옥엽은 오히려 예정된 시간보다 일찍 도착했을 것이다.

옥엽과 이야기를 나눠야 했다. 변명이든 설명이든 뭐라도 들어야 했다. 경애에게 그 정도 권리는 있었다.

"할머니는 어디 계시지?"

지성은 당혹스럽게 말을 더듬었다.

"아, 아직 만나지 못하셨나요?"

"그게 무슨 뜻이지?"

"마님이 선생님을 만나겠다고 나가셨는걸요. 한 시간도 더 전에요."

한 시간 전이라면 경애가 아직 배화에 있을 때였다. 경애의 심장이 불길하게 조여들었다.

*

나중에 그 순간을 돌아보며, 경애는 왜 아무리 똑똑한 사람이라도, 아무리 냉철한 사람이라도 계속해서 같은 실수를 반복하는지, 조금이라도 나아진 줄 알았지만 실상은 제자리걸음이며 이성을 추구하려 해도 결국 화산처럼 끓어오르는 감정에 굴복하고 마는지 생각했다.

그때도 징후는 있었다. 경애가 받아들이지 않았을 뿐.

사람들이 대로변에서 수군거렸다. 평소와 달리 구경꾼들이 지나치게 많았으며 얼굴에 두려움의 그늘이 드리워 있었다. 그들은 평소처럼 잔인한 일본인 순사나 삶의 고달픔이 아니라, 좀 더 본질적이고 원초적인 무언가를 두려워하고 있었다. 탁탁 튀어 오르는 불씨 소리, 피어오르는 연기, 희미하게 느껴지는 열기. 모두 도시 한복판에서 느껴진다기엔 지나치게 강렬했다.

경애는 자신이 아무것도 알아차리지 못했다고 생각했다. 하지만 어느 순간부터 그는 달리고 있었다. 숨이 턱 끝까지 차고 땀이 등줄기를 타고 흘렀다. 젊은 여자가 대낮에 헝클어진 머리로 미친 듯이 뜀박질하는데도 흉보는 사람 하나 없었다.

동대문 옆, 한 사업가가 욕심내어 짓고 황금광 시대에 파산해 헐값에 팔았던 2층 주택, 젊은 나이에 과부가 된 여인이 사들여 여관으로 개조한 집이 불길에 휩싸여 있었다.

나중에 불길 속으로 뛰어들려 한 이유를 기자들이 물었을 때, 경애는 입을 다물었다. 경찰 조사 중엔 연구소에 있던 귀한 곤충표본을 구하려 그랬다고 증언했다. 그러나 실제로 타오르는 불길 앞에서 경애는 1년 동안 모은 표본도, 연구 자료도, 귀한 서적도, 심지어 전옥엽조차 잠깐은 생각나지 않았다. 오직 옥화가 여관에 돌아오고도 남았을 시간이라는 것만 생각났다. 경애가 불에 휩싸인 대문으로 달려들자 사람들 사이에서 비명이 터져 나왔다.

"경애 씨, 경애 씨! 진정하세요!"

경애는 억센 팔에 사로잡혀 바닥에 쓰러졌다. 벗어나려 발버둥 치자 상대는 그의 양 손목을 붙잡고 땅에 눌렀다. 상황을 이해할 수 없었다. 눈은 여전히 앞을 보고 있는데, 그 정보가 뇌로 전해지지 않는 듯했다. 자신을 붙잡은 이는 울 것 같은 표정을 짓고 있었으며 검댕이 묻어 있었고 뺨에 손톱자국이 남아 있었다.

누구지? 아, 동아 씨네. 그런데 왜 나를 막지? 왜 내 손톱에 살점이 끼어 있지? 선아도 이 꼴로 죽었는데. 왜 숨이 쉬어지지 않지? 누가 내 목을 조르고 있나? 선아에게 그랬던 것처럼?

그러나 아무도 경애의 목을 조르지 않았다. 숨 쉬기 힘든 것은 연기 때문이었다. 소방대가 왔다. 꽤 오랜 시간이 흐른 뒤에야 불길이 잦아들었고 검게 타 버린 폐허가 모습을 드러냈다. 그때까지 동아는 경애의 몸을 절박하게 꽉 끌어안은 채 경애가 불나방처럼 불꽃을 향해 뛰어들지 못하게 막고 있었다.

*

옥엽은 너무 오래 살았다. 그는 나라가 망하고 새로 세워지는 것을 보았고, 그 제국이 다시 망하는 것도 보았다. 황제가 황후처럼 초라하게 죽고, 분노한 민중이 일어나 국기를 들고 거리를 메우는 것을 보았다. 그리고 그 노력이 잊히고, 재조명되고, 누군가가 잡혀가고, 잊히고, 또 기억되는 것을 보았다. 평탄하다고는 할 수 없는 인생이었다. 개중 가장 비참했던 순간은 관기 시절 벗과 상해로 도망치려다 붙잡혔던 때였다. 적어도 지금까지는 그랬다.

뒤통수가 축축했다. 이마로 흘러내리는 피 때문에 시야가 붉었다. 옥엽은 힘겹게 고개를 들어 올렸다. 불길이 탐욕스러운 혓바닥처럼 넘실거리며 살점을 익힐 듯한 열기를 사방에 뿌려 대고 있었다. 방화범이 뿌린 석유를 따라 불이 책상으로 빠르게 번지며 경애가 1년 동안 모은 표본과 자료가 까맣게 불타 잿더미로 변했다.

불길 속에서 옥엽은 양손을 쥐었다 펴 보았다. 아직 힘이 들어갔다. 일어서는 것은 불가능했지만 기어서라도 탈출할 수 있을지 몰랐다. 늦기 전에 나가야 했다. 자신을 공격한 사람에 대해 경애에게 경고해야 했다. 그가 선아를 죽였고 경애도 노리고 있었다.

옥엽은 팔을 앞으로 내밀고, 끌어당기고, 내밀고, 끌어당겼다. 늙은 몸이 콜록 힘겨운 숨을 뱉어 냈다. 그 순간 방구석에서 미세한 떨림이 일었다. 꼭 작은 옷 뭉치 같은 형체. 경애와 함께 있던 어린 소녀가 바닥에 쓰러져 있었다. 소녀의 가슴팍이 희미하게 오르락내리락하는 것이 보였다. 옥엽의 심장이 바닥으로 쿵 떨어졌다. 아직 살아 있었다. 그 극악무도한 자도 결국 사람이라, 잠시나마 망설였던 걸까?

그렇진 않을 것이다. 그저 아이가 연구실 벽에서 갑자기 나타난 것에 놀라 제대로 머리를 내리치지 못했을 뿐이다. 옥엽은 열린 방문과 바닥에 쓰러져 있는 아이에게 번갈아 눈길을 주었다.

마지막 순간 전옥엽은 힘겹게 기어가 아이를 몸으로 덮었다. 불에 탄 천장이 두 사람 위로 무너져 내렸다.

*

기름내가 났다.

온 사방에 기름 냄새가 진동을 했다. 생선과 쇠고기가 지그르르 익어 갔다. 흰 떡이 멸치 국물 속에 진득하게 풀어지고, 솥에서 나온 삶은 문어가 더운 김을 뿜었다.

여인네들은 젓갈이며 식혜를 광에서 꺼내 상을 준비하기 바빴다. 사내들은 여자의 손이 타지 않도록 설 차례상을 따로 차렸다. 총독부는 양력설을 '새해'로 선포하고 조선인의 이중과세(二重過歲)✦를 시대에 뒤떨어진 전근대적 전통이라 비판했지만, 여전히 사람들에게 진짜 명절은 음력설이었다. 진한 기름내가 공기 중에 맴돌았고 사람들이 분주히 움직였다. 저마

✦   양력설과 음력설을 두 번 다 쇠는 것을 이르는 말.

다 맡은 바 할 일이 있었기에 한씨 집안의 큰어르신이 가장 아끼는 막냇손녀가 사라졌다는 사실은 한참이 지나서야 드러났다. 늦은 저녁, 설 차례가 다 끝나고 사람들이 한숨 돌리던 때였다.

사람들에게 바로 불호령이 떨어졌다. 딸을 잘 돌보지 못한 큰며느리가 가장 큰 꾸중을 들었다. 아버지께 호된 꾸지람을 들은 큰아들 역시 아내에게 눈을 흘겼다. 사람들은 삼삼오오 흩어져 사라진 손녀딸을 찾기 시작했다. 사람들이 오두방정을 떨며 우물을 뒤지고 뒷산에 횃불을 들고 올라갈 동안, 어린 경애는 먼짓덩어리를 배씨처럼 뒤집어쓰고 창고 안에 숨어 있었다.

경애는 울다 지쳐 잠이 들었고, 일어나 사방이 어두우니 무서워 또 울고, 그러다 다시 잠들길 몇 번을 반복한 참이었다. 어디선가 경애의 이름을 부르는 남자의 목소리가 들렸다. 하지만 지금 나가면 필시 호되게 혼이 날 것이다. 경진에게 또 얻어맞을지도 몰랐다. 그것이 무서워 경애는 어둠 속에 몸을 웅크리고 있었다. 목소리가 점점 멀어졌다. 경애가 안심한 순간 문이 벌컥 열렸다.

경애는 작게 헉 소리를 내며 눈을 꽉 감았다. 하지만 얼굴에 들이밀어지는 불도, 찾았다는 외침도 없었다. 경애가 슬며시 눈을 떴다. 옥엽이 호롱을 들고 있었다. 고운 옷을 입고 창고 문가에 서 있는 옥엽은 서리가 내려앉은 머리칼과 주름지기 시작한 얼굴에도 불구하고 경애가 본 사람 중 가장 예뻤다. 어둠을 배경으로 혼자 빛을 받고 있어서인지 옛이야기에 나오는 지혜롭고 자애로운 할머니 신 같기도 했다. 어리둥절해서 눈만 끔뻑이고 있는데 옥엽이 슬며시 다가와 옆에 앉았다.

"그래서, 손가락은 어떻게 되었니?"

여인들에게 전해지는 미신이 있었다. 설날에 바느실을 하면 손가락이 썩어 버린다는 것이었다. 정월 초하루에 바늘을 잡으면 손가락부터 썩어 문드러져 하나씩 하나씩 뚝뚝 떨어져 버린다고 했다. 그래서 설날과 그 전날에는 절대 바늘을 잡아선 안 되었다.

경애는 그것이 어떻게 가능한지 궁금했다. 그래서 설날 아침에 재빨리 일어나 어머니의 반짇고리를 찾아 몰래 바느질을 해 보았다. 정말 손가락이 썩을까? 썩는다면 언제부터 썩을까. 설이 끝난 다음부터인가, 바느질이 끝난 다음부터인가? 바늘을 잡은 손가락부터 썩는다면, 열 손가락이 다 닿았다면 어디서부터 썩을까?

경애로선 제가 쭉 찢어 삐뚜름하게 실을 푹푹 박아 넣은 비단 보자기가 어머니가 시집올 때부터 가져온 애지중지하던 물건이라는 걸 알 도리가 없었다. 명절에 지쳐 있던 어머니는 경애가 자신의 공간에 만들어 놓은 난장판에 분노했다. 경애는 호되게 손바닥을 맞았다. 경애는 뒤이어 내려질 벌이 무섭고 맞은 것이 화가 난 나머지 어둡고 아늑한 창고 안에 숨어 버렸다.

경애는 손을 내려다보았다. 빨갛게 붓긴 했지만 멀쩡했다. 어른이 된 후라면 그는 그것을 '가설이 틀렸음이 검증되었다'라고 말할 수 있었을 것이다. 여섯 살 경애는 그런 말을 할 줄 몰라 그저 옥엽에게 열 손가락을 들어 보였다.

어두워서 확신할 수 없었지만, 경애는 할머니가 희미하게 웃었다고 생각했다.

"나가야 하나요?"

경애가 겁먹은 얼굴로 물었다. 할머니는 말없이 문을 닫고 들어왔다. 삐걱 소리와 함께 다시 사방이 어둠으로 물들었다. 희미하게 비쳐 드는 달빛과 부스럭거리는 인기척 덕분에 경애는 옥엽이 자기 옆에 앉은 것을 알 수 있었다.

"꼭 그럴 필요는 없지. 우리 여기 잠시만 있을까?"

*

똑딱거리는 시계 소리가 방 안을 가득 채웠다. 고급 병실이라 방 안에 시계가 있었다. 그러나 경애는 그 소리를 듣지 못했다. 경애의 정신은 깊은 곳으로 가라앉아 있었다. 시계 소리를 듣긴커녕, 시간이 얼마나 지났는지도 가늠하지 못했다.

옥화는 치료가 끝난 후에도 병상에 죽은 듯 누워 있었다. 처음 옥화가 입원한 곳은 근처 관립병원이었다. 하지만 소식을 듣고 달려온 옥화 아버지를 피해 다른 사립병원 병동으로 옥화를 옮겼다. 빈 병실에서 옥화 아버지는 길길이 날뛰며 눈물을 흘렸다.

"당신 때문이오!"

그는 그렇게 절규했다. 경애는 차마 반박할 수 없었다. 옥화 아버지는 경애에게 달려들다가 동아에게 제지당했다.

의식불명의 옥화를 옮기겠다는 결정을 내린 것은 경애가 아닌 옥화의 고모였다. 그는 자신의 남동생을 조카에게서 '잠시 떨어트려 놓을 필요가 있다'라고 판단했다. 경애는 옥화의 곁을 지켰을 뿐 아무 말도 하지 않았다. 화재 이후 경애는 넋이 나간 것 같았다.

의사는 옥화가 연기를 마시긴 했지만 호흡이 고른 것을 보니 크게 걱정할 필요는 없을 것 같다고 말했다. 천장이 빨리 무너져 연기가 빠져나간 덕분이라고 했다. 옥화의 몸엔 붕대가 감겨 있었지만 다행스럽게도 얼굴엔 큰 흉이 지지 않았다. 옥엽의 시체가 옥화를 온몸으로 덮고 있었던 덕분이었다. 경애는 할머니의 부고를 들었을 때조차도 옥화의 병상 곁을 떠나지 않았다.

옥화가 입원한 곳은 1인용 병실이었고 대부분의 비용을 고모가 부담했다. 그래서 삐걱하고 문이 열리는 소리가 들렸을 때 경애는 고모가 조카를 보러 왔다고 생각했다. 그러나 들어오는 이는 다른 사람이었다. 경애는 손을 꽉 움켜쥐었다.

동아는 병상 곁에서 고개 숙이고 있는 경애를 발견하고 걱정스러운 얼굴로 약혼자에게 다가갔다. "경애 씨" 하고 조용히 불렀지만 대답은 돌아오지 않았다. 동아는 경애가 그날 일로 자신을 원망하고 있을까 걱정되었다. 하지만 경애가 불구덩이로 뛰어드는 것을 손 놓고 지켜볼 순 없었다. 동아는 다시 경애를 조심스레 불렀다.

"경애 씨. 괜찮습니까?"

"괜찮냐고요?"

경애의 목에서 쉿소리가 났다. 얼마나 오랫동안 말하지 않은 걸까? 계속 여기 혼자 앉아 있기만 한 것 같았다. 괜한 질문을 했다고 동아는 자책했다. 괜찮을 리가 없었다.

"죄송합니다."

동아는 차마 말을 꺼내기가 어려웠다. 경애는 이미 견딜 수 없는 일을 너무 많이 겪은 사람 같아 보였다. 하지만 그는 용기를 끌어모았다.

"경애 씨, 형님이 사람을 보냈습니다."

오늘 아침 경진이 조선으로 돌아왔다. 그는 동생에게 저녁까지 본가로 오라고 전언을 보냈다. 권유나 질문이 아닌, 명령이었다. 하나 경애는 병상에 누운 옥화를 내려다보고 있을 뿐이었다.

"오늘 신문 보셨나요?"

경애가 불쑥 말했다.

"신문이요?"

동아는 고개를 저었다. 바빠서 신문을 들여다볼 틈이 없었다. 경애는 의미를 알 수 없는 한숨을 작게 내쉬었다.

"알았어요. 가죠."

경애가 일어나자 되레 동아가 당황했다.

"경애 씨, 많이 힘드시면 가지 않아도 됩니다. 제가 형님께 가서 사정을 설명하도록 하겠습니다."

"오라버니가 동아 씨 말에 납득할 사람이던가요?"

자신이 아는 경진을 떠올리며 동아는 답할 말을 찾지 못했다.

"그냥 제 곁에 있어 주세요. 알았죠?"

그렇게 말하는 모습이 당장이라도 쓰러질 듯 연약해 보여 동아는 저도 모르게 경애의 손을 잡았다.

"물론입니다."

*

경애의 본가는 대저택이었다. 집은 전면의 양관과 후면의 한옥, 두 부분으로 나뉘어 있었다. 경애의 부친은 다른 사람들처럼 손님을 맞이할 때는 서양식으로 꾸민 앞쪽 양관으로 나가고, 평소에는 익숙한 뒤쪽 한옥에서 생활했다. 그가 맞이하던 손님들은 총독부 고위 인사와 일본 기업 이사, 그리고 당시엔 일본 정부에게 받은 돈이 남아 있던 조선 귀족[*]이었다.

부친이 세상을 떠난 후 경진은 접객뿐만 아니라 실생활까지 모두 양관에서 해결하고 한옥은 사용하지 않았다. 그래서 사용인들은 방을 새로 꾸미고 실용적인 가구를 사서 들여놓는 수고를 들여야 했다. 경진은 벌레같이 바닥에 붙어 생활하는 좌식보다 양관의 입식이 훨씬 우아하고 편리하다고 했지만 그러면서도 똑같이 좌식인 일본 생활에는 잘만 적응했다.

경진이 꾸며 놓은 양관은 집에 어울리지 않는 커다란 가구가 너무 많아 숨이 막힐 지경이었다. 그곳에 들어설 때면 동아는 경애가 갖은 핑계를 대고 본가를 나오려고 한 이유가 어렴풋이 짐작되었다.

한경진은 마흔 줄을 바라보는 남자로, 경애와 삼촌 조카만큼 나이 차이가 났다. 둘 사이엔 다른 형제가 있었으나 어린 시절 병으로 죽었다고 했다. 동아는 내막을 자세히 알진 못했다. 경진은 이목구비가 진하고 목소리가 동굴에서 울리는 것처럼 낮았는데, 타고난 생김새와 더불어 지위와 재산으로 상대방에게 위압감을 주는 데 능숙했고 동아는 언제나 그것이 불편했다.

"그 기생 여자가 죽은 사건에 계속 끼어들었더구나."

[*] 1910년 한일병합 이후 조선 왕족과 고위층을 일본 화족 제도에 편입하기 위해 일본 정부가 내린 지위.

식사 도중 경진이 입을 열었다. 경애는 대답하지 않았다. 경애는 맨 처음 형식적으로 안부를 물을 때만 짧게 대답했을 뿐, 그 후 동아가 어색함을 떨치기 위해 소소한 이야기를 풀어놓는 동안 한마디도 하지 않았다. 식사 시중을 들던 사용인에게만 조용히 몇 마디 했을 뿐이었다. 경애는 대답 없이 미역 줄기를 젓가락으로 집었다.

"내 말에 대답해라."

경진이 싸늘하게 말했다. 경애는 체할 것 같은 표정으로 마지못해 입을 열었다.

"네."

"'네'? 그게 다냐? 그런 일엔 또 왜 끼어든 거지?"

경진은 제 감정을 가족들 앞에서 숨기는 사람이 아니었다. 바보라고 해도 경진이 화가 났다는 걸 알 수 있었다. 눈을 감고 있어도 경진의 분노한 표정을 그릴 수 있었고, 귀를 막고 있어도 경진의 목소리에 어린 노기를 짐작할 수 있었다. 경애는 젓가락을 내려놓았다.

"할머니가 와서 부탁하셨어요. 현장에 벌 떼가 있어서 경찰이 도움이 필요하다고요."

경진은 눈매를 찌푸렸다. 그는 경애가 변명처럼 덧붙인 뒷말은 듣지도 않은 듯했다.

"할머니라고? 아직도 그 여자를 그렇게 부르나?"

"할아버지와 연을 맺으셨으니 그리 부르는 게 맞겠지요."

"그 유부인 못지않은 독부(毒婦)[*]를."

"줄곧 혼자 사셨으니 독부(獨婦)[**]가 맞긴 하네요. 제 눈앞에도 지금 독부(獨夫)[***]가 한 명 더 있으니 이리 말하면 헷갈리려나요."

경진이 식탁을 내리치자 등 뒤에 서 있는 사용인들이 움츠러들었다.

"점점 버르장머리가 없어지는구나. 태평양까지 건너가서 배운 게 그것뿐이던?"

동아가 급히 끼어들었다.

"이만 진정하세요, 형님. 오랜만에 혈육이 상봉한 자리 아닌가요."

경진은 애써 웃는 동아의 면상을 경멸하듯 쳐다보았다. 엉뚱하게 불똥이 그에게 옮겨붙었다.

"뭘 좋다고 웃나? 자넨 그 사건 부검의였다면서 안 말리고 뭐 했어?"

"전… 그, 그래도 경애 씨가 범인을 잡았으니 잘 끝난 일 아닙니까. 너무 노여워 마시지요."

동아가 어물어물 말했다. 경진은 짧은 비소를 머금었다.

"범인이라. 그 일본제약 데릴사위 말이지."

[*] 악독하고 표독한 여자.
[**] 혼자 사는 독신의 여자.
[***] 인심을 잃은 남자.

"네, 맞습니다. 덕분에 사람들이 경애 씨를 얼마나 좋게 보는지 모릅니다."

"대중은 언제나 멍청한 법이야."

경진은 약간 누그러진 얼굴이었다. 그는 젓가락을 들어 올려 뚱한 표정의 경애를 찌를 듯 가리켰다.

"끝난 일이니 이번엔 넘어가겠다. 하지만 앞으로 조금이라도 더 허튼짓했다간 나와 연을 끊을 각오를 해라."

식사는 살얼음판 같은 분위기에서 끝났다. 경진은 못마땅하게 경애와 동아를 차례로 가리키며 말했다.

"넌 가라. 자넨 남아. 이야기 좀 하지."

동아는 경애의 곁에서 떨어지고 싶지 않아 머뭇거렸다. 경애가 되레 달래려는 듯 동아의 손을 꼭 잡았을 정도였다. 동아는 경진에게 양해를 구하고 돌아섰다.

"괜찮겠습니까?"

동아가 속삭였지만 이어지는 경애의 반응에 놀랄 수밖에 없었다. 경애는 웃었다. 화재 이후 처음이었다.

"괜찮아요. 드디어 끝이 보이네요."

무슨 끝? 동아는 경애의 말을 이해하지 못해 순간적으로 어리둥절해졌다. 경애는 경진의 눈치를 살피고 동아의 셔츠를 양손으로 잡고 끌어당겼다. 마치 입을 맞추려는 듯했다. 그러나 경애의 입술은 동아의 뺨을 슬그머니 가로질러 귀에 닿았다. 경애가 무어라 짧게 속삭였다. 동아의 얼굴이 살짝 굳었다가 풀어졌다.

*

"그래서, 식은 언제 올릴 생각이지?"

경진은 서재에 들어서자마자 퉁명스럽게 물었다. 경진의 서재에는 읽지 않은 책들이 가득했고 고급스러운 작은 탁자엔 사용인이 가져다 놓은 게 분명한 펼치지도 않은 신문들이 종류별로 가득했다. 동아는 신문을 흘끗거리다가 대답했다.

"여름에 할 생각입니다."

본래 계획은 5월이었다. 그러나 경애가 모은 표본이 불타며 굳이 서두를 필요가 없어졌다.

"오래도 걸리는군."

경진이 투덜거렸다.

"혼례는 큰일이니까요."

"식을 치르는 데 걸림돌 될 만한 건 없지? 자네 부친 일은?"

"걱정하지 않으셔도 됩니다."

동아가 손사래를 쳤다. 경진은 약간 풀어진 표정으로 의자에 편하게 기대앉아 동아에게도 앉으라는 듯 손짓했다. 의자에 앉으며 동아는 신문을 곁눈질했다. 맨 위 기사에 다음과 같은 제목이 대문짝만하게 박혀 있었다. '아편굴에서의 사망─익명의 제보자가 등장하다'.

"아편에 대해 잘 아나?"

"네?"

동아가 황급히 되물었다.

"의사니까 기본은 알 거 아닌가."

"아, 네. 물론입니다."

"이건 대외비지만, 지금 일본제약 회장이 내일모레 하고 있네. 후계를 받을 놈은 타고난 얼간이인데, 마침 시기적절하게 경애 저것 때문에 감옥에 들어가 있지. 제약회사를 설립할까해. 정부 계약을 가로채면 좋겠지만 조선 회사에 그런 기회가 오긴 쉽지 않아. 하지만 못해도 국내에 모르핀만 팔아도 남는 장사일 테지. 자네가 그 일을 맡으면 어떻겠나?"

"그거 정말 좋은 생각이네요."

동아는 기계적으로 대답했다.

"그래야지. 결혼하면 묶어 둔 그 애 재산을 자네 마음대로 쓸 수 있어. 그걸 회사 설립에 쓸 생각이야. 그러니 정신 똑바로 차리는 게 좋을 거야."

경진은 이어 사업에 관해 무어라 떠들기 시작했지만 동아의 정신은 다른 곳에 가 있었다.

*

건물 관리인은 난처한 얼굴로 머리를 벅벅 긁었다. 젊은 시절 고된 노동에 시달렸는지 어깨와 허리가 약간 굽어 있었다.

"원랜 안 되는데…. 내가 믿고 들여보내 주는 거예요."

그는 열쇠를 건네며 거듭 당부했다.

"무슨 일 생겨도 나는 못 도와줍니다. 주인한테 들키면 알아서 해야 해요."

"알겠어요."

경애가 짧게 대답하고 관리인이 떠나는 발소리를 들으며 방문을 닫았다. 간소한 공간이었다. 교원 기숙사치곤 넓었지만 있는 것은 침대와 책장, 책상뿐이었다. 뭔가를 숨길 곳은 많지 않았다. 경애는 먼저 발로 마룻바닥을 구석구석 밟아 보았다. 약간 삐걱거리긴 해도 수상한 곳은 없었다. 경애는 침대를 보았다가 고개를 젓고 책장으로 다가갔다. 약학과 문학 관련 책이 무작위로 섞여 꽂혀 있었다. 책을 전부 들어내 책장 뒤를 확인했지만 먼지만 굴러다녔다.

침대 밑엔 옷 가방뿐이었고 가방에는 낡은 남성복 두 벌과 구두 한 켤레가 들어 있었다. 책상 서랍을 모조리 열어 보았지만 특별한 것은 없었다. 어디에나 있을 법한 잡다한 물건들, 필기구와 노트, 작은 캐러멜 한 통, 손수건뿐. 경애는 책상을 밀어 뒤편을 살피고 얇은 이부자리를 전부 헤집어 놓았지만 아무것도 찾지 못했다.

경애는 손에 줄자를 들었다. 가구의 모든 치수를 재는 데 얼마 걸리지 않았다. 경애의 손이 책상 두 번째 서랍에서 멈췄다. 안치수와 바깥치수의 차이가 너무 컸다. 서랍 바닥을 손으로 더듬자 안쪽 면에서 긁힌 자국이 만져졌다. 경애는 자국의 감촉을 따라 나무 틈새에 손톱을 밀어 넣었다.

관리를 잘해 놨는지 판자를 들어 올릴 때 아무런 소리도 나지 않았다. 숨겨져 있던 이중바닥이 드러났다. 결벽으로 느껴질 만큼 깨끗한 서랍 내부에 오래되어 갈색으로 변한 피가 묻은 여성용 노리개와 쥐약 병, 잘린 머리카락, 줄이 뜯겨 나간 손목시계가 가지런히 놓여 있었다. 경애는 손가락 끝으로 조심스럽게 머리카락을 흩트렸다. 길이가 조금씩 달랐다. 한 명의 머리카락이 아니었다. 그는 눈을 시계로 돌렸다. 문자판이 메추리알보다 약간 큰, 여성들에게 인기 있는 작고 고급스러운 제품이었다. 부드러운 가죽끈이 누군가가 이로 물어뜯은 것처럼 잘려 있었다. 문자판 유리에 금이 가고 시곗바늘은 멈춰져 있었다. 시계가 멈춘 시각은 11시 30분이었다. 경애는 시계를 집어 들었다.

아무런 기척도 없이 문에 열쇠를 밀어 넣는 소리가 들렸다. 관리인은 몸이 둔해 복도를 소리 없이 걸어올 수 없었다. 방 주인이 돌아온 것이었다. 경애는 자리에서 벌떡 일어났지만 방에는 창문도 숨을 곳도 없었다. 문이 열리고 주인이 모습을 드러냈다.

동아였다.

그는 경애에게 한 번도 보여 준 적 없는 차가운 표정을 짓고 있었다. 경애는 시계를 움켜쥐었다. 손수건 너머로 느껴질 리 없는 바늘 돌아가는 움직임이 마치 맥박처럼 전해지는 듯했다. 똑딱― 똑딱― 희미한 환청 속에서 둘은 오래도록 서로를 응시했다.

먼저 움직인 쪽은 동아였다. 그는 경애에게 눈을 고정하고 천천히 문을 닫았다.

진실

이 사건엔 시작부터 몇 가지 징조가 있었어요. 내가 알아
차리지 못했을 뿐.

이미 일어난 일에 대한 것이니 징조라는 말은 맞지 않을지
도 모르겠네요. 하지만 비극을 암시하고 있다는 점에서 그만
큼 적절한 단어가 또 없을 것 같군요.

나는 선아의 시계가 어디에도 보이지 않았던 것이 범인이
가져갔기 때문이라 확신했어요. 벌 떼, 밀랍, 시계… 어떻게 이
문제를 풀었는지 처음부터 들려드리죠.

첫 번째는 귀중품과 함께 사라졌던 시집이었어요. 백석 시
인의 《사슴》, 1936년 초판본. 가격은 2원으로, 그것만으로도

다른 시집보다 두 배가량 비쌌지만 100부밖에 발행되지 않은 덕에 1년이 지난 지금 장서가들이 그 책을 구하려면 정가의 열 배를 줘야 하죠. 하지만 지성은 그걸 그냥 '책'이라고 했어요. 나도 증거품 보관실에서 그걸 처음 봤을 땐 귀중품이란 생각을 하지 못했고요. 사토 경부가 작성한 보고서 초안에도 별다른 메모가 없었죠. 제아무리 희귀한 시집이라도 가치를 모르는 사람에겐 평범한 책에 불과하니까요. 하지만 범인은 아주 자연스럽게 그 책을 귀중품들과 함께 가져갔어요. 자신이 조선의 문단(文壇)에 익숙하다는 사실을 드러낸 거죠. 그러니 범인은 까막눈이 아닐 거예요. 조선어에 익숙하지 않은 일본인도 아닐 거고요. 즉 김판락도, 무라야마 미네도, 살인 사건의 주범은 아니라는 거죠.

그래요. 말이 나온 김에 김판락 이야기를 해 볼까요. 그가 두 번째 징조였어요. 김판락을 사토 경부에게 넘겼던 밤, 그때 판락은 나를 쳐다보며 이렇게 외쳤죠.

'내가 들어가 입 제대로 놀리길 바라면 아까 준 것보다 더 많이 준비해 두쇼!'

나는 그에게 거짓 증언을 하라 한 적도, 뇌물을 준 적도 없으니까 이상한 말이었죠. 김지성에게 아편을 먹인 것은 실제로 김판락이었어요. 저는 사실을 솔직히 자백하라 약간 위협했을 뿐이었어요. 그건 내가 아니라 다른 사람에게 했던 말이었어요. 하지만 그는 내가 판락에게 뇌물을 주었냐 의심하는 척하며 그 상황을 모면했죠.

세 번째 징조는 현장에선 선아의 목이 부어 있었는데 부검실에선 붓기가 가라앉아 있었다는 거였어요. 나는 시간이 지나서 그런가 보다 하고 잘못 생각했어요. 내 의학 지식은 사실 전문적이라고 하기엔 한참 부족하니까요. 내가 정말로 사람들이 떠드는 것만큼 똑똑했더라면 그때 이미 범인이 곁에 있던 그 남자, 김동아라는 것을 알아챘을 거예요.

일단 이것부터 설명해야겠네요. 화재 이후 내가 옥화의 병상을 떠나지 않았던 이유는 죄책감 때문이 아니었어요. 옥화를 지키기 위해서였죠. 옥화의 머리에 난 상처는 뒤가 아니라 앞에서 공격당한 모양이었거든요. 그 애는 그날 범인을 봤을 거고 범인은 어떻게든 옥화가 깨어나기 전에 처리하려고 했겠죠. 그래서 쉽게 자리를 비울 수 없었어요. 병실에 머무르는 내 내 품에 칼을 품고 있었답니다. 비유가 아니에요. 미국제 잭나이프는 꽤 날카롭거든요. 야외에 말레이즈 트랩(Malaise trap)✦을 설치할 때도 유용하고.

그렇게 병실을 지키던 도중 김판락이 죽었다는 소식을 들

✦ 날아다니는 곤충을 잡는 데 사용되는 텐트 모양 구조물.

었어요. 그와 동시에 병실을 비울 수 있게 되었죠. 그 이유는 나중에 설명하죠. 일단 나는 동아의 눈을 피해 판락의 죽음을 조사해 봤어요. 아편에 취한 채 병에 담겨 있던 쥐약을 아편으로 착각하고 들이켜 사망했더군요.

누가 봐도 이상한 사인이었죠. 보통 중독자들은 아편을 피우지, 마시진 않으니까요. 아편을 마시는 건 차라리 의료적 처치에 가까워요. 쥐약을 아편팅크병에 담아 놨다는 것도 기이하고요. 하지만 판락의 시신은 이미 매장되었어요. 그래서 저는 판락의 시신을 검시한 보건소 의사를 찾아갔어요.

웃긴 게 뭔지 알아요? 내가 아니라 그 의사가 먼저 나를 알아봤다는 거였어요. 그는 동아의 후배였거든요. 그 덕분에 비교적 쉽게 상황을 들을 수 있었죠. 그 말에 따르면 '우연히' 보건소에 들른 동아가 당시 보건소에 들어와 있던 판락의 시신을 알아보았더군요. 동아는 판락이 딸을 착취하는 인간 말종 아편중독자라는 사실을 넌지시 말해 주었고, 후배는 정의감에 차서 그 악독한 인간의 사인을 사고사로 처리해 버렸어요. 뭐, 그런 자에겐 제대로 된 검시도 필요 없다고 손쉽게 판단했겠죠. 나중에 내게 조심스럽게 털어놓길, 사실 판락이 죽을 당시 아편에 취한 상태도 아니었다 하더군요.

사라진 시계, 천장의 밀랍, 할머니의 죽음… 이런 정황으로 미루어 나는 범인이 김동아라고 특정한 상태였어요. 김판락의 죽음에 동아가 연루되어 있다는 것은 그저 재차 확신을 주었을 뿐이죠. 하지만 그가 왜, 어떻게 선아를 죽였는지 아직 알아내지 못해서 기다리고 있었어요.

그리고 이 대목에서 두 여자가 등장해요. 그들 덕분에 사건의 나머지 윤곽을 잡을 수 있었어요. 첫 번째는 물론 할머니예요.

화재 이후 동아는 내가 정신이 나가 옥화의 간호에 몰두하고 있는 줄로만 알았어요. 그래서 그 눈을 피해 자유롭게 행동할 수 있었죠. 나는 가장 먼저 선아의 유언장을 확인했어요. 할머니는 선아의 유언장을 확인한 직후에 나를 찾아왔고, 그렇게 행동한 이유가 유언장에 있다고 생각했죠. 어쩌면, 그날 자리를 떠나지 않고 할머니가 최 변호사와 이야기를 마칠 때까지 기다렸다면… 그랬다면 날 찾아오실 필요도 없었을 거고, 아직, 아직까지 살아 계셨을지도…….

…아뇨, 괜찮아요. 지금 끝내죠…. 시간이 생명이니까.
이 사건에서는 정말 시간이 생명이었어요.

유언장 열람을 위해 변호사와 입씨름을 해야 할 줄 알았는데, 알고 보니 내가 할머니의 상속인 중 한 명으로 지정되어 있어서 어렵지 않게 확인이 가능하더군요. 할머니는 선아의 유증을 받았고, 나는 그 할머니의 유증을 받았으니까.

선아의 유언장은 간단했어요. 재산 대부분은 할머니와 김한일에게 갔어요. 남긴 말을 보니 김한일에게 간 돈은 연인이 아니라 조직에 남기는 듯했어요. 물론, 직접적으로 말하고 있진 않았지만요. 이 부분은 기사에 적지 말아 주세요. 그들에게 문제가 생길지도 모르니.

그 외엔 지성이에게도 약간의 돈을 남겼고, 주변인에게 마지막으로 남기는 말도 있었지만 중요한 것은 이거였어요. 과거 자신이 높은 금리로 돈을 빌려주었던 채무자들의 빚을 모두 탕감해 주겠다는 내용이요. 그리고 채무자 목록에 김동아의 이름이 있었어요.

돈. 전형적이다 못해 지루하기까지 한 이유죠. 하지만 많은 것이 설명돼요. 동아가 선아에게 빌린 돈은 결코 적은 액수가 아니었어요. 내가 알기로 그의 부친이 한때 노름에 중독된 탓에 집안에 빚이 있었다고 했죠. 그래서 어머니가 자살했다는 말도 있었고… 나는 모른 척했지만 그것 때문에 약혼 과정에서 그자가 고생 좀 했어요. 내가 아무리 '이상적인 신붓감'이 아니라지만, 그래도 가족들은 나를 가난한 집과 혼인시키긴 싫었나 봐요. 어쩌면 그자가 우리 가족을 설득하는 과정에서 돈을 더 썼을지도 모르겠네요.

화재가 일어난 날, 할머니는 유언장을 확인했고 동아의 이름도 보았겠죠. 그것 때문에 나를 찾아왔을 거예요. 동아가 내 연구실에서 살인과 방화를 저지른 건 지독히 운 나쁜 우연이라고 생각해요. 둘 다 나를 만나기 위해 같은 장소에 왔고, 할머니가 어떤 식으로든 동아의 범행을 눈치챈 걸 들켰다면… 한 번 해결책으로 살인을 선택한 사람이 두 번은 못 할까요.

자, 그럼 동아의 동기 문제는 해결되었고, 어떻게 범행을 저질렀을까요?

이 의문을 풀어 준 것이 두 번째 여자였어요. 내가 판락을 조사하기 시작한 계기이자, 동아의 눈을 피해 자리를 비울 수 있게 도와준 사람이기도 했죠. 사건 직전 선아를 찾아왔었던 그 화가, 김영순이에요.

김영순이 옥화의 병실로 찾아왔을 때, 나는 놀랐어요. 당시 나는 믿을 만한 사람이 없었고, 동아와 그 공범의 습격을 대비하고 있었거든요. 김판락이 공범이라는 건 알았지만, 공범이 더 있을지도 모르니까요. 그래서 반사적으로 품 안의 나이프를 쥐었어요. 하지만 김영순은 침울한 표정으로 이렇게 말하더군요.

'유감이에요.'

그러곤 조심스럽게 나에게 다가왔어요. 나는 의자를 끌어와 침대와 떨어진 곳에 그를 앉혔어요. 그리고 찾아온 연유를 물었죠.

'청희가 죽기 전 왜 찾아갔는지 물어봤죠. 그 대답을 해 주러 왔어요.'

나는 당연히 어리둥절했죠. 그래서 다시 물었어요.

'왜 지금에서야 마음을 바꾼 거죠?'

'당신이 전옥엽을 할머니라고 부른다는 이야기를 전해 들었거든요.'

그건 대답이 되지 못했어요. 나는 약간 비꼬는 투로 말할 수밖에 없었죠.

'알 수가 없군요. 우리 할머니랑 친하기라도 했나요?'

그러자 그가 대답했어요.

'아뇨, 전혀. 그리고 솔직히 할아버지의 첩을 그렇게 부르는 건 웃기는 일이죠.'

나는 내 돌아가신 할머니를 그렇게 말하는 것에 화가 났고, 죽었다 깨어나도 김영순이라는 여자를 이해하지 못할 거라 생각했어요. 아마 표정에서도 드러났을 거예요. 그런 소리를 하러 찾아온 거냐 물었을 때, 그는 마치 내가 사소한 것에 집착한다는 듯 대놓고 한숨을 푹 내쉬었거든요.

'중요한 건 전옥엽을 할머니라고 부르는 여자라면 한경진과 사이가 최악일 거라는 점이에요. 내가 말하지 않았던 건 당신이 그의 동생이기 때문이었으니까.'

그 말에 가슴이 철렁 내려앉았어요.

'오라버니가 이 사건에 연관되어 있다는 건가요?'

만약 그렇다면 사건을 해결하기가 더 어려워지겠죠. 저는 당연히 김영순이 어떤 식으로든 긍정할 거라고 생각했어요. 이제야 알았냐는 둥 비아냥거리는 말을 하거나 한심하다는 듯 한숨을 한 번 더 내쉴지도 모른다고 생각했어요. 하지만 그는 망설이더니 이렇게 말하더군요.

'그건 몰라요.'

나는 무슨 상황인지 이해하기 힘들다고 말했어요. 김영순은 말했죠.

'나도 완전히 이해가 되진 않아요. 세간에선 당신이 똑똑한 여자라고 하더군요. 적어도 나보단 똑똑하겠죠. 그러니 더 많이 밝혀낼 수 있지 않겠어요. 내가 그날 청희를 찾아간 이유는 그에게 해 줘야 할 말이 있었기 때문이에요. 그리고 그에게 들려준 이야기는 이거예요.'

그리고 영순은 이야기를 시작했어요.

이미 알지도 모르겠지만, 오라버니는 종종 유력가들을 불러 모아 사교 모임이나 파티, 파티를 조선말로 뭐라고 했죠?

아, 그냥 파티라고 한다고요. 여기도 참 많이 바뀌었네요. 그래요. 파티를 열었어요. 이것저것 갖은 핑계를 가져다 붙여서요. 작년에 조선에 막 돌아왔을 때 저도 마지못해 참석했던 적이 있었죠.

김영순의 남편은 화신백화점의 지분을 가지고 있어요. 그 사업가 박흥식과도 인연이 있고요. 재산만으로는 우리 잘나신 오라버니의 눈에 찰 만큼 갑부는 아니지만 인맥은 무시 못 하죠. 오라버니는 그 남편을 몇 번 초대했고 아내도 데려오라 거듭 권했다고 해요. 거듭된 권유에 남편이 마지못해 김영순에게 초대 사실을 밝히며 동행 의사를 물었다더군요. 김영순은 아내 된 도리로 자기가 그 초대에 응하는 게 의무라고 느꼈고요.

그러나 막상 간 자리에서, 그리 즐겁진 않았다고 하더군요. 김영순은 남편의 배려로 빈방에서 쉬다가 화장실에 가기 위해 나왔대요. 그런데 길을 헷갈려 뒤쪽 한옥으로 가 버린 거죠.

그곳은 우리 선친께서 살아 계실 때나 썼지, 오라버니는 거의 사용하지 않는 공간이었어요. 오라버니가 빨리 헐어 버리고 일본식으로 다시 짓고 싶다는 말을 참 많이도 했죠. 김영순이 자세히 말해 주진 않았지만 아마 거기엔 오가는 사람도 없고 불도 켜 놓지 않았을 거예요. 돌아가는 길을 찾아 한참 헤매다가 문 너머로 누군가가 이야기하는 것을 들었다더군요.

김영순의 말에 따르면 자긴 남의 말을 엿듣는 취미는 없어, 서둘러 자리를 뜬 인기척을 내든 하려고 했는데 그들이 귀에 익은 단어를 말했대요. '청희'라고요.

그리 흔한 이름은 아니죠. 그렇죠?

이어 문 사이로 토막토막 들려오는 말은 흐리고 불분명했다더군요. 하지만 '여자 혼자', '밤중', '쉬운', '아편', '몰래' 같은 사소한 말 부스러기들만으로도 불길한 음모를 꾸미고 있다는 걸 알 수 있어, 숨을 죽일 수밖에 없었다고 해요. 둘 다 남자인 것 같아 겁도 났고요. 그때 한 명이 '나리, 그럼—'이라고 작게 말하더니 이어 무어라 소곤소곤 말을 했다고 해요. 무슨 말인 지 들리지 않아 조급한 마음에 가까이 다가갔는데, 잠시 후 들려온 '나리'의 목소리가, 그 고요한 곳에서 신경을 곤두세우고 있던 귀에 마치 천둥처럼 울렸다더군요.

'그 여자를 죽여 버려야지.'

목소리는 그렇게 말했다고 했어요.

김영순이 나와 처음 만났을 때 선아를 죽여 버리고 싶다고 했던 건 어쩌면 내 반응을 보려던 전략이었을지도 모르겠군요. 이야기를 들려준 후 이렇게 말했거든요.

'그 말을 듣기 전까진 내가 청희가 죽어도 눈 하나 깜짝하지 않으리라 생각했습니다. 하지만 그 목소리의 살의를 느끼고 나서야 깨달았죠. 누군가를 죽을 만큼 미워하는 것과 진짜로 죽이려 하는 것은 하늘과 땅만큼이나 다르다는 것을. 그날 숨죽여 파티장으로 도망가며, 나는 어서 청희를 만나 경고해야겠다는 생각밖에 하지 못했어요.'

김영순은 대화만 엿들었지 그 모의를 하던 이들이 누구인지는 보지 못했어요. 다만 경진의 집에 있으니 그의 가족이나 친구 혹은 사용인이라는 것은 알 수 있었고 그래서 동생인 나를 신뢰하지 못했던 거죠. 한경진의 사용인이라. 그 대목에서 생각나는 것이 있었죠. 내가 어떻게 뇌물도 주지 않았으면서 김판락이 경찰에게 제대로 증언할 거라 생각했는지 궁금하지 않나요?

네, 그 말이 맞아요. 당신도 이제 추리라는 걸 할 줄 알게 되었군요.

경성의 한량과 막일꾼들 중, 사업가나 관료의 뒤처리를 해주는 일을 하는 이들이 있어요. 대단한 사람들은 아니죠. 장기로 따지면 졸이고, 높은 분들이 가볍게 쓰고 버리는, 돈만 주면 이쪽 일을 맡았다 저쪽 일도 맡았다 하는 심부름꾼들이에요. 오라버니는 사업을 위해 여러 깨끗하지 못한 수단들도 사용했고 그런 이들을 고용하는 것도 그중 하나였어요. 판락은 자기 같은 사람들에게 일을 맡기는 이들이 누구인지 알았어요. 내가 그의 동생이라는 것도 알고 있었고요. 괜히 밉보이지 않고 순순히 말을 듣는 게 낫다고 생각했겠죠. 물론 우리 남매 사이가 최악이라는 걸 알았다면 그러지 않았을 테지만.

영순 덕분에 동아에게 공범이 있다는 사실을 확인했고, 선아가 자신에게 위협이 닥쳐오고 있다는 걸 알았다는 사실도 드러났죠. 김판락이 동아의 공범이었다면 아편을 선아에게 직접 먹이지 않은 이유도 설명돼요. 딸의 방에는 접근할 수 있어도, 집주인의 방에는 들어갈 수 없었을 테니까요. 현장에 떨어져 있던 아편 손수건 역시 판락을 통해 구한 것이었겠죠. 자고 있는 선아를 죽이거나 확실하게 기절시키기 위해 사용할 목적이었을 거예요. 사람이 자고 있다면 그 정도로도 제압이 가능하니까요. 깨어서 발버둥 치는 사람을 기절시키기엔 무리지만요.

그래요. 그게 변수였을 거예요. 위협을 느낀 선아가 깨어 있었다는 것. 판락을, 정확하게는 그 딸인 지성을 통해 선아의 일상을 알고 있던 입장에서 당황스러운 일이었겠죠. 동아가 당황했다는 건 아편 손수건을 사용하려 들었다는 정황에서 알 수 있어요. 예기치 못한 상황에서 사람들은 실수를 하곤 하죠. 동아는 의료 지식이 있으니, 만약 선아가 깨어 있다는 걸 미리 알았다면 그런 조잡한 방법을 쓰지 않았을 거예요.

아편 손수건은 당연히 도움이 되지 않았고, 선아가 저항하다가 동아의 손을 쳐서 가구 밑으로 들어갔을 거예요. 하지만 결국 힘과 체구 차이 때문에 선아는 동아에게 목이 졸리게 되었겠죠.

우습게도, 그 여자는 그렇게 죽어 가면서 자기가 아니라 할머니를 걱정했어요. 할머니가 가장 먼저 자신의 시신을 발견할 텐데 최초 발견자는 쉽게 용의선상에 오르니까요. 그리고 일경들에게 의심을 받으면 심문을 당하게 되겠죠. 어쩌면 고문을 받을지도 모르고요. 노쇠한 몸으로 견딜 수 있을까요. 할머니는 마지막 열차를 타고 경성역에 도착하기로 되어 있었어요. 도착 예정 시각은 자정이었고요. 선아의 사망 시각은 자정 이진이었을 거예요. 그래서 선아는 죽어 가며 손목시계 문자판을 깨서 자기가 죽은 시각을 표시했죠. 범인을 알려 주기 위해서가 아니라 할머니의 결백을 증명하기 위해.

하지만 그 시각에 할머니는 이미 경성에 도착해 있었어요. 할머니는 선아의 집에 약속 시각보다 일찍 도착했죠. 그리고 시체를 발견했어요. 어쩌면 동아와 아슬아슬하게 엇갈렸을지도 모르겠어요.

…일전에 한 여자가 잔인하게 살해당했지만 범인을 밝혀내지 못한 일이 있었죠. 그 여자는 할머니가 아는 사람이었어요. 그런 일을 두 번 겪고 싶은 사람이 어디 있을까요. 누군가의 삶이 이유조차 없이 끝나 버리는 건 너무 비참하잖아요.

시체를 발견한 할머니는 일경에게 알리는 대신 나를 사건에 끌어들이기로 결심했어요. 할머니 댁에 머물고 있던 식객 중 천일약방 사업부에 소개하기 위해 데리고 있던 양봉 전문가가 있었어요. 우리 고향에서 '벌 영감'이라 불렸던 늙은이였죠.

할머니는 그를 데려오려고 선아의 집을 나섰고, 그사이 무라야마 미네가 침입해 시체를 보고 함을 훔쳐 도망갔죠. 이후 벌 영감과 함께 돌아온 할머니는 천일약방에 공급하기 위해 가지고 있던 벌집을 사건 현장에 풀어놓았어요. 내가 이 사건에 끼어들 핑계를 만들기 위해서요. 그래요, 할머니는 인재를 필요한 곳에 소개해 주는 일을 했다죠. 이번 일에도 선아를 위해 가장 잘하는 일을 한 거예요.

그럼 옆집 남자가 새벽 2시경에 본 여자가 누구인지도 설명되죠. 그자는 체구가 비슷하고 똑같이 쓰개치마를 쓰고 있던 할머니를 선아라고 착각했던 거예요. 옆에 있던 남자는 당연히 벌 영감이고요.

그러니 이제 김동아를 잡으려면…….

…그래요.

당연히 믿기 힘들겠죠. 약혼자를 고발하려는 여자라. 협조할 생각이 없다면, 적어도 이 이야기를 아무에게도 하지—.

네? 아, 그렇네요. 가장 중요한 걸 설명 안 했군요. 미안해요. 너무 당연하다고 생각해서.

김동아가 범인인 이유는 간단해요.

선아의 시계는 어디에 있을까요?

당신이 선아 본인이었다고 생각해 봐요. 당신은 당신이 곧 살해당한다는 걸 알아요. 저항은 실패했고, 이대로라면 어머니 같은 사람에게 혐의가 돌아갈지도 몰라요. 수중에 있는 것이 손목의 시계뿐이라, 일단 깨트렸어요.

하지만 당신이 죽은 다음에는요? 죽어 가는 와중에 시계를 깨트리는 건 누가 봐도 증거를 남기기 위한 행동이잖아요. 고전적이고 확실한 수법이죠. 살인자는 당연히 그 물건을 회수할 거예요. 당신은 그걸 어떻게든 막아야 하지 않을까요.

이선아는 시계를 삼켰어요. 살인자가, 동아가 가져가지 못하도록. 입가의 상처는 그 과정에서 생긴 거예요. 물론 목을 졸리고 있었기 때문에 시계는 위장까지 내려가지 못하고 입안에 걸렸죠. 그러나 부검 때 시체의 입안엔 시계가 없었어요. 시계를 꺼내기 위해 시체를 훼손한 흔적도 없었고요.

내가 현장에 도착했을 땐 사후경직이 다 풀리지 않아 목이 부어 있는 걸 보고도 입안을 확인하기 어려웠어요. 시체는 경찰들이 대학으로 운반했는데, 조선인 순사와 일본인 순사가 동시에 그 운반 임무에 배치되었죠. 같은 경찰 내에서도 두 세력은 사이가 미묘하게 나빠요. 일본인 순사는 조선인이 건방지게 기어오른다고 생각하고, 조선인 순사는 일본인이 이 나라를 잘 알지도 못하면서 끼어든다고 생각하죠. 나는 당시 운반을 맡았던 순사들을 만났어요. 물론 따로따로. 서로가 서로에 대한 험담을 한 시간씩 늘어놓으면서도, 누가 시체에 손을 댔다는 말은 없더군요. 오히려 부검실로 옮겨질 때까지 경쟁적으로 자리를 지켰던 것 같았어요. 그러니 공식적인 부검이 시작될 때까지 시체에 접근할 수 있고 경직된 시체를 다룰 만한 의료 지식을 가지고 있던 인물은 딱 한 명뿐이에요.

부검의였던 김동아죠.

알고 보면 너무 쉽지 않은가요.

*

《조선중앙일보》기자들에겐 정보원을 만나는 장소가 있었다. 기자마다 그 장소는 달랐고, 어지간히 신뢰하는 사이가 아니라면 위치를 공유하지도 않았다. 때로 총독부 당국에서 불순 인사로 낙인찍은 이들을 만나기도 했기 때문이다.

그는 그런 인사들을 자주 만나는 편이었기 때문에 다른 기자들보다 접선 장소를 더 많이 준비해 두었고, 자주 바꾸었으며, 아무에게도 그 위치를 공유하지 않았다. 그런 버릇은 일장기 말소 사건에 휘말려 더 작은 신문사로 적을 옮긴 후에도 계속 남아 있었다. 그러나 그런 그도 집에서, 그것도 여성 정보원과 단둘이 대화를 나누긴 처음이었다. 그는 자신이 결혼하지 않은 것이 다행이라 생각했다. 자신이 아니라 상대의 평판을 위해 말이다.

"제하 씨, 내 말을 이해했나요?"

상대가 말했다. 제하가 그를 만난 것은 작년, 고향 대청도에서 딱 한 번이었지만 그 일을 머릿속에서 수없이 떠올린 탓인지 마치 어제처럼 생생했다. '제보'할 것이 있다며 어느 날 아침 느닷없이 문간에 나타난 그를 보고 당황하지 않고 안으로 들일 수 있었던 것은 그 때문이었다. 이 사람이라면 왠지 충분히 그러고도 남을 것 같았다. 제하는 만년필을 만지작거렸다.

"이해했습니다. 하지만 비전문가 입장에서 한 가지 여쭙고 싶군요."

"말하세요."

"부검의인 김동아가 아니라, 제3자인 범인이 수사가 이루어지기 전에 시계를 회수했을 가능성은 고려했습니까?"

"물론이죠. 하지만 제가 현장에서 본 것 외에, 벌 영감의 증언 역시 범인이 현장에서 시계를 회수하지 못했음을 밝혀 주고 있어요."

제하는 만년필을 다시 들어 올렸다.

"그 증언에 대해 말씀해 주시겠습니까."

"'밤에 자고 있는데 마님이 깨워 벌통을 가지고 따라오라 하셨다. 도착한 곳에는 젊은 처자가 바닥에 쓰러져 죽어 있었다. 당황했지만 마님이 하는 일이라면 다 뜻이 있으실 거라 생각해서 무어라 묻지 않고 따랐다. 벌들을 풀어놓으려 방 안에 들어갔는데 시체의 목이 부은 것을 보고 호기심에 입을 벌려 보았다. 안에 무언가 들어 있는 것 같았다. 그러나 그분이 혼을 내며 현장에 손을 대지 말라고 하셔서 그대로 두었다. 이후 벌들을 풀고 통을 적당히 찾으려면 찾을 수 있게 버려둔 후 지시대로 누군가가 침입하지 못하도록 주위를 돌며 집을 지켜보았다'라고요."

"믿을 만한 진술입니까?"

"벌 영감은 나도 아는 사람이에요. 할아버지가 살아 계실 때 저도 경성이 아니라 고향 집성촌에 살았어요. 벌 영감은 근처 마을에 살았죠. 화전민의 후손으로 산기슭에서 밭뙈기를 일구며 석청과 양봉 꿀을 따서 팔았는데 보기 드물게 순하고 정직한 인물이었죠. 전에 딸의 혼사 문제로 할머니에게 도움을 받은 적도 있어서 할머니의 지시를 충실히 따랐을 거예요."

제하는 기자 수첩에 바쁘게 메모를 휘갈겼다. 만년필촉이 종이 위를 스치는 소리로 단출한 방 안이 가득 찼다.

"알겠습니다. 이 정도 사건이면 편집장님을 설득하고도 남을 겁니다. 말씀하신 대로 신문에 김판락 씨가 사망한 사건에 대해 진상을 알고 있다는 익명의 제보자를 찾았다는 기사를 내도록 하겠습니다. 기사에 제보자와 접선한 장소를 언급하는 건 조금 어색합니다만, 현직 언론인이 아닌 한 이상한 점을 알아차리기 쉽지 않을 겁니다."

"제가 적어 둔 대로만 쓰면 김동아는 자기 후배가 제보자라고 생각할 거예요."

"그런데 확인을 위해 김동아를 끌어내리려는 의도는 알겠습니다만, 증거를 찾으러 거주지에 침입할 필요까지 있을까요? 진즉에 처분했을 것 같은데요."

"그의 성향이라면 '기념품'을 가지고 있을 거예요."

제하는 의아했다. '기념품'이라니? 살인에 어울리는 단어는 아닌 것 같았으나 그저 둘이 서로를 오래 보아 왔으니 무언가 아는 게 있겠다 싶어 넘어갔다.

"해 볼 만한 도박 같긴 합니다."

그는 그저 이렇게만 말했다. 경애는 무언가 말하려는 듯 입을 벌렸다가 생각을 바꾼 듯 다시 다물었다. 제하는 수첩의 메모를 검토하고 있어 그 모습을 보지 못했다.

"만약 그자가 기사를 보지 못하거나, 보더라도 오지 않으면 어떻게 하죠?"

"올 거예요. 제가 어떤 식으로든 부추겨 보죠."

경애가 담담하게 말했다.

면담

1937년 6월 20일

오늘날 조선 땅에 일어나는 범죄는 당장 먹고살 길이 없어 생계를 위해 저지르는 것과 그렇지 아니한 것으로 나뉜다. 지난달 아리따운 여가수 청희(靑熙)를 살해한 범인은 부친의 노름빚을 갚을 수 없다는 후자의 이유로 극악무도한 범죄를 저질렀으나 생계형 절도로 위장하려 했다는 점에서 공분을 살 만하다.

수사 초기 청희는 벌 떼에 쏘여 죽음에 이르렀다고 세간에 잘못 알려졌으나, 실제 사인은 교살이었으며 범인은 경성제국대학의 연구조수로 일하는 외과의 김동아(33)였던 것으로 밝혀졌다. 그는 이번 사건의 부검의로, 그 지위를 이용해 증거인멸까지 시도했다.

김동아는 자택에서 결정적인 증거를 발견한 약혼자 한
경애(26)를 공격했으나, 양동작전에 동아가 나타나지 않은
것을 불길하게 여겨 달려온 본 일간지의 기자 서제하(25)
에게 저지당해 순사들에게 넘겨졌다. 경찰은 현재 김동아
의 거주지인 제대 교원 기숙사와 공범의 거처를 수색하고
있으며 피의자의 부상이 회복되는 다음 주까지 경성지방
법원 검사국으로 사건을 송치할 계획이라 알려 왔⋯⋯.

동아는 낡은 신문 조각을 구겨 버렸다. 입건된 후부터 신문
을 제때 받아 볼 수 있으리란 기대는 하지 않았다. 그의 기분을
상하게 만든 것은 뒤늦게 읽은 이 기사 내용이 아니라 거지에
게 적선하듯 동아에게 종잇조각을 던져 준 경애의 태도였다.

면회실 뒤쪽에는 간수가 앉아 둘을 감시하고 있었다. 아까
신문지 조각을 넘겨주는 것을 저지하지 않은 것을 보니 무언
가 쥐여 준 게 있는 모양이라 동아는 지레짐작했다.

"당신이 쓴 자백서를 읽었어요."

경애가 무심히 말했다. 자백서라 함은 예심 과정에서 사토
마시타케의 강요로 쓴 것을 말할 터였다. 사토 경부는 유력가
의 사위 대신 뒷배를 잃은 의사 나부랭이를 체포할 수 있다는
기쁨을 감추지 못했다. 사건 당일 밤 동아가 사이토 교수가 시
킨 적 없는 심부름을 핑계로 방을 비웠다는 기숙사 관리인의

말과 이전부터 동아가 김판락의 거처를 드나들며 무언가 일을 꾸미고 있었다는, 판락의 의리 없는 동료들의 증언이 확보된 후였다. 이럴 때만 쓸모없이 명민해지는 왜경들은 판락의 거처에서 동아가 심부름의 대가로 건넨 아편과 모르핀까지 찾아 냈다. 동아는 이미 진 판에서 뻗대다가 얻어맞거나 더 심한 꼴을 당하는 대신 순순히 범죄 사실을 인정했다.

"할머니를 살해하고 옥화를 공격한 사실도 인정했더군요."

동아는 경애의 연구실에서 옥엽을 마주쳤고, 옥엽이 자신의 범행 사실을 알아차렸음을 눈치채고 공격했다고 자백했다. 경성지방법원은 동아에게 25년 형을 내렸다. 여자 둘과 남자 하나를 죽이고 소녀 하나를 중태에 빠트린 혐의라는 걸 생각하면 대단히 관대한 판결이었다. 검사가 또 다른 중범죄인 방화 혐의를 증명하지 못한 덕이었다. 동아는 끝까지 탁자 위 촛불이 몸싸움 중에 떨어졌다고 주장했다.

물론 경애는 연구실에 촛불 따위를 놓아두지 않았다. 경애는 재판정에 동아의 주장을 반박하러 나타나지 않았는데 충격 때문이든 배신감 때문이든 아니면 분노 때문이든 동아로선 다행스러운 일이었다.

"내가 순순히 자백한 것에 불만이라도 있습니까."

동아는 대수롭지 않은 척했지만 정말 경애가 자백서에 딴지를 걸고 늘어진다면 복심법원에 항소하는 것은 포기해야 할지도 모르겠다고 생각하고 있었다. 잘못하면 형기가 줄어드는 게 아니라 되레 늘어날 수도 있었다.

창살 너머 경애의 눈빛이 감정 없이 차가웠다. 동아는 그것이 싫었다. 차라리 왜 배신했냐 소리 지르고 분노하고 슬퍼하긴 바랐다. 대체 어떤 여자가 6년 동안 자신의 약혼자였던 남자가 살인범으로 밝혀졌는데 저런 표정을 짓는단 말인가. 동아에게 경애는 알 수 없는 사람이었고 그래서 더 싫은 사람이었다.

"나라면 방화뿐만 아니라 둘을 공격한 사실도 부인했을 거예요. 그럼 잘하면 10년 안에도 나올 수 있었어요."

동아는 창살 뒤에서 얼빠진 표정을 짓다가 큰 소리로 하하하 하고 웃었다. 정말 끝까지 예측할 수 없는 여자였다. 뒤편에 앉아 있던 간수가 동아가 웃음을 멈출 때까지 위협적으로 탁자를 두드렸다. 경애는 팔짱을 끼고 아무런 반응도 보이지 않았다.

"당신은 정말 재미있는 사람입니다. 한경애 씨. 진즉부터 알았지만 다른 여자들과는 달라요. 그런데 고작 그 말을 하려고 여기까지 찾아왔습니까?"

경애는 보일 듯 말 듯 고개를 저었다.

"궁금한 게 몇 가지 있어서요."

"답할 수 있는 거라면 얼마든지 답해 드리죠. 옛정을 생각해서라도."

동아는 친절한 미소를 지었다. 다시 연극을 하는 기분이었다. 경애와 꽤 오랫동안 했던 사이좋은 연인 놀음 말이다. 경애는 자신 몫의 재산을 상속받기 위해, 그는 든든한 뒷배를 얻기 위해. 그는 그들이 하는 게 놀이라는 걸 경애가 알고 있나 늘 궁금했는데, 이제 보니 동아보다도 더 잘 알고 있었던 모양이다.

"빚 때문에 사람까지 죽일 상황이었다면 왜 내게 도움을 청하지 않았죠? 내가 돈으로 아쉬운 소리 해 본 적 없다는 걸 알 텐데요."

"그래 봤자 결혼 전에 융통할 수 있는 현금은 별로 없잖습니까. 결국 아버지나 오라비 손을 빌려야 할 텐데 그들은 내가 가난한 것만으로도 불만이 많았죠. 거액의 빚까지 있다는 걸 알게 되면 꽤 불만해지지 않았겠습니까."

혼약은 파투 나고 동아는 아무것도 얻지 못했을 것이다. 사리에 맞는 변명이었다. 경애는 계속해서 물었다.

"굳이 내 연구실에 불을 지른 이유는요? 계획범죄도 아니었는데, 방화 도구를 어떻게 가지고 있었던 거죠?"

"연구실 화재는 사고였다니까요. 글쎄, 만약 사고가 아니었다 '가정'을 해 보자면… 당신이 연구 자료를 잃고 조선에 남아 있는 게 내게 유리할 것 같아 그랬을지도 모르죠. 사실 내가 그날 연구실에 갔던 진짜 목적이 그것이었을지도 모르고요. 전옥엽 씨는 겸사겸사 같이 처리했던 게 아닐까요?"

경애의 얇은 눈꺼풀이 파르르 떨리는 것을 보자 이상하리

만큼 깊은 만족감이 느껴졌다. 동아는 실수로 너무 많이 말하지 않기 위해 입천장으로 혀를 지그시 눌렀다.

경애는 숨을 고르며 뒤편의 간수를 살폈다. 간수는 무심한 표정으로 신문에 코를 박고 있었다.

"마지막으로 하나만 더 묻죠."

동아는 계속하라는 듯 여유롭게 고개를 끄덕였다. 경애가 창살에 가까이 다가왔다. 동아는 그가 자신에게 목이 졸릴까 두렵지도 않은지 궁금했다. 그러면서도 동아는 경애 쪽으로 몸을 기울이는 자신을 막을 수 없었다. 경애에겐 이상한 인력(引力)이 있었다. 경진의 집에서 자신의 귀에 대고 김판락의 이름을 속삭이던 때에도 그런 느낌을 받았다. 경애가 작년 대청도에서 도와준 남자의 이름이 서제라는 사실을 알지 못했다면, 그래서 기사를 낸 기자의 이름이 익숙하다는 사실을 떠올리지 못했다면 동아는 그날 접선 장소로 갔을지도 몰랐다.

경애는 속삭였다. 그날 경진의 집에서처럼. 마치 모르는 사람이 보면 다정한 밀어라도 나눈다고 착각할 만큼 부드럽게.

"내가 당신 거짓말을 알아채지 못할 거라 생각하는 이유는 뭘까요?"

심장이 조여들고 관자놀이가 요란하게 쿵쿵 뛰었다. 그러면서도 동아는 겉으로 여유를 가장했다.

"무슨 말인지 모르겠군요."

"배움이 느리시네요. 옛정을 생각해서라도 설명해 드리죠.

진실의 일부만 말하는 것도 거짓말이라는 걸."

입이 바짝 말랐다. 그는 자신이 무슨 실수를 했는지 짐작할 수 없었다. 이런 건 좋지 않다.

그는 그날 밤 노끈을 통해 전해지던 떨림을 기억했다. 헛되이 반항하다 축 늘어지는 감촉. 심장이 터질 듯 쿵쾅거리는 기분. 그는 바로 시체를 확인하지 않고 강도로 위장하려 귀중품을 먼저 챙겼다. 여자가 삼킨 시계를 꺼내는 건 흥분으로 떨리는 손이 조금 잠잠해진 뒤에 해야겠다고 생각했다.

어리석은 판단이었다. 동아가 현장을 꾸미는 동안 대문이 열리고 누군가가 들어왔다. 누가, 몇 명이나 들어왔는지 알 수 없었다. 가장 가능성이 높은 건 은밀히 찾아온 청희의 불령 연인이었기에 그는 서둘러 담을 넘어 도망쳤다. 들어온 게 늦어 빠진 여자라는 걸 알았다면 같이 처리해 버렸을 것을.

그는 밤새 여자가 삼킨 시계를 회수하지 못했다는 불안에 시달렸다. 선아는 살해당하는 상황에서 시계를 깨서 삼켰다. 시곗줄 때문에 중간에 걸리자 가죽끈을 물어뜯어 끊어 버리기까지 했다. 어떤 의도인진 몰랐지만 아주 중요한 물건이었음이 분명했다. 그런데 현장을 정리하며 시곗줄만 가져오고 정작 시계를 회수하지 못하다니. 다음 날 사이토 교수가 부검의 일을 떠넘겼을 땐 믿을 수 없는 행운에 쾌재를 불렀다. 경애를 통해 사건 진행 상황을 빠르게 알 수 있게 되었을 때도 마찬가지였다. 하지만 결국 그 일은, 경애는 그를 파멸로 이끌었다.

"그날 선아가 한밤중에 할머니를 만나려 했던 이유는 무엇일까요? 당신이 선아를 죽이려 했던 진짜 이유는요? 선아는 왜 김영순이나 무라야마처럼, 접점이 거의 없는 사람들과 계속 엮였을까요?

*당신의 범행 동기는 돈이 아니라 그보다 위험한 거였어요.

선아는 김영순이 경고하러 찾아왔을 때, 막연한 위협을 느끼지 않았어요. 그는 누가 왜 자신을 노리는지 잘 알고 있었으니까.

김영순은 선아와 친밀했을 적에 그가 백화점 인부들의 의료기록을 보여 준 적이 있었다고 말했어요. 요즘 총독부 위생계에서 하도 '위생'을 강조하다 보니 만들어진 기록이라고 했죠. 일경들이 조선인에게 고삐를 채울 명목으로 단속하는 것이니, 그는 선아가 저항을 위해 정보를 모으고 있다고 짐작했어요. 선아가 사회주의 공부를 한다는 것까진 몰랐지만, 총독부에 반감을 품고 있다는 건 알았으니까요. 그런데 흥미로운 흔적이 있었죠. 선아가 관심을 가진 목록은, 합병 과정에서 통째로 흡수된 어떤 작은 회사의 인부들 목록이었어요. 과거 선아의 친구가 살해당했을 때 근처에 그 인부들 기숙사가 있어 그들이 제일 먼저 용의선상에 올랐죠.

선아는 김영순의 경고를 듣고 몇몇 중요한 서류와 그 사본을 지성을 통해 최 변호사와 동지들에게 전달했어요. 지성은 경찰에게 선아의 동지들을 노출시키지 않기 위해 그 '심부름'

에 대해 일부러 정확히 말하지 않았고요. 최 변호사가 받은 서류 중 무라야마가 간절히 찾던 소설 원고가 있었죠. 나는 그걸 돌려주는 대가로 무라야마에게 몇 가지 질문을 했어요. 아무리 생각해도 그렇게 부유했던 선아가 고작 돈 몇 푼 받자고 무라야마를 협박했다는 게 어색했거든요. 결국 나는 사실을 들었어요. 선아가 그에게 원했던 것은 사실 돈이 아니었다더군요. 선아는 그가 어떤 인물들의 의료기록을 가져오길 원했고, 무라야마는 제약회사의 연줄을 통해 대부분 구해다 줬지만 고위직 인사 몇 명은 도저히 구할 수 없어서 계속 압박을 받았다고 했어요. 결국 어떻게든 구해서 찾아갔지만 그때는 이미 선아가 살해당한 후였죠.

그래요. 이제 감이 잡히나요? 그들도 모두 선아의 살해당한 친구가 기생이었을 적 그 요릿집을 드나들던 남자들이나 그 주변인들이었어요. 선아는 그 범인을 찾고 있었죠. 연구를 할 때 자료는 많으면 많을수록 좋죠. 사건 수사도 마찬가지예요. 그리고 살해당한 이가 하던 조사를 이어 하는 것의 유일한 장점은, 살인 사건을 하나 더 가지고 시작한다는 거예요.

당신은 왜 시계를 버리지 않고 가지고 있었나요? 대답을 바란 질문은 아니에요. 미국에서 새로 제기되는, 아직은 이론에 불과한 범죄학 가설이 있어요. 어떤 살인자들은 자신이 저지른 일에 대한 '기념품'을 가지고 싶어 한다는 거죠. 그런데 요점은 이거예요. 어떤 살인자들이 그러한 짓을 하느냐.

우발적인 살인자들은 그런 짓을 잘 저지르지 않아요. 자신이 기껏해야 한 번 혹은 두 번 저지른 범죄를 구별해야 할 필요를 느끼지 못하니까. 기념품을 가져가는 이들은 보통 살인을 의도적으로, 계속, 연속해서 저지른 자들이에요. 한 번으로 멈추지 않는 사람들. 사람을 죽이고, 잠시 쉬었다 또 죽이고, 그리고도 또 다음 희생양을 찾는 자들. 당신의 서랍 속 이중바닥에 들어 있던 노리개와 머리카락. 선아가 첫 희생자가 아니었죠?

죽은 선아의 친구… 당신 아버지가 그와 두 집 살림을 하고 있었다는 건 비밀도 아니더군요. 기생과 그러는 건 보긴 좋지 않아도 큰 흉은 아니죠. 그렇죠? 그런데 왜 그 기생, 선아의 친구이자 당신 아버지의 정부였던 여자는 하필 당신 아버지와 어머니가 죽은 바로 그해에 살해당한 걸까요."

"뭘 암시하려는 건지 모르겠군요."

동아가 딱딱하게 말했다.

"암시라니, 그냥 확인이죠. 선아는 당신이 범죄를 저질렀다는 걸 알았고, 증거도 가지고 있었어요. 당신은 돈 때문이 아니라 그걸 빼앗기 위해 선아를 죽였던 거고."

선아의 친구가 살해당했을 때, 그의 몸엔 잇자국이 남아 있었다. 경찰은 그것을 '변태적 성행위'로 규정하고 근처에 있던 하류층 노동자들부터 수사했다. 왜냐하면 그들의 생각에 그런 짓을 하는 건 미개한 조선인이나 노동자뿐이니까. 그리고 수사는 장렬히 실패했다. 그게 바로 범인이 노린 것이었다.

치열은 사람마다 다르다. 사실상 지문이나 다름없었다. 하지만 이 땅에는 형사과에 지문계가 설치된 지도 몇 년 되지 않았고 경찰들은 몇몇 전과자들의 치열을 기록해 두었지만 증거로 쓸 생각은 하지 못했다. 선아는 스스로 행동했다. 그는 수단과 방법을 가리지 않고 모든 용의자의 의료기록을 손에 넣었고 결국 친구의 몸에 남은 잇자국과 일치하는 치열을 가진 자를 찾아냈다.

동아는 창살 너머에서 부드럽게 웃었다.

"당신은 정말 똑똑한 여자예요."

경애는 눈썹을 찌푸렸다.

"그걸 참 빨리도 깨달았네요."

"비꼬는 게 아니에요. 우리가 나쁘게 끝나긴 했지만 내가 당신을 좋아했던 건 진심이었으니까. 물론 아주 조금이긴 하지만."

그것이 경애가 동아에게 미안해하는 이유였다. 동아는 경애에게 마음을 주었지만 경애는 그에 진심으로 응하지 않았다. 경애는 동아가 주는 위안을 받고, 그와 서신을 나누고, 경진의 압박을 피하는 구실로 약혼을 이용하기만 했다. 경애는 언젠가 자신 역시 그에게 마음을 표현할 수 있으리라 믿었다. 그러나 그것은 동아가 한 짓을 알기 전 이야기다.

"그래서 내가 당신에게 미안했죠. 당신에게 애정을 돌려주지 못했으니까요. 하지만 이제 그 이유를 알겠네요. 내가 매정한 여자여서가 아니었어요. 당신이 문제였지."

동아의 표정이 굳었다. 경애는 시멘트 벽 때문에 자신의 허리 아래가, 꽉 움켜쥔 손이 동아에게 보이지 않는 것에 감사했다.

"당신은 한심한 인간이었잖아요. 내내 내 비위를 맞추려 들었죠. 나랑 결혼하려고 안달복달했죠? 우리 가족들이 우리 관계를 받아들이도록 설득하려고 했던 것도 나를 좋아해서나 내게 약혼자를 만들어 주기 위해서가 아니라 어떻게든 부잣집과 연을 맺고 싶어서였겠죠. 당신이 왜 선아의 친구를 싫어했는지는 알고 싶지 않지만, 사실 그 이유가 뻔한데, 혹시 자기혐오라는 생각은 안 해 봤어요?"

경애는 날이 선 말을 토해 내면 토해 낼수록 일그러지는 동아의 얼굴을 보며 묘한 해방감을 느꼈다. 자신은 이제 이 남자를 싫어한다. 싫어한다. 싫어한다. 계속 되뇌는 말에는 힘이 있었다.

"가진 거라곤 쥐뿔도 없는 인간이 아버지한테 화낼 용기가 없어 화풀이로 사람을 죽인 후 대체 몇 명이나 더 죽였을까. 사실 관심 없어요. 당신이 그런 짓을 몇 번 저질렀든 변하지 않으니까. 당신은 멍청하고, 배알도 없는, 얼간이라는 거."

"다섯 명이요."

입술 사이로 동아의 악문 이가 드러났다. 이런 상황에서조차 그의 이는 가지런하고 희었으며 무서울 정도로 깨끗했다.

"보통은 머리카락을 잘라 왔죠. 이번엔 조금 특별한 물건이 생겨서 같이 간직했지만. 이번 사건의 그 두 여자나 김판락을 빼고도 다섯이에요. 그들은 필요해서 한 일이니 세지 않도록 하죠. 몇 년이 걸리든 여기서 나가면 난 당신이 어디 있는지 찾을 거고, 그럼 여섯 명이 될 겁니다."

경애는 잠시 숨을 참았다가 헛웃음을 터뜨렸다.

영순의 경고 덕에 선아는 이미 동아의 의료기록과 당시 사건 보고서 사본을 최 변호사에게 전달해 놓았었다. 동아는 사건 보고서 사본이 존재한다는 사실은 몰랐지만, 그 가능성은 충분히 생각하고 있었다. 그래서 그날 밤 서류를 빼앗아 없앤 뒤에도 계속 사건 현장을 맴돌았고 무라야마 저택 벽에 매달렸을 때도 창문으로 그가 알 수 없는 서류를 전부 태운 것을 확인하고 들어갔다. 경애는 손에 넣은 보고서 사본을 최대한 효율적으로 쓸 생각이었다.

"그래요. 잘나신 일본 법관들이 감히 자백서를 거짓으로 작성한 데다 이전에 몇 건의 살인까지 더 저질렀던 자에게 무기징역이나 사형을 내리지 않을지 보죠."

경애는 일어나 면회실을 나가려다가, 마치 막 생각났다는 듯, 평범한 안부 인사처럼 말했다.

"배는 좀 괜찮나요?"

형형한 눈빛으로 경애를 노려보는 동아의 배에는 아직도

붕대가 감겨 있었다. 미국제 잭나이프에 찔린 자리였다. 제하가 달려오지 않았더라면 살인죄로 재판정에 섰을 사람은 동아가 아니라 경애였음을 둘 다 알고 있었다.

*

시곗바늘의 환청 속에서 동아와 경애는 말없이 서로를 바라보고 있었다. 둘은 상황을 완벽히 이해했고, 상대가 자신만큼이나 이 상황을 이해하고 있음을 알았다. 동아는 손을 뒤로 돌려 방문을 닫았고 엄지손가락으로 잠금장치를 꾹 눌러 문을 잠가 버렸다. 퇴로를 차단하려는 행동이었다.

동아는 도망칠 수 있었다. 혹은 경애를 설득하거나 변명을 시도할 수도 있었다. 그 많은 선택지들 중에서 그는 경애를 공격하기로 결심했다. 그러니 경애도 그에 맞는 답을 해 줘야 할 터였다.

좁은 방에는 몸을 피할 곳이 없었다. 동아는 경애보다 20센티미터는 더 키가 컸고 체격도 건장했다. 동아는 경애가 겁먹거나 도망치려 들지 않는 것을 보고 의아한 눈치였다. 경애는 몸을 곧게 세우고 동아의 동작 하나하나를 눈여겨보고 있었다. 경애는 지금 아무리 자신이 '칼자루를 쥐고' 있어도 등을 보이거나 빈틈을 보이는 건 어리석은 짓이라는 걸 알고 있었다. 기회는 많지 않을 터였다. 그나마 경애가 무엇을 가지고 있는지 동아가 모른다는 게 유일한 무기였다. 동아는 경애의 태도에 위화감을 느꼈는지 잠시 멈춰 섰다. 그러곤 마치 싸구려 연극의 남자주인공처럼 슬픈 표정을 지으며 부드러운 목소리로 말했다.

"경애 씨, 원래대로 돌아갈 방법은 없을까요?"

있어요. 경애는 생각했다. 당신이 죽인 여자들을 되살린다면 가능죠. 그렇게 말하는 대신 경애는 입을 다물고 동아를 노려보았다. 동아는 진심으로 아쉽다는 듯 긴 한숨을 내쉬었다.

"그래요."

알겠다는 듯한 말과 함께, 동아의 친절한 약혼자 연기는 거기에서 끝이 났다.

동아는 경애에게 달려들어 목을 졸랐다. 커다랗고 굳은살 박인 손이, 경애의 두 배는 되어 보이는 그 빌어먹을 손이 가느다란 기도와 혈관을 압박했다. 경애를 쓰러트려 바닥에 깔아 뭉갠 바람에 부딪힌 머리와 등이 깨질 듯 아팠지만 숨이 쉬어지지 않는 감각에 비하면 아무것도 아니었다.

그러나 경애는 동아가 예상대로 행동했음에 다행스러움을 느꼈다. 선아는 목이 졸려 죽었다. 선아의 친구 역시 마찬가지였다. 나이 든 여성인 옥엽과 어린아이인 옥화를 제외하면 선아가 자료를 모아 둔 동아의 피해자로 추정되는 젊은 여성의 시체에는 모두 교살당했거나 적어도 목에 졸린 흔적이 있었다. 버릇은 쉽게 사라지지 않는다. 동아가 경애의 목을 조르자 두 사람의 몸이 가깝게 얽혔다. 마치 친밀한 연인처럼. 둘의 체온이 한데 섞이며 동아의 가슴팍이 가쁘게 오르락내리락했다. 뜨겁고 축축한 호흡이 뺨에서 느껴졌다.

동아는 자신의 행동에 심취할 대로 심취해 있어 잠깐이지만 빈틈이 생겼다. 경애는 온몸에서 느껴지는 통증, 숨이 쉬어지지 않는 감각, 아프게 뛰는 심장을 모두 무시하고 주머니에서 잭나이프를 꺼내 켠 뒤 동아를 찔렀다.

동아는 상황을 이해하지 못한 듯했다. 그러나 그의 몸은 바로 반응했다. 반사적으로 통증에서 멀어지려 했던 것이다. 동아는 숨을 몰아쉬며 몸에서 힘을 뺐고 경애는 한 손으론 그 몸을 밀치고 다른 손으론 일부러 칼을 비틀어 빼냈다. 흉하게 벌어진 상처에서 더운 핏물이 뚝뚝 떨어져 옷을 더럽혔다. 동아는 비틀거리며 바닥에 쓰러졌다.

아플 것이다. 채집용 덫의 질긴 로프와 그물, 현장의 넝쿨과 나뭇가지, 때로는 보호대의 두꺼운 가죽을 자르기 위해 가지고 다니던 짧고 날이 잘 선 칼이었다. 자신을 제외하고 전부 남성 근무자뿐인 오지의 기지에 파견되는, 매일 밤거리를 걸어 공장으로 출근하는, 바깥과 자신을 갈라놓는 것은 얇은 나무문과 창살밖에 없는 집에 사는 여자들이 가지고 다니는 물건이었다. 동아는 몸을 웅크리고 필사적으로 피가 흐르는 상처 부위를 움켜쥐었다. 경애는 숨을 가쁘게 고르며 경멸의 눈으로 그를 보았다.

빗나갔다. 신장을 찌를 생각이었다. 신동맥이 파열되면 지금의 의학 기술로는 살려 낼 수 없을 테니까. 분노와 흥분이 뒤섞인 경애의 눈에 동아의 허연 목덜미가 들어왔다. 경동맥이 가치 없는 머리로 피를 올려 보내며 펄떡펄떡 뛰고 있었다. 경애는 칼을 고쳐 쥐었다. 살인자에게 다가가는 경애의 귀에는 자신의 심장이 미친 듯이 뛰는 소리를 제외하곤 아무것도 들리지 않았다. 눈에 핏발이 선 듯 시야가 붉게 물들었다.

경애는 그 좁은 방에서 문을 등지고 있어 문이 열리는 장면을 보지 못했다. 제하는 방 안의 광경을 본 순간 손에 든 옷핀을 떨구고 경애의 팔로 달려들었다.

서제하는 고통스럽게 숨을 몰아쉬고 있었다. 폐공기증의 전형적인 증상인 호흡곤란이었다. 작년에 일경에게 고문당한 후유증으로 제하의 몸은 격한 활동을 견딜 수 없었다. 그는 망가진 폐가 견디지 못할 걸 감수하고 여기까지 미친 듯이 뛰어온 직후였기에 경애를 잡은 떨리는 손에는 힘이 하나도 들어가지 않았다.

"아, 안 됩니다."

제하가 간신히 말했다. 땀범벅이 된 얼굴을 푹 숙인 채, 숨 쉬는 것만으로도 버거운 주제에 경애의 손을 놓지 않았다. 온몸으로 경애의 팔에 매달려 있어 막는 게 아니라 마치 부축받는 것처럼 보였다. 경애의 손에 미끄러운 붉은 피가 잔뜩 묻어 있었다. 그제야 그것이 더럽다고 느껴졌다. 자신의 손이 아니라 피가 더러웠다. 손에 묻힐 가치조차 없는 피였다.

　제하가 간신히 숨을 가다듬고 경애의 손에서 칼을 살며시 빼 가는 동안, 경애는 모든 게 이상하리만큼 비현실적으로 느껴진다고 생각했다.

에필로그

1937년 여름

"한경애 양?"

병원 밖에서 누군가가 그를 불렀다. 경애는 양손을 가만히 보고 있던 참이었다. 손은 씻어 낸 지 오래였지만 미끈거리는 기묘한 불쾌감은 몇 주가 지나도록 사라지지 않았다. 경애는 그날 제하가 방해하지 않아 끝을 보았다면 그 불쾌감이 더했을지 덜했을지 생각하고 있었다.

옥화는 동아가 체포된 후에 깨어났다. 옥화의 고모는 몇 번이나 찾아가 옥화와 긴 이야기를 나누었다. 결국 옥화는 아버지를 만나기로 했다. 단, 이듬해에 새로 입학시험을 치르고 고등보통학교에 진학하는 것을 막지 않는다는 조건이었다. 옥화

아버지는 딸이 죽을 뻔했다는 사실과 그런 상황에서조차 자신을 보고 싶어 하지 않았다는 사실에 엄청난 정신적 고통을 겪은 모양이었다. 결국 그는 제 누나를 통해 옥화에게 장문의 편지를 전달했다. 경애가 흘끗 본 그 편지는 입학을 허락한다는 말로는 부족할 정도로 사과와 애걸복걸이 가득했다.

남 부인은 '자식 이기는 부모 없다'라며 혀를 끌끌 찼다. 경애는 그가 어떤 식으로든 옥화를 사랑한 것은 맞았구나 하고 막연히 생각했다. 경애로선 납득할 수 없는 방식이지만 정말 그랬다. 그래도 아직 그를 대면하기는 껄끄러워 잠깐 밖으로 나와 있던 참이었다.

새하얀 먼지 같은 미루나무 꽃이 지고 있었다. 경애를 부른 것은 영순이었다.

"무슨 일인가요?"

경애는 약간 불편해하며 대답했다. 동아를 감시하는 것을 도와준 인물이지만 경애는 그가 옥화 아버지만큼이나 달갑지 않았다. 어떤 사람과는 본질적으로 맞지 않는다. 경애에겐 영순이 그랬다. 영순 역시 마찬가지일 것이다. 그는 경애에게 너무 가까이 다가오지 않았다.

"그저 안부를 물으러 왔을 뿐이에요."

우리가 안부를 물을 사이는 아니지 않느냐고 하마터면 소리 내어 말할 뻔했다. 경애는 그 대신 괜찮다는 듯 고개를 주억거리기만 했다. 영순이 안쓰럽다는 듯 말했다.

"일이 이렇게 되어 유감이에요. 배신은 고통스럽죠. 믿었던 사람에게라면 더더욱."

민음. 어쩌면 동아와의 관계를 본질적으로 드러내 주는 단어가 아닌가 경애는 생각했다. 동아에게 주었던 것은 애정이라기보단 정이었으며 그보다도 더 정확하게는 유대감이었다. 6년 전 도쿄에서 그들 사이엔 사랑의 감정이 있었을지도 모른다. 하지만 그것은 떨어져 지낸 긴 세월 동안 말라 버렸으며 동아의 배신으로 완전히 죽었다.

"전 괜찮아요. 정말로요."

경애의 목소리는 스스로도 놀랄 정도로 힘이 없었다. 영순은 그저 고개를 까닥이며 "조금 걸을까요" 하고 권유했다. 거절할 핑계가 생각나지 않아 경애는 순순히 따라갔다.

영순은 사람들이 잘 지나다니지 않는 산책로를 잘 아는 것 같았다. 단순히 이 도시의 지리에 익숙했기 때문일 수도 있지만, 여태껏 사람들의 시선을 피해 온 덕분이리라 경애는 짐작했다.

"머릿속이 복잡할 거라 생각했어요."

영순의 말대로 머리가 복잡하긴 했다. 하지만 동아의 배신 때문은 아니었다. 그저 앞으로 어떻게 해야 할지 정리하느라 그런 거였다. 여관에 쌓아 두었던 표본과 자료들은 잿더미가 되었다. 남 부인은 침실이 1층에 있어 크게 다치지 않았고 보험도 들어 두었던 모양이지만, 그 보험에 숙박객의 물건을 배상해 주는 조항은 없었다. 게다가 돈으로 배상받는다고 구할 수 있는 물건도 아니었다.

처음부터 다시 시작할 수도 없었다. 동아가 잡혀 들어간 후 경진은 생활비를 끊어 버렸고, 필그림 교수는 연구 성과를 재촉하는 전보를 보내왔다. 경애는 경진의 처사는 무시했지만 필그림 교수의 전보에는 답신을 했다. 상황을 설명하고 사과하는 짧은 글이 영문 열 글자당 30전의 가격으로 어젯밤 일본을 통해 태평양을 건너갔다. 그걸 보내기 위해 마지막으로 남은 돈을 전부 털어야 했다.

"사정을 대충 알아요. 괜찮다면 내가 돕고 싶어요."

"저를요?"

"이게 그렇게 못 믿을 표정을 지을 일인가요."

영순의 목소리가 조금 퉁명스러워졌다. 경애는 변명처럼 말했다.

"못 믿는 건 아니에요. 단지―"

단지 영순이 왜, 어떻게 자신을 돕겠다는 것인지 짐작이 가지 않을 뿐이었다. 경애는 그 말도 하지 못했다. 영순이 딱딱하게 말했다.

"우리 집에 머물러요."

경애가 눈살을 찌푸렸다.

"당장 머물 곳이 없는 건 아닌데요."

"한경진과 사이가 틀어졌다는 이야기를 들었어요."

그랬다. 10년 전 할아버지의 유언이 드디어 효력을 다한 듯했다. 여동생을 미국 대학까지 보냈으니 모두가 할 만큼 했다고 할 것이다. 할아버지가 남긴 말은 '경애가 공부하는 데 지원을 아끼지 말아라'였지, '경애를 평생 먹여 살려라'가 아니었으니까.

경애는 경진이 역사 속 많고 많은 독부들 가운데 하필 '유부인'으로 옥엽을 칭했다는 사실을 떠올리지 않으려 했다. 유부인. 원소의 아내. 장자 대신 제 아들인 원상을 후계자로 삼기 위해 지아비의 유언을 거짓으로 꾸며 낸 인물. 경진은 예전부터 《삼국지연의》를 즐겨 읽었다. 그는 남몰래 스스로를 그소설 속 영웅들에 투영했다.

경애는 깊게 생각하지 않았다. 할아버지의 임종 때 가장가까이 있던 인물이 옥엽이었던 것도, 이상하게도 그의 죽음이후 옥엽이 쫓겨나듯 떠났던 것도, 자신이 여태껏 공부할 수있었던 게 경애를 지원하란 할아버지의 유언을 아버지가 따랐기 때문이라는 것도 생각하지 않아야 상황이 조금이나마 견딜 만해지는 것 같았다. 아무렇지도 않았다. 정말로. 경애는최면처럼 되뇌었다.

"솔직히 별로 신경 안 써요. 우리 남매 사이는 좋았던 적이없어요."

"사실 내가 소개해 주고 싶은 사람이 있어서 그래요. 조카가 여름까지 우리 집에서 머물러요. 아주 착실한 아이랍니다.

술도 마시지 않고 책임감 없게 여자를 만나지도 않아요. 상해에서 일하고 있는데, 당신과 어느 정도 말이 통하지 않을까 해서요."

많은 말들이 경애의 입안에 맴돌았다. 여름날 숲을 돌아다니다 입안에 날벌레가 한가득 들어갔을 때처럼 간지러웠다. 이게 영순이 자신을 생각해 주는 방식이라는 것은 알았다. 하지만 그 모든 게 경애에겐 너무나 우스꽝스러워 보였다. 너무 꾹꾹 눌러 참은 탓일까, 하지 않으려 했던 말이 기어코 입술을 비집고 나왔다.

"이해할 수가 없네요. 당신은 왜—."

왜 나를 이해하지 못하는가? 하지만 경애는 그 문장이 내포한 지독한 모순을 깨닫고 입을 다물었다. 그 역시 영순을 이해하지 못했다. 곤경에 빠진 여자에게 해결책으로 결혼을 제안하고, 가정을 벗어난 여성의 삶이나 생각에 대해 상상조차 하지 못하는 영순을.

영순의 얼굴을 보고 경애는 끝까지 입을 다물지 못한 것을 후회했다. 그는 슬퍼 보이지도, 화가 나 보이지도, 마음이 상한 것 같아 보이지도 않았다. 영순의 표정을 보니 그는 그 모든 감정을 한꺼번에 느끼는 듯했다. 그는 고통스러워 보였다. 잠시 침묵 끝에 영순이 입을 열었다.

"청희도 날 이해 못 하겠다고 했죠. 내가 그 남자의 얼굴을 비녀로 찌른 이야기를 듣고요.

일본 유학 시절 나를 따라다니던 남자가 있었어요. 내게 남편이 있는 것도 상관하지 않고 계속 편지를 보냈어요. 한 번이라도 만나 달라. 그러지 않으면 죽어 버리겠다. 나는 무시했어요. 공부를 마친 뒤 귀국했고, 곧 잊어버렸죠. 당신에게 아이가 없다는 걸 알지만 상상해 보세요. 열 달을 품어 낳은 내 소중한 딸이 혼인하고 싶다며 데려온 남자가 기숙학교 선생이라면, 그리고 젊은 시절 나를 따라다니던 사람이라면 어떻게 하겠어요?"

나지막한 목소리가 기나긴 한숨처럼 느껴졌다.

"이해하려고 애썼지만 단둘이 남았을 때 그는 자기가 하나도 변하지 않았다는 것을 드러내더군요. 나를 사랑하기 때문에 내 딸도 사랑한다고. 그걸… 그걸 무슨 대단한 로맨스처럼…. 청희는 내가 입을 다물고 있는 걸 이해하지 못했어요. 진실을 알려야 한다고 했죠. 내가 못 하겠다면, 자신이라도 손을 쓰겠다더군요. 그 애는 너무 어렸어요. 그 사실이 알려지면 우리 가족이 어떤 시선을 받게 될지 전혀 이해하지 못했죠. 다행히 기사가 나기 전 남편이 막았지만 나는 청희에게 화가 아주 많이 났어요."

그리 놀라운 사실은 아니었다. 어떤 이들은 애초에 영순이 젊을 때 그 남자를 확실히 거부하지 않았기 때문에 책임이 있다고 할 것이다. 영순이 그를 잘 달랬어야 했다고 말하는 이도 있을 것이다. 사건의 본질에는 아무런 관심도 없이, 모녀의 남자관계에 대한 외설적 농담이나 주고받는 자도 차고 넘치리라.

"미안해요."

경애는 그렇게만 말했다.

둘은 병원 뒷산 신책로를 걷고 있었다. 올라갈수록 가로수로 심은 미루나무가 사라지고 상수리나무와 참나무가 모습을 드러내기 시작했다. 산책로의 반환점에 도착했을 때, 경애는 잠시 쉬었다 가자고 제안했다. 영순이 당장이라도 쓰러질 것 같아 보였기 때문이다. 둘은 판판한 바위에 나란히 걸터앉았다.

"나야말로 미안해요. 내 제안에 마음이 상한 것 같은데. 나도 나름 노력한다고 생각하지만, 당신이나 선아 같은 어린 여자들 눈엔 충분치 않아 보이겠죠."

경애는 영순이 선아를 본명으로 불렀다는 사실을 알아차렸다. 영순은 계속 말했다.

"그 애가 죽고 나서 당신이 나를 찾아왔을 때 그리 비협조적으로 굴었던 건 질투심 때문일지도 몰라요. 내가 하는 일은 너무나 변변찮게 느껴지는데, 당신은 의학이며 과학이며 진짜 의미 있는 일을 할 줄 아는 것 같아서. 추하게도 그걸 못 견뎌서…"

미술은 조선의 아녀자들에게 '허용된' 분야였을지도 몰랐다. 그림을 그리는 것은 그들의 체면을 상하게 하지 않는다. 다시금 말하고 싶은 충동이 치밀었다. 이번에는 참지 않았다.

"미국 유학이 그리 즐겁기만 한 경험은 아니었어요."

영순은 경애를 의아하게 쳐다보았다.

"무슨 말인가요?"

"'진짜' 과학이라곤 하지만, 거기도 성별에 따른 역할이 극명히 나뉘어 있는 편이거든요. 실험실에 들어가는 것부터 쉽지 않았어요. 의미 있는 연구 주제를 따내는 건 더더욱 어려웠고요. 저는 보통 잡아 온 곤충을 표본으로 만들고 분류하는 작업만 맡았어요. 다른 학생들도 그 일을 안 하는 건 아니었지만 저에게는 유독 그 일만 시키더군요. 손이 섬세하고 눈이 좋다는 이유로. 그런 작업은 시간과 노동은 많이 들지만 주목받지는 못해요."

"누구나 힘든 점은 있겠죠."

경애는 대답 대신 물었다.

"제 별명이 뭔지 들어 봤나요?"

"물론이죠."

"그런 별명이 왜 붙었는지도?"

"처음 들었을 땐 노란 옷을 좋아해서인 줄 알았어요. 나중엔 벌들이 보통 노란색이라 붙었다는 걸 알았고."

경애는 쓰게 웃었다.

"대학에서 나를 그렇게 부르다 들킨 그자들도 그렇게 둘러댔죠. 나중에 조선 사람들이 그 뜻을 물어봤을 땐, 솔직히 말하는 것보단 나도 그냥 그렇게 둘러대는 편이 나을 것 같았어요. 조선인 여자라서 붙은 별명이라 하는 것보단, 벌들이 노래서 그렇다는 설명이 그들에게도 덜 불쾌할 거 아니에요."

영순의 눈에 깨달음이 스쳐 지나갔을 때, 그는 저도 모르게 아 하고 흘러나온 탄식을 삼키는 듯했다. 그는 나직하게 중얼거리듯 말했다.

"쉽지 않네요."

"쉽지 않죠."

경애가 짤막하게 긍정했다.

"제안에 기분이 나쁘진 않았어요. 한동안 조선에 머물 예정이니 한번 찾아뵙죠. 물론 조카분을 소개해 주실 필요는 없고요."

"계속 경성에 있으려고요?"

"아뇨, 아니요. 여기 있으면 어떤 식으로든 집안에 또 좌지우지되겠죠. 미국까진 아니더라도, 평양으로 가려 해요. 여학교 교사 자리를 제안받은 게 있어요."

아쉽지 않다면 거짓말이다. 하지만 삶이 여기서 영영 끝나는 것도 아니고, 머무른다고 해서 영원히 남아야 하는 것도 아니다. 그저 잠깐은 기다릴 수 있다. 경애는 그리 생각했다.

푸르른 녹음을 배경으로 산들바람이 불어왔다. 풀벌레들이 활동하기엔 이른 시기라 사방이 아직 고요했다. 영순은 말없이 경애 옆에 앉아 있었다. 경애는 산을 내려가 다시 일상으로 돌아가기 전, 잠시 평화로운 적막을 즐겼다.

작가의 말

　작가 소개나 작가의 말을 읽는 사람이 누가 있겠냐 자조적인 농담을 던졌을 때, 수없이 많은 반박의 말을 들었습니다. 작가의 말을 먼저 읽고 책을 살지 말지 결정한다던가, 책을 펼치면 가장 먼저 작가의 말부터 확인해 본다던가. 꽤 신경 쓰이는 말이었습니다. 특히 이런 추리소설의 후기를 쓰고 있을 땐 더더욱. 혹시 이 부분을 먼저 읽고 있는 독자들을 위해 가능한 한 사건의 진상과 범인을 언급하지 않고 이야기를 해 보고자 합니다.

　제목을 짓는 게 어려운 소설이 있고 쉬운 소설이 있는데, 이 책은 후자였습니다. 이공계 연구자인 여성 주인공이 등장하는 시대극을 구상하며 실제 여성 과학자들의 삶이나 업적을 찾아보았고, 로절린드 프랭클린이 대학에서 연구하던 시절 다른 남성 연구자들에게 '다크 레이디(dark lady)'라는 별명으로 불렸다는 사실을 알게 되었습니다. 피부색이 어둡고 잘 웃지 않는다는 이유에서였습니다. '그 당시 대학에 동양인 여성 연구자가 있었으면 뭐라고 불렸을지 뻔하네.' 그때 이런 생각이 스쳤습니다. 그래서 자연스럽게 이 소설의 제목은 '옐로우 레이디'가 되었습니다.

제목을 정한 과정, 캐릭터, 무엇보다 소설을 다 읽었다면 알겠지만 결국 이 소설은 여성과 그들의 삶에 대한 이야기입니다. 소설을 쓰다 보면 어떤 식으로든 지금 여기에 관한 이야기를 하게 되는데, 만약 이 1930년대를 배경으로 하는 소설에 등장하는 여성 혹은 남성 캐릭터가 어딘지 모르게 낯익다면 그런 이유에서일 것입니다.

이 책이 나오기까지 도움을 준 모든 분께, 특히 안전가옥의 이은진 PD님께 감사드립니다. 물론 책을 읽어 주신 독자분들에게도 진심으로 감사의 말씀을 드립니다. 부디 재미있게 읽으셨으면 합니다. 그걸 바라고 쓴 것이니까요.

프로듀서의 말

《옐로우 레이디》는 2022년 초에 열린 안전가옥의 네 번째 매치업 '이색직업, 미래직업' 공모의 최종 선정작입니다. 직업적 전문성을 지닌 캐릭터가 이야기를 주도하는 작품을 찾던 중에 《옐로우 레이디》는 캐릭터의 선명함 면에서 단연 눈에 띄는 작품이었습니다.

이 작품은 추리 미스터리 장르의 1930년대 경성을 배경으로 한 이야기입니다. 미국에서 곤충학을 공부하고 고국으로 돌아온 젊은 여성 곤충학자가 벌 떼에 뒤덮인 채 살해된 기생 살인 사건을 만나 벌어지는 이야기를 담고 있습니다.

'옐로우 레이디'는 주인공 한경애의 미국 유학 시절 멸칭이기도 합니다. 당시로선 여성이 미국에서 곤충학을 공부한다는 것은 드물다 못해 특이한 일이라, 한경애는 경성에 돌아와서도 이름 대신 '옐로우 레이디'로 불리게 되죠.

개화기부터 일제강점기까지 근대는 양극단이 공존했던 시기였다고 하죠. 절망스러우면서도 쾌락적이고, 부러움과 비난이 공존하는 불안하고 혼란스러운 시기. 그래서인지 이 시기에 관심 있는 분들이 많은 것 같습니다.

한경애는 이런 시기에 부유한 친일파 집안에서 태어나 그 덕분에 마음껏 공부를 할 수 있었으나, 출신 배경 때문에 항상 부끄러움을 느껴야 했습니다. 조선 땅에서 온전한 소속감을 느끼지 못한 그는 도피하듯 미국 유학을 떠났다가 돌아와 이방인처럼 이 땅에 새롭게 적응해야 했습니다. 한경애의 불안한 정체성 때문에 이 인물의 감정이 복잡하면서도 풍부하게 느껴졌고, 작가님과 더 많은 이야기를 나눠 보고 싶어졌지요.

무엇보다 어쩌다 일제강점기에 미국 유학까지 가서 하필 곤충학을 공부한 여성의 이야기를 쓰게 되셨는지 궁금했습니다. 경애가 무엇을 전공한 것으로 할지 여러 선택지가 있었습니다. 가장 쉬운 선택지로는 경애에게 붓을 쥐어 주고 그림을 그리게 할 수도 있었고 글을 쓰게 할 수도 있었습니다. 혹은 연구자라 하더라도 농학이나 의학 같은 좀 더 실용적인 학문을 공부하게 할 수도 있었다고 하시더군요. 그러나 작가님께서는 '이 당시 여성에게 허락되기 어려운 욕망'을 품고 그것에 몰두하는 여성 연구자의 모습을 떠올리셨던 것 같습니다. 과학적 재능과 타고난 관찰력을 지닌 자기 본위에 충실한 여성을요. 물론 시대적으로 흔치 않았을 설정입니다. 그렇지만 오히려 그 희박한 가능성이 상상력과 흥미를 불러일으켰고, 무엇보다 이러한 경애의 캐릭터성이 현대의 독자에게도 닿을 법한 강점으로 느껴졌습니다.

이 작품을 개발하는 과정에서는 주인공이 추리 과정에서 전문성을 이용하고 있는지, 곤충에 대한 해박한 지식을 넘어 습관이나 가치관 면에서도 '진짜 곤충학자'의 면모를 보여 주고 있는지, 드라마와 추리물의 장르적 균형이 잘 유지되고 있는지, 동시대적 감각을 어떻게 심어 줄지 등을 논의했습니다. 이와 더불어 다수의 여성 인물이 등장하는 만큼, 각 인물이 갈등하고 대립하는 구도에 실화를 각색해 덧붙이면서 당시 여성의 삶이 반영된 인물 서사를 만들어 갔습니다. 작가님께서 이미 이 시대와 여성의 삶에 깊은 관심을 가지고 계셨던 덕분에 이야기가 풍성해질 수 있었습니다.

이야기에는 세 명의 여성 인물이 등장합니다. 주인공인 '한경애'는 가부장적인 친일파 집안의 여식으로, '지나치게 공부를 많이 한 여자'였고 미국 유학 시절에는 동양인 여성학자로 이중의 유리천장 아래에서 고군분투해야 했지요.

또 다른 여성 캐릭터인 '청희'는 기생 살인 사건의 피해자입니다. 청희는 기생이었기에 사망 원인조차 제대로 '밝힐 필요가 없는' 취급을 받아야 했던 인물이죠.

이렇게 서로 다른 배경에서 자란 두 여성은 '옥엽'을 통해 피해사와 탐정으로 만나게 됩니다. 옥엽은 젊어서 기생이었던 경애 할아버지의 중혼자인데, 경애가 집안에서 외로웠던 어린 시절 마음을 주었던 유일한 어른이었지요. 하지만 할아버지가 돌아가신 후 자신을 보호해 줄 그늘이 사라지자 집을 떠났고 경애와도 멀어지게 됩니다.

이야기는 경애가 곤충학자이자 탐정으로서 사건을 해결해 나가는 과정이 큰 축을 이룹니다. 경애가 용의자를 심문하며 청희와 옥엽에 대해 전해 듣는 과정은, 한 시대에 속하지만 자신과는 다른 삶을 살아온 누군가를 이해하는 과정으로 보이기도 합니다.

독자 여러분께 한경애의 변화, '그간 떨치지 못했던 것과 헤어지고, 줄곧 원해 온 것 너머로 시야가 넓어진' 한경애의 마지막이 뜻깊게 남기를 바랍니다.

한 가지 기쁜 일이 있는데요, 《옐로우 레이디》는 감사하게도 트리트먼트 단계에서부터 이 작품에 관심을 보여 주신 드라마 제작사와 영상화 개발을 진행 중입니다. 이 작품이 앞으로 어떻게 변신할지 기대하며 응원합니다.

안전가옥 앤솔로지《편의점》을 통해 인연을 맺었던 이아람 작가님과 다시 만나 뵙게 되어 반갑고 기뻤습니다. 작가님의 작품이 조금씩 완성되어 가는 과정을 지켜보면서 점점 기대감이 차올랐습니다. 1년 넘게 즐거운 고민을 하게 해 주신 이아람 작가님, 감사합니다. 이 작품에 애정을 품고 적확한 조언을 아끼지 않았던 신지민 PD님, 감사합니다.

수많은 콘텐츠 중에서 이 작품을 택해 주신 독자 여러분, '옐로우 레이디'의 여정에 함께해 주셔서 정말 감사합니다.

안전가옥 스토리 PD

이은진 드림

옐로우 레이디

1판 1쇄 발행   2024년 4월 15일

지은이   이아람

기획   안전가옥
프로듀서   신지민, 이은진
　　　　　김보희, 윤성훈
　　　　　이수인, 임미나
퍼블리싱   박혜신, 임수빈
감수   남의현(강원대 사학과 교수)
편집   남다름
일러스트   강희경
디자인   박연미
서비스 디자인   김보영
비즈니스   이기훈
경영지원   홍연화

펴낸이   김홍익
펴낸곳   안전가옥
출판등록   제2018-000005호
주소   04779 서울특별시 성동구 뚝섬로1나길 5,
　　　헤이그라운드 성수 시작점 202호
대표전화   (02) 461-0601
전자우편   marketing@safehouse.kr
홈페이지   safehouse.kr

ISBN   979-11-93024-52-2 (03810)

안전가옥 오리지널